Jack Vance

LES COULISSES
DE JACK VANCE

~&

VOLUME 1

Traduction de l'anglais (États-Unis)
par Patrick Dusoulier

Jack Vance chez Spatterlight

L'Autobiographie
Mon nom est Vance, Jack Vance (2017) *

Les Mystères
– 2016 –
L'homme en cage *
Les Îles de la mort *
Sombre Océan *
Drôles de gens *
– 2017 –
Un plat qui se mange froid
Charmants Voisins
&
Triple meurtre à Riverview *
Le Masque de chair *
Méchante Fille
Lily Street
L'Île aux Oiseaux *
– 2018 –
Vilain Ronald †

Les Coulisses de Jack Vance
– 2018 –
Volume 1 : Ébauches et Synopsis *

* Première parution en français.
† Précédemment publié sous le titre « Méchant Garçon ».

Jack Vance

Les Coulisses de Jack Vance, Volume 1 :

Ébauches et Synopsis

Amstelveen
Pays-Bas
www.jackvance.com

Jack Vance

LES COULISSES
DE JACK VANCE

~&

VOLUME 1

Traduction de l'anglais (États-Unis)
par Patrick Dusoulier

À *la mémoire de*

PATRICK DUSOULIER

(1946-2018)

ami, mentor et traducteur

Avant-propos

Au cours des années consacrées à la restauration et à la publication de l'œuvre intégrale de Jack Vance en anglais (Projet VIE, 1999-2005, Vance Integral Edition en 44 volumes), de nombreux documents ont été rassemblés : manuscrits, tapuscrits, épreuves de correction annotées. Parmi eux, nous avons trouvé des ébauches, esquisses et synopsis correspondant à des idées que Jack avait eues, et qu'il avait entrepris de formuler à des stades plus ou moins élaborés, plus ou moins détaillés. À cela s'ajoutent ce que j'appelle des « prototypes », des premiers jets complets que Jack a développés ultérieurement, ainsi que des nouvelles qu'il a reprises et révisées avant de les republier. D'autres documents ont encore été découverts récemment, dans une première exploration des « Archives d'Oakland », dans la maison que Jack avait construite de ses mains. Il reste certainement beaucoup à découvrir.

Comme il y a pour l'instant de quoi constituer quatre volumes, j'ai pensé créer une collection que j'ai intitulée « Les Coulisses de Jack Vance ». En effet, elle va permettre de jeter un coup d'œil « derrière la scène », d'avoir un meilleur aperçu du processus créatif du Grand Maître, de sa façon de construire une structure narrative, un squelette qu'il commençait à habiller de chair, des personnages auxquels il donnait une première consistance... Elle sera aussi l'occasion d'apprécier la variété des genres que Jack abordait : SF, fantasy, policier, idées de romans comme de films.

En lisant ces textes, on se prendra à regretter que certains n'aient jamais pu se concrétiser, et on pourra rêver qu'un jour, un écrivain talentueux (et rompu au style vancien) prendra sa plume afin de les finaliser pour notre plus grand plaisir. En attendant, c'est à nous qu'il revient de tenter d'imaginer le résultat… Je vous souhaite une bonne lecture !

Patrick Dusoulier
Courbevoie, 2018

Les coulisses de Jack Vance : Préface du volume 1

Les textes rassemblés dans ce premier volume sont essentiellement des projets inaboutis. Nul doute que Jack et son agent ont tenté
d'y intéresser des éditeurs et des producteurs de films, mais à une ou
deux exceptions près, nous manquons de détails sur ces démarches.
Toujours est-il que cette sélection présente une belle palette de genres.
En voici une brève présentation :

L'Île aux Chats : Probablement écrit en 1946, c'est-à-dire au tout
début de la carrière de Jack Vance, dont la première nouvelle, *The
World-Thinker* (*Le Penseur de Mondes*) n'est parue qu'en 1945, dans
Thrilling Wonder Stories. Il s'agit d'une sorte de fable dans laquelle
un groupe de chats, naufragés sur une île déserte, vont reconstruire
une société et accomplir des exploits militaires... Il est intéressant de
noter qu'on y trouve déjà l'humour vancien, en particulier dans le style
« fleuri » de leur président, Peter, le gros chat maltais...

Clang ! : Écrit en 1984, ce qui est étonnant, car personnellement,
j'y trouve un fort parfum de science-fiction des années 40 et 50... Jack
a peut-être eu un accès de nostalgie des *pulp magazines* de l'époque !
Mais c'est bien la date qui figure sur le tapuscrit en notre possession
(Cf. Annexes). Une histoire pleine de bruit et de fureur, avec des robots
géants qui se martèlent et se démolissent allègrement. Jack indique
qu'il la concevait comme un scénario de film. J'y verrais bien aussi une
excellente trame pour une bande dessinée, mais je ne pense pas que
Jack ait jamais eu l'idée d'écrire pour des comics.

Les Sept Jazzmen du Red-Hot Band : Date sans doute de 1976. Là encore, il s'agit explicitement d'un projet de film, manifestement rédigé comme une proposition destinée à un producteur. On y retrouve la passion du jazz (New-Orleans plus précisément) qui a animé Jack toute sa vie, et qu'il pratiquait lui-même en tant que cornettiste (comme le protagoniste de l'histoire, Joe Bush). Pour plus de détails, je renvoie le lecteur à son autobiographie[*], dans laquelle il évoque ses jam-sessions et ses prestations dans des cafés... Dans sa jeunesse, Jack tenait aussi la chronique de jazz dans le *Daily Cal*, le journal d'étudiants de l'université de Berkeley.

Thym sauvage et violettes : Date de 1976 également. Il s'agit cette fois explicitement d'une esquisse pour un roman. Une histoire étrange, inquiétante et envoûtante, avec un protagoniste parfaitement amoral, qui n'est pas sans évoquer d'autres personnages vanciens. Le tout dans un cadre intemporel.

Le STARK : Très certainement écrit en 1954, comme l'atteste une lettre trouvée dans les collections de la *Mugar Memorial Library* de Boston, qui a été une source majeure de documents pour le Projet VIE. Il s'agit d'une lettre datée du 19 avril 1954 envoyée par Sam Mines[†] à Scott Meredith, qui était alors l'agent de Jack, pour lui dire qu'il a vu le tapuscrit et que cela pourrait l'intéresser pour une série de nouvelles. De la SF, sur le thème du vaisseau interstellaire générationnel, se prêtant à une longue chronique historique socio-politique... qui reflète fortement le climat de guerre froide de l'époque entre les États-Unis et l'URSS. Abondamment illustrée de diagrammes techniques, rares chez Jack.

Le téléphone sonnait dans le noir : 1962. C'est l'année où Jack écrit également trois romans policiers pour Ellery Queen, un travail de commande. Un bon polar classique qui se déroule dans le cadre que Jack connaissait si bien, la Californie et plus précisément la région de San Francisco, et qu'il a également utilisé pour d'autres romans. La

---

[*] *Mon nom est Vance, Jack Vance*, Spatterlight 2017.

[†] Sam Mines, ou Sam Merwin, travaillait avec Leo Margulies chez Standard Magazines, qui publiait entre autres *Startling Stories* et *Thrilling Wonder Stories*.

première partie est déjà développée, la seconde se rapproche plus du synopsis, sans être toutefois de style télégraphique. Le texte se termine de façon un peu abrupte, et comporte une incohérence… que nous nous sommes bien gardés de corriger : il est important de conserver la qualité du matériau brut.

Comme toujours, je vous souhaite une excellente lecture, et le plaisir de cette première découverte des « Coulisses de Jack Vance » !

Patrick Dusoulier
Courbevoie 2018

L'Île aux Chats

1

Par une effroyable nuit de tempête, un grand navire sombra au milieu des flots déchaînés. Les seuls survivants furent un certain nombre de chats, trente-deux au total, qui réussirent à se hisser à bord d'un radeau de sauvetage. À la lueur des éclairs et dans le grondement du tonnerre, fouettés par le vent et les embruns, ils s'agrippèrent désespérément tandis que le typhon poussait leur embarcation à travers les flots sombres tel un fétu de paille emporté par la brise. Trempés jusqu'aux os et grelottant de froid, les chats s'attachèrent solidement à l'aide des cordes et des filets prévus à cet effet.

Quand l'aube pointa, le vent était tombé et l'océan était calme, mais l'horizon n'était qu'une immensité liquide insondable.

Pendant trois jours, le radeau dériva et nombreux furent les dangers et les alarmes, et nombreuses les manifestations d'inconfort et de désespoir. Les plus peureux restaient pitoyablement agglutinés au milieu de l'embarcation, évitant de leur mieux la vue de la mer et l'écume salée qui raidissait leur fourrure. Les plus audacieux, au mépris du danger et à la recherche de frissons, arpentaient le bord du radeau afin de mieux repérer une terre éventuelle, ou attraper un poisson imprudent.

À l'aube du quatrième jour, le radeau s'échoua sur la grève d'une île. D'un seul élan, les chats bondirent à terre, où ils étanchèrent leur soif à une source proche et apaisèrent leur faim dévorante en attrapant les crabes et autres crustacés qu'ils trouvèrent sur la plage. Il s'ensuivit une période de plusieurs heures consacrée au repos et au nettoyage des fourrures.

Leurs besoins les plus pressants étant à présent satisfaits, les chats tinrent conseil. Il y avait au sein du groupe trois chats plus âgés auxquels les autres accordaient une grande déférence et qu'ils considéraient comme leurs chefs officieux. Deux d'entre eux, dans le souci de préserver l'harmonie, s'effacèrent et s'assirent à la périphérie de la réunion, la queue modestement repliée. Le troisième, un gros chat maltais du nom de Peter, fut élu président du conseil à titre provisoire. Après un moment de réflexion, il s'adressa au groupe en ces termes :

— Camarades dans l'adversité ! Le caprice des éléments nous a conduits jusqu'ici, sur cette île agréable. Il est vrai qu'elle est sauvage et bien loin d'offrir le confort de nos foyers d'autrefois, mais comparée aux rigueurs du radeau de sauvetage ou des sombres profondeurs aquatiques, c'est un véritable jardin d'Arcadie. Cela étant, il ne semble pas exister de communication possible avec la civilisation, et qui sait combien de temps le Destin choisira de nous retenir dans ce coin perdu et oublié du reste du monde ?

Les mines s'assombrirent à cet aspect de la situation. Il n'y a que sur le radeau que les conforts de l'âtre familier, la soucoupe de lait personnelle et les coussins moelleux du panier leur avaient semblé encore plus chers. Il y eut des murmures de découragement, mais des propositions furent également formulées sur la meilleure façon de transmettre un message de détresse aux autorités compétentes.

Malheureusement, aucune de ces idées ne sembla posséder un quelconque intérêt pratique. Peter les écarta toutes avec quelques remarques caustiques.

— L'utilisation proposée de signaux de fumée est non seulement noncupatoire, mais également inepte dans la mesure où... (il balaya d'un large geste l'horizon lointain)... quel œil pourrait les voir ? Quant à l'idée de capturer et de dresser des pigeons voyageurs, elle est à peine plus réalisable, sachant que le génie intrinsèque de ces estimables volatiles les ramène immanquablement dans les mains de ceux qui les ont élevés. L'aventure se résumerait à les sortir du pigeonnier, les lancer en l'air et les regarder faire quelques tours avant de regagner leurs perchoirs, sans que leurs messages aient été lus.

— Nous pourrions peut-être construire un émetteur radio et lancer des SOS, suggéra un jeune chat noir. J'ai repéré un excellent endroit pour installer une antenne – tout en haut de ce cocotier au sommet du gros rocher sur le flanc de la colline. Je pourrais y grimper en deux temps trois mouvements, même en portant un rouleau de câble !

— Je connais le code morse pour SOS ! lança un autre chat plein d'enthousiasme. Trois points, trois traits et encore trois points. À moins que… (il se fit hésitant)… ce ne soit le contraire ?

— Dans ce cas, notre message serait « OSO », dit un chat blanc qu'on appelait Boule-de-neige. Ce qui pourrait être interprété comme signifiant « Restez à distance ! » ou « Ne venez pas à notre secours ! »

La longue queue grise de Peter s'agita.

— De toute façon, dans la mesure où aucun d'entre nous n'a pensé à emporter une petite unité de radio-transmission, ni les fournitures nécessaires pour en construire une quand bien même l'un de nous aurait les compétences électroniques nécessaires, nous devons abandonner cette proposition illusoire, quoique tout à fait stimulante pour l'esprit. Je suis de plus en plus convaincu que, sauf miracle, nous devons envisager de rester là où nous sommes pour une période de temps indéterminée.

D'une façon générale, la réaction à la conclusion de Peter fut un frémissement mélancolique des moustaches, et même quelques oreilles plaquées sur le crâne en signe d'abattement.

— Nous devons nous résigner à tirer le meilleur parti de la situation, déclara Peter, et croyez-moi, c'est ce que nous allons faire ! Nous sommes des chats américains, les héritiers d'une glorieuse tradition ! Nous sommes en bonne santé, et nous avons prouvé notre courage au cours de ces jours et ces nuits de tempête passés sur les abîmes de l'océan ! Nous sommes à présent des pionniers, et nous allons établir un campement – non, une communauté, que dis-je, une principauté ! Et c'est ainsi que nous prospérerons !

Cette vibrante exhortation fut accueillie par des acclamations ainsi que de vigoureuses agitations de queue. Avec une confiance renouvelée, les trente-deux chats se préparèrent à affronter l'avenir.

2

Maintenant qu'ils devaient envisager une résidence d'une durée indéfinie sur l'île, les chats naufragés examinèrent plus attentivement leur environnement.

— Nos premières réflexions doivent porter sur le choix d'un emplacement d'habitation permanente, déclara Peter.

— J'aperçois quelques collines, lança une jolie chatte persane du nom de Kitty qui avait grimpé à mi-hauteur d'un cocotier. Nous pourrions peut-être y trouver des grottes.

— Par certains aspects, cette suggestion n'est pas dépourvue de mérite, dit Peter sur un ton peut-être un peu trop solennel. Toutefois, après une analyse minutieuse, elle se révèle impraticable.

— Et pourquoi donc ? dit sèchement Banjo, un chat tacheté d'orange et de noir qui, secrètement amoureux de Kitty, se sentait obligé de soutenir ses propositions.

— Il convient de se souvenir, expliqua Peter en fixant cet effronté de Banjo de ses yeux d'un jaune chatoyant, que les grottes se situent généralement dans des formations rocheuses – basalte, trapp, silex, calcaire et autre. Nous devons garder constamment à l'esprit la nécessité d'installations sanitaires commodes. Le pied de ce monticule à l'abri du vent... (il indiqua une butte face à une large étendue de sable blanc) ... me paraît une localisation plus satisfaisante.

Il y eut beaucoup d'arguments pour et contre, et la proposition de Peter fut finalement adoptée. Les chats se mirent en route pour examiner le site de leur nouveau foyer, courant et bondissant dans le sable, sautant par-dessus les algues et le bois flotté avec un enthousiasme débridé.

Ils s'arrêtèrent au pied du monticule. Un chat nommé Timothy demanda :

— Comment appellerons-nous notre nouveau domaine ?

Le groupe resta silencieux un court instant, puis ce fut un torrent de suggestions. Chacun avait une proposition à avancer. Certaines étaient fantaisistes, et même élaborées, tandis que d'autres étaient concises. Certaines étaient sentimentales, alors que d'autres tendaient vers une direction idéologique, ce qui ne manquerait pas de soulever des controverses.

Ce fut le sage Peter qui, une fois encore, régla la situation.

— Ce qu'il nous faut, dit-il, c'est un nom à la fois sonore, digne, expressif et motivant. Grâce et vigueur doivent marcher main dans la main. Que pourrait-il y avoir de plus approprié que...

Il marqua une pause.

— Que quoi ? s'écria le groupe en chœur.

— L'Île aux Chats ? murmura Peter.

L'approbation fut immédiate et unanime, et tandis que les chats traçaient les limites de leur nouveau village, ils commencèrent insensiblement à se considérer non pas comme des naufragés, mais comme des pionniers, des colons – en bref, des Îliens.

* * *

Des épisodes ultérieurs décrivent l'histoire de l'Île aux Chats : l'intérieur des terres est ouvert au développement. De vastes ranchs de souris apparaissent, dont les troupeaux sont gardés par une nouvelle espèce de jeunes chats robustes et hardis connus sous le nom de souris-boys.

Un avion s'écrase sur la plage. Les chats apprennent que les États-Unis sont en guerre avec un ennemi cruel.

Peu de temps après, l'Île aux Chats est envahie par un contingent de l'ennemi. Les chats se comportent avec un courage notable.

Les chats coordonnent leurs efforts avec l'armée américaine. La nuit précédant un débarquement des Marines, les chats s'infiltrent subrepticement dans les baraquements de l'ennemi et volent tous les pantalons.

Le lendemain matin, les Marines débarquent, et l'ennemi, trop embarrassé pour sortir de son campement, est facilement capturé. C'est un acte de bravoure pour lequel les chats reçoivent une médaille.

CLANG !

Concept et synopsis pour un scénario de film

L'ÉPOQUE :
Dans cinquante ans.

LE LIEU :
Los Angeles.

THÈME GÉNÉRAL :
Le sport spectaculaire du « Pugilisme » : des combats de boxe entre robots d'aspect quasi-humanoïde de deux mètres cinquante de haut.

ENVIRONNEMENT :
Différent d'aujourd'hui sur certains plans. Les gens sont à peu près pareils, et portent des vêtements qui diffèrent des nôtres par certains détails décoratifs. Ils se déplacent d'un endroit à l'autre en toute sécurité à bord de petites voitures électriques autoguidées. Les lignes de transports en commun enjambent les grandes autoroutes. On aperçoit parfois des éléments d'architecture novateurs.

Des lois protègent chaque aspect de l'environnement. La mentalité du « Rapport au Consommateur » est partout au pouvoir. La nourriture est stérile, quoique nutritive. L'existence est sanitaire et sécurisée.

Peut-être trop sanitaire et sécurisée !

Le citoyen lambda mène une vie raisonnable et placide. Il est obligé de canaliser ses émotions et ses pulsions compétitives dans des sports professionnels, et il accroît l'intensité de cette participation en s'adonnant aux paris : une activité contrôlée par le crime organisé.

Le jeu est la maladie caractéristique de la société, même si ses manifestations institutionnelles – par exemple les casinos de Las Vegas – ont été déclarées illégales.

Les événements sportifs ordinaires sont remarquablement policés et ultra-sécurisés. Les joueurs de tennis doivent porter des masques en plastique pour se protéger le visage. Le football est devenu une version fortement capitonnée de la balle au prisonnier. La boxe a été totalement interdite. Aucun sport ne permet désormais aux gens d'assouvir leur soif de violence par procuration.

SAUF !!! le sport ultra-violent et spectaculaire du « Pugilisme », qui ne peut être interdit puisque ses participants sont des robots, en général construits afin de simuler des créatures à moitié humaines à l'aspect effrayant.

NOTE :

L'atmosphère et les conditions de la société peuvent facilement être suggérées par quelques incidents banals, et même distrayants, sans qu'il soit nécessaire d'en faire le sujet d'exposition central.

FONDAMENTAUX DU « PUGILISME » :

Les robots combattent dans trois catégories : poids légers, poids moyens et poids lourds. Ces derniers atteignent deux mètres cinquante de haut, et peuvent peser jusqu'à deux tonnes.

Chaque combattant est doté d'une personnalité distincte : certains sont brutaux et massifs, d'autres sont agiles et rapides, effectuant des attaques soudaines et reculant aussitôt en sautillant. Ils présentent une grande variété de visages : parfois épouvantables, parfois nobles, et il arrive que certains développent une personnalité en propre et « prennent vie », pour ainsi dire. On observe particulièrement ce phénomène chez les vétérans de nombreux combats, car ils apprennent par l'expérience. De fait, au départ, ils doivent être programmés par un technicien humain dûment formé qui charge laborieusement leur cerveau de toutes les tactiques, feintes, manœuvres et réactions possibles.

Les combattants sont construits dans des ateliers spécialisés, par des ingénieurs en pugilisme dont chacun est réputé pour les qualités distinctes de ses produits. Il existe un grand nombre de ces ateliers, mais la construction d'un combattant poids lourd de niveau championnat, ainsi que sa programmation complète, représente un investissement considérable. Le « Syndicat » (un euphémisme pour le crime organisé) n'est jamais à court d'argent et finance en secret plusieurs de ces ateliers, plus particulièrement « Robotique Sweigart » qui produit régulièrement des combattants aux superbes qualités destructrices.

Les matchs consistent en une succession de rounds de quatre minutes séparés par un intervalle de deux minutes. Le combat se poursuit jusqu'à ce que l'un des robots soit suffisamment diminué pour être alors impitoyablement détruit, sous les cris enthousiastes de la foule et au son d'une musique spéciale qui a évolué au fil des années pour correspondre aux extrêmes de passion manifestés à cette occasion.

Ce spectacle particulier, bien qu'ayant un lointain rapport avec les combats de gladiateurs et les corridas, est unique dans l'histoire de l'humanité.

Le fil de l'histoire indiquée ci-dessous met à profit, aussi complètement que possible, les merveilleux effets visuels propres au thème.

PERSONNAGES PRINCIPAUX :

Joe Perkins, le protagoniste, 30 ans, sec et nerveux, avec un visage osseux plein de sensibilité et doté d'un sens de l'humour sardonique. Il est l'associé de

Henry Tamm, dans les 45 ans, trapu, énergique, sans cesse en mouvement, parfois téméraire. Tamm et Joe possèdent un atelier sur le front de mer qui produit des pièces spéciales pour les forages et les opérations minières sous-marines. Joe passe une bonne partie de son temps en mer ou sous l'eau, et ce n'est pas un homme de la ville. C'est Tamm qui gère l'entreprise. Contrairement à Joe, c'est un joueur invétéré qui perd beaucoup et gagne peu. Joe ne cesse de lui répéter qu'il ne peut pas gagner contre le Syndicat, ce à quoi Tamm grince des dents et jure qu'il aura sa revanche.

Dill Archer : ingénieur pugilistique plein de talent et d'optimisme, mais dénué de tout sens des affaires. Il dirige les Ateliers de robotique Bell. Sa femme, Fariana, l'a quitté pour un membre du Syndicat, le laissant seul avec sa fille *Ellen*, qui a maintenant 20 ans, jolie, directe et l'esprit pratique, qui hait le monde du pugilisme auquel elle est désormais bien obligée de participer. Mais elle hait encore plus le Syndicat qui, comme elle en a bien conscience, les a trompés et spoliés de façon scandaleuse.

Vince Hackett, un ingénieur employé par Dill Archer, qui a des visées sur Ellen, mais celle-ci esquive ses avances.

L'HISTOIRE :

Joe Perkins va livrer des composants à une plate-forme minière off-shore. À son retour, il trouve Tamm devant son écran de télévision en train de regarder un match entre deux poids lourds : « Bélial Bleu » et « Claude l'Affreux » – ce dernier fabriqué par les Ateliers Bell.

Bélial Bleu démembre Claude l'Affreux et le réduit en un tas de ferraille agité de spasmes, sur un fond de musique triomphale qui amplifie les émotions d'exaltation et de tragédie.

Tamm semble morose, mais ne dit rien. Joe reconnaît les symptômes.

— Tu as perdu combien, ce coup-ci ?

— Beaucoup. En fait, beaucoup trop.

L'écran de vidéo s'allume et apparaît le visage décomposé de Dill Archer.

— Vous avez regardé le combat ?

— Oui, bien sûr. Qu'est-ce que j'aurais pu regarder d'autre ?

— Ils ont saboté Claude !

— Que voulez-vous dire ?

— Je veux dire qu'ils lui ont brouillé le cerveau ! Vous n'avez pas remarqué ? Il aurait dû gagner ce combat !

— Bon, ça nous met où, maintenant ?

— Je suis ratiboisé. J'avais tout misé sur Claude, et même encore plus.

Archer tourne la tête. On entend une voix féminine provenant d'une source invisible :

— Mr Archer est occupé pour le moment ! Il ne peut pas vous parler !

Une deuxième voix, à la fois suave et menaçante :

— Il n'a pas besoin de me parler. Dites-lui simplement de me donner mon argent.

Archer s'éloigne de l'écran. Joe et Tamm entendent sa voix :

— Je n'ai pas l'argent. Pas tout de suite.

— Bien sûr que si ! Quand vous gagnez, nous payons. Quand c'est nous qui gagnons, c'est vous qui payez. C'est comme ça que ça marche.

L'écran s'est éteint. Tamm se précipite hors du bureau. Joe lui lance :

— Où vas-tu comme ça ?

— Ils vont tuer le vieux Dill !

En grommelant et en jurant, Joe rejoint Tamm en courant.

Ils arrivent aux Ateliers Bell. Archer a été tabassé. Ellen s'occupe de lui en bouillonnant de rage contre les deux hommes qui ont ainsi maltraité son père, ce qui, d'après eux, « n'était qu'un avant-goût ».

Il s'avère que Tamm a versé une avance sur frais à Archer. Celui-ci ne peut à présent rien rembourser, sauf sous forme de plans, de maquettes et d'expertise technique. Tamm lui demande :

— Combien vous faut-il pour rembourser votre dette de jeu ?

— Trente mille dollars. Je vais devoir céder le titre de propriété de l'atelier.

Tamm se tourne vers Joe.

— On peut faire quelque chose, Joe, non ? On va avancer l'argent à Dill, en prenant l'Atelier Bell comme garantie.

— Mais je ne veux pas des Ateliers Bell ! Ce n'est pas mon domaine !

— On ne peut pas y perdre ! Dill est un génie !

— Si c'est un génie, alors pourquoi n'est-il pas riche, au lieu d'être allongé par terre à moitié mort ?

Joe croise le regard d'Ellen. Il hésite, et finit par baisser les bras.

— Bon, d'accord, comme tu voudras.

— Formidable ! s'écrie Archer. Hackett, retournez au travail. L'atelier reste ouvert !

* * *

Par on ne sait quel canal mystérieux, le Syndicat apprend cet arrangement. Il est mécontent, car il ne veut pas d'outsiders dans le jeu. Le lendemain, leur collecteur vient chercher les trente mille dollars, et immédiatement après, une explosion détruit les Ateliers de robotique Bell. Dill Archer est grièvement blessé.

Ellen avait cependant mis dans un coffre blindé certains dossiers techniques d'une valeur inestimable. Ils sont en sécurité, et récupérés.

* * *

Sans qu'ils l'aient vraiment souhaité, Joe et Tamm se retrouvent impliqués dans l'industrie robotique, au grand dam de Joe. Ils commencent à construire des robots. La plupart des composants sont disponibles dans le commerce, et le reste peut facilement être fabriqué.

Leur petit groupe découvre ou déduit que Vince Hackett est à l'origine des fuites vers le Syndicat. Tamm veut l'emmener au large et le laisser rentrer seul à pied. Joe s'y oppose. Hackett pourrait leur être utile.

Histoire de se faire la main, l'atelier construit un poids léger du nom de « Moustique d'Acier ». Il est opposé à un combattant fabriqué par Robotique Sweigart dans un grand match doté de prix, match qu'il perd de façon incompréhensible. En analysant le film, Joe voit que le combattant du Syndicat a illégalement collé magnétiquement les pieds du Moustique, de sorte que celui-ci n'a pu sauter en arrière pour échapper à la démolition.

Un nouveau Moustique est construit. De fausses informations sont transmises au Syndicat par le biais de Hackett. Cette fois, le Moustique détruit le robot de Sweigart et remporte plus de cent mille dollars.

Le lendemain matin, Vince Hackett ne se présente pas à son travail. Joe découvre son corps à bord de son bateau, et le transporte rapidement dans le garage de Saul Cermolo, le patron du Syndicat, où il est trouvé par la police que Joe a prévenue par un coup de fil anonyme.

* * *

Le groupe construit un poids lourd connu sous le nom de Black Angel. Afin de le programmer, il faut qu'un homme s'enferme dans la carapace, et le robot est alors soumis à diverses stimulations. Les réactions humaines constituent son programme. C'est un processus fastidieux, bien que nécessitant très peu de compétences, car les gestes peuvent être accomplis à vitesse réduite, puis reprogrammés pour être effectués à la vitesse maximale que le mécanisme peut supporter. Ce travail était précédemment réalisé par Hackett et Archer. C'est maintenant à Joe de s'en charger.

Le grand combat approche. Black Angel doit affronter le nouveau Scorpion de Sweigart.

Angel est testé face à d'autres poids lourds, et réagit avec une sauvagerie encourageante.

Des hommes de main du Syndicat viennent dans l'atelier, accompagnés du grand boss Saul Cermolo. Diverses menaces. Tamm refuse farouchement de céder aux pressions.

Pendant la nuit, Tamm monte la garde auprès d'Angel. Joe, qui est sorti pour une soirée romantique avec Ellen, est appelé à l'atelier. De l'activité ! Des intrus s'enfuient dans l'obscurité. Joe entre dans l'atelier, où il trouve Tamm assassiné et Angel saboté de façon subtile au niveau de la jonction du cou.

Angel est réparé. Joe manque d'informations sur le Scorpion. Depuis un hélicoptère, il descend le long d'un câble et s'introduit dans l'atelier Sweigart par une verrière. Le Scorpion est en cours de test : c'est une formidable machine avec des poings de la taille et du poids de deux enclumes, à l'aide desquels il fracasse la tête de ses adversaires.

Joe est repéré. Après une poursuite à travers l'atelier, il réussit à s'échapper par là d'où il était venu.

Le combat : « Black Angel » et « Scorpion de Cuivre » montent lourdement sur le ring – deux mécaniques effroyables, d'autant plus qu'elles ont un aspect semi-humain.

La musique préliminaire retentit : douce et triste, la musique du destin.

Le combat commence.

Angel se défend bien, jusqu'à ce que Scorpion lui fracasse la tête et lui déboîte le cou, perturbant ainsi ses circuits. Dans un acte désespéré, et malgré les supplices d'Ellen, Joe s'introduit subrepticement à l'intérieur d'Angel et le pilote lui-même. C'est dangereux.

Le combat se poursuit. Scorpion est décontenancé par les manœuvres peu orthodoxes d'Angel, mais il assène des coups puissants qui étourdissent Joe, au point qu'il ne peut empêcher Angel de tituber et de mettre un genou à terre. Des cris montent de la foule, qui sent venir la destruction et la catharsis orgiaque.

Angel se relève et parvient à agripper le bras de Scorpion, qu'il immobilise. Avec l'autre bras, il lui fait plier la tête en arrière si bien que Scorpion chancelle et tombe. Au prix d'un effort presque surhumain, Angel soulève Scorpion à bout de bras et le projette violemment à terre.

Angel piétine la tête de Scorpion, et les traits métalliques se tordent et s'écrasent en un masque grotesque.

Au lieu de réduire Scorpion en un tas de ferraille, Angel descend du ring et quitte l'arène à grands pas.

Dans une suite située sur un grand balcon enclos dans une bulle de verre, Saul Cermolo et les autres huiles du Syndicat ont regardé le match. Alors qu'ils font tristement le décompte de leurs pertes, la porte d'accès vole en éclats.

Sur le seuil se dresse la silhouette imposante d'Angel.

Angel entre dans la pièce. Il fait basculer une grande table pour bloquer la sortie, puis de façon très méthodique, il saisit, écrase et détruit chaque membre du groupe, malgré leurs armes : toute la direction du Syndicat ! Ensuite, Angel perce un trou dans le mur donnant sur la suite voisine. Joe réussit à s'extraire de la carapace, jette un dernier coup d'œil autour de lui et s'enfuit par le trou juste au moment où la police fait irruption.

* * *

L'étrange comportement d'Angel est mis sur le compte de circuits défectueux. Des voix s'élèvent aussitôt pour exiger une nouvelle loi interdisant ce spectacle potentiellement dangereux, ou qu'à tout le moins on retire des circuits toute pulsion destructrice afin que les robots puissent être construits dans une mousse inoffensive, et effectuer des danses athlétiques au lieu de combattre sur un ring.

* * *

Avec les gains qu'a rapportés le combat, Joe et Ellen partent pour de nouvelles aventures.

LES SEPT JAZZMEN DU RED-HOT BAND

Concept et synopsis pour un scénario de film

L'époque : 1927

Le lieu : Le Midwest, comprenant des parties de Des Moines, Chicago et Cooneysburg, une ville du sud de l'Indiana.

Ce film est destiné à poursuivre la série qui a débuté avec *Les Sept Samouraïs* et continué avec *Les Sept Mercenaires*. Dans cette version, les personnages principaux ne sont pas des guerriers japonais ni des cow-boys, mais des musiciens de jazz.

* * *

Joe Bush, un cornettiste qui a sa carrière derrière lui, travaille comme réceptionniste de nuit dans un hôtel minable de Des Moines. Il ne peut plus jouer du cornet parce que son ex-fiancée lui a asséné un coup de bouteille d'Old Smiley sur la figure, ce qui a non seulement gâché le gin mais lui a également fait sauter les dents de devant, de sorte qu'il ne peut plus souffler dans son instrument.

Entrent dans l'hôtel deux de ses vieux amis, Rusty Hinch et Floyd Bean, accompagnés de Ginger, l'insupportable gamine de Bean qui a une dizaine d'années. Hinch et Bean gèrent le Blue Goose, un bar-cabaret installé près de Cooneysburg, dans la partie sud de l'Indiana, au bord de la rivière Cooney.

Hinch et Bean ont désespérément besoin de l'aide de Joe. Le Riverview Inn de Cooneysburg a récemment été racheté par de gros investisseurs qui l'ont entièrement rénové. Seul le meilleur alcool de contrebande y est servi, et ce de la façon la plus discrète. Un orchestre chic, Roger Wickersham et ses As de la Haute – qui va jusqu'à inclure une harpe, des violons et un trio vocal –, y joue à l'occasion de tous les événements mondains, au détriment du Blue Goose qui ne peut plus soutenir la concurrence, et qui doit recourir à des mesures drastiques pour survivre.

Par conséquent, Hinch et Floyd Bean implorent Joe de reformer son ancien orchestre et de venir à Cooneysburg pour les aider à résister avant que le Blue Goose ne fasse faillite.

Joe leur dit :

— Pourquoi ne pas engager un orchestre local ?

— C'est une question de finance. Ils veulent tous être payés d'avance. Avec toi, c'est différent.

— Ça n'est pas si différent que ça.

— Là, pour l'instant, on est raides comme des passe-lacets ! Dès que le Blue Goose sera remis sur pied, nous gagnerons tous beaucoup d'argent ! Tu peux compter là-dessus !

Joe montre ses gencives édentées.

— Je ne peux même pas gonfler un ballon, et encore moins jouer du cornet. Et puis l'orchestre a été dispersé à travers le pays.

— Mais ils sont vivants ?

— Oh, pour ça, oui, ils vivent encore. Quelques-uns à peine, et Cal Abbott est en prison.

— Quand est-ce qu'il sort ?

— Quelle importance ? Un cornettiste édenté, ça n'existe pas.

— Va t'acheter un dentier au magasin.

— Ça coûte de l'argent.

— Combien ?

Ginger a consulté un journal.

— Ils disent ici : « Faites-vous soigner les dents pour pas cher ! Nous vous arrachons toutes vos dents pour seulement cinquante dollars ! »

— Je ne veux pas qu'on m'arrache d'autres dents. Je veux qu'on me remette les miennes.

Hinch et Floyd Bean s'entretiennent un instant à l'écart. Avec beaucoup de réticence, ils sortent cent vingt dollars.

— C'est tout ce qu'on a. Va te chercher des dents et amène l'orchestre à Cooneysburg.

Ginger proteste :

— Vous devriez lui faire signer un papier !

— Un papier ? Quel genre de papier ?

— S'il ne se souvient plus comment jouer du cornet, il devra rendre les dents.

— Tais-toi, gamine, dit Joe. Va t'asseoir sur la borne d'incendie, là-bas.

— Joe, il faut absolument que tu nous aides ! Tu es notre dernier recours !

Joe prend l'argent, mais il reste dubitatif.

— Je vais réfléchir.

* * *

Un après-midi pluvieux dans le South Side de Chicago. L'orchestre de l'Armée du Salut défile dans la rue en jouant « En avant, Soldats du Christ ». Joe Bush suit derrière avec les autres clochards, le col de son manteau relevé. Il avance de quelques pas, marmonne quelque chose à l'oreille de Mike Swanson, le joueur de tuba, qui rate une mesure tant il est surpris. Au coin de la rue, l'orchestre tourne à droite comme un seul homme – enfin, presque. Joe et Mike Swanson continuent tout droit et se mettent à courir. Ils disparaissent dans l'obscurité.

* * *

Charley Lamar est découvert en train de jouer du piano dans un boui-boui du quartier noir.

Alors que Joe et Mike arrivent, une grosse Packard Phaeton se gare. Le conducteur en sort : un gars d'une élégance très m'as-tu-vu, coiffé d'un feutre noir et avec une perle plantée dans sa cravate gris tourterelle. Il fait tomber négligemment la cendre de son cigare et entre dans l'établissement.

Joe et Mike le suivent, et renouent connaissance avec Charley Lamar, qui accepte de se joindre au groupe. Joe lui demande :

— Qui c'est, ce type avec la perle de cravate ?

— C'est Baxter La Gagne, un joueur professionnel. Il est prêt à parier sur n'importe quoi, du moment que les chances sont à son goût.

— Ah, vraiment…

Joe entame une conversation avec La Gagne.

— Une belle voiture, que vous avez là.

— Ouais. Première classe. Je m'habille première classe, je mange première classe, et je conduis première classe.

— Je vais vous dire un truc que vous n'allez pas croire. Vous voyez Charley Lamar, là-bas ?

— Bien sûr que je le vois.

— Si vous essayiez de lui donner votre voiture, il vous dirait carrément non.

— Alors là, pour le coup, je vous crois pas.

— On a une différence d'opinion. Je vous fais le pari à dix contre un. (Joe pose cent dollars sur la table.) Voilà ma mise. Je dis que j'ai raison, et que vous avez tort.

— Cent dollars, hein ? À dix contre un ?

— C'est comme ça que j'estime les chances. Vous avez peut-être peur de risquer dix dollars ?

— Oh, les risques me font pas peur, si les chances sont bonnes. Voilà un billet de dix. OK pour le pari.

— Ça me va. Dix dollars facilement gagnés. Hé, Charley, tu peux venir ici deux secondes ?

Charley s'approche de la table.

— Y a un problème ?

— J'ai fait un pari avec ce gentleman. Je dis que tu n'accepterais pas sa voiture même s'il t'en faisait cadeau.

Charley fronce les sourcils.

— Tu pourrais bien avoir raison. Ces engins me font peur. Si Dieu avait voulu qu'on se balade en voiture, il nous aurait donné des roues à la place des ongles de pied.

— Et voilà votre réponse, dit La Gagne en tendant la main pour prendre l'argent. Je ne perds jamais sur les coups faciles.

— Attendez un peu ! s'écrie Joe. Il n'a pas vraiment dit « oui ». Faisons les choses en règle. Où sont les clés ?

— Les voilà.

— Voyons si Charley veut bien les prendre.

La Gagne lance les clés à Charley, qui se contente de les regarder d'un air dédaigneux.

— Qu'est-ce que vous voulez que je fasse de ça ?

La Gagne a un petit rire indulgent.

— Je crois que vous venez juste de perdre votre pari.

— Ce n'était pas encore un « oui » ou un « non », insiste Joe. Donnez-moi ma chance, bon sang ! Où est le certificat de propriété ?

— Ici.

— Bon. Signez le transfert.

— C'est vraiment beaucoup de tintouin pour cent malheureux dollars, grommelle La Gagne. (Il signe le certificat.) Voilà. Alors, maintenant, vous la prenez, cette voiture, oui ou non ?

Charley dit :

— Bon, pour ce coup-ci, je crois que j'accepte.

Joe s'écrie avec indignation :

— Tu viens juste de me faire perdre cent dollars !

La Gagne ramasse les billets et ne peut pas s'empêcher de jubiler :

— Je vais vous donner un tuyau qui vaut bien plus que cent dollars ! Ne vous frottez jamais à des pros ! On m'appelle La Gagne ! Et vous savez pourquoi ? Parce que je ne perds jamais ! C'était cent dollars facilement gagnés, parce que je connaissais bien mes chances.

— Ma foi, dit Joe, on apprend avec l'expérience. Bon, je ne vous en veux pas, vous m'avez donné une bonne leçon. Tenez, je vous paye un verre. Barman ! Remettez-nous ça !

— La prochaine tournée est pour moi, dit La Gagne. Barman, allez voir ce que Charley boit et servez-le. Il vient juste de me faire gagner cent dollars !

Au bout d'un moment, le barman revient.

— Charley n'est plus là. Il est parti il y a cinq minutes au volant d'une grosse voiture.

— Ça, c'est bizarre, dit La Gagne. Je croyais qu'il savait pas conduire ! Il cherche des yeux Joe et Mike, mais eux aussi sont partis.

Quelqu'un lui demande :

— Tu as gagné cent dollars, mais tu as donné ta voiture. Comment tu expliques ça ?

La Gagne se frotte pensivement le menton.

— C'est le principe qui compte.

* * *

La grosse Packard roule à travers la banlieue de Davenport, Iowa, et s'arrête devant un joli bungalow blanc. Sur la terrasse, confiné dans son fauteuil roulant, est assis Bill Bangs, l'ancien trombone du Red-Hot Band. Il se prélasse au soleil, mais il est néanmoins bien emmitouflé contre les courants d'air. Sa femme se tient à côté. Elle a un visage rougeaud et des manières quelque peu autoritaires. Elle désapprouve les vieux amis de Bill, et elle est convaincue que c'est la vie de musicien qui a mené Bill à sa condition présente, à mi-chemin entre la vie et la mort. Quand elle l'exprime en ces termes à Joe, Mike et Charley, Bill acquiesce avec lassitude :

— Oui, ma chérie… Tu as parfaitement raison, ma chérie…

Joe réussit à glisser quelques mots à l'oreille de Bill, puis il entraîne Mrs Bangs un peu à l'écart pour lui faire des commentaires élogieux sur son ravissant buisson de glycines. Derrière eux, Mike Swanson écoute Bill un instant avant de s'éclipser.

Mrs Bangs est très ferme.

— Il est temps que vous partiez, vous autres. La moindre excitation est très mauvaise pour Bill.

— Quelle tristesse ! s'exclame Joe. C'était autrefois un merveilleux musicien ! Vous jouez vous-même d'un instrument, Mrs Bangs ?

Derrière, Mike Swanson se faufile à travers le feuillage, un étui de trombone à la main.

— Je chante à l'église, et ça s'arrête là. Bon, maintenant, vous devez partir, parce que c'est l'heure de la potion tonique de Bill.

— Mais bien sûr ! Rien ne nous tient plus à cœur que la bonne santé de Bill !

— C'est un peu tard pour vous en soucier, alors que c'est votre bande de musiciens et tout cet alcool qui l'ont mis dans cet état !

— Au revoir, Mrs Bangs.

— Au revoir.

La caméra suit Mrs Bangs alors qu'elle verse une dose d'un liquide noirâtre dans un verre et y ajoute soigneusement une cuillerée de poudre. Elle se retourne pour donner la potion à Bill, mais le fauteuil roulant est vide.

La caméra pivote vers la rue où Bill, vêtu d'un pyjama et d'une robe de chambre, trottine vers la Packard qui commence déjà à rouler, tant les uns et les autres ont une sainte frousse de Mrs Bangs. Bill ne se donne même pas la peine d'ouvrir la portière : il prend son élan et saute sur la banquette arrière. La Packard s'éloigne dans un rugissement de moteur. La caméra la suit tandis que Mrs Bangs s'avance au premier plan et s'arrête, les bras ballants, pour regarder son mari qui s'enfuit.

* * *

La Packard s'arrête devant la prison. Joe dit :

— Il devrait sortir d'une minute à l'autre.

Le groupe entre dans la salle d'attente, et Joe demande à l'employé quand Slim Everts doit être libéré.

L'employé relève la tête et tend l'oreille.

— Peut-être jamais, sauf s'il se calme un peu.

Joe jette un œil dans la pièce voisine, et il voit Slim Everts qui essaie de récupérer sa clarinette auprès de l'employé chargé des objets personnels. Celui-ci nie son existence.

Joe calme Slim et fait venir le gardien en chef.

— Mon ami veut sa clarinette. C'est à présent un homme libre, et il a le droit de jouer où il veut.

— Techniquement, c'est correct.

— Bon, alors : où est sa clarinette ?

En s'excusant, le gardien en chef les emmène dans son cottage, où son fils de huit ans s'entraîne à jouer de la magnifique clarinette Selmer de Slim Evert, en essayant de temps en temps de faire jouer son chien.

* * *

Joe, Mike et Charley entrent dans une chambre d'hôpital où trois médecins examinent d'un air grave un homme incliné dans un fauteuil high-tech, où il est relié par des fils à toutes sortes d'appareils.

Davy Dixon, le joueur de banjo, s'est trouvé pris dans un accident ferroviaire, et bien qu'il n'ait subi aucun dégât organique, il reste dans un état catatonique. Il est assis, rigide, les yeux fermés, et les médecins sont impuissants.

Joe demande à l'infirmière :

— Où est son banjo ?

— Dans le placard, avec ses autres effets.

Joe prend le banjo.

— Ça ne me plaît pas de faire ça à un vieil ami, mais j'imagine que dans un cas comme celui-là, il faut savoir mettre la compassion de côté.

Joe désaccorde horriblement le banjo, puis il le pose sur le ventre de Davy et lui place les mains comme s'il en jouait. Ensuite, il déplace les doigts sans vie le long des cordes, ce qui produit un son affreux.

Au troisième essai, les sourcils de Davy tressautent. Au quatrième, il esquisse une légère grimace. Au cinquième, ses yeux s'ouvrent brusquement. Davy regarde son banjo.

— Ce foutu instrument a été accordé par une vache.

Joe se tourne vers les médecins médusés.

— Je crois que vous pouvez le considérer comme guéri.

* * *

Les musiciens se rendent dans un cirque (ou une fête foraine). L'un des numéros est « le Professeur Solinsky et ses Ours savants ».

Le Professeur et ses animaux patauds sont sur la piste. L'un d'eux fait rouler un cerceau, deux autres jouent à se lancer un gros ballon, un quatrième tape sur un petit tambour, tandis que le Professeur Solinsky aboie des ordres en faisant claquer son fouet.

Joe dit quelques mots à l'ours au tambour. Celui-ci n'hésite qu'un instant, puis il retire sa fourrure et s'enfuit avec les musiciens, sous les huées et les quolibets de la foule.

* * *

Le Red-Hot Band, maintenant au complet avec ses Sept Jazzmen, roule vers le sud à travers l'Indiana rural, et finit par atteindre la rivière Cooney. Cinq minutes plus tard, ils sont à Cooneysburg.

C'est le soir. Au Riverview Inn, Roger Wickersham et ses As de la Haute jouent de la musique de danse dans un pavillon en plein air sous des lanternes japonaises. Le morceau est « My Little Gypsy Sweetheart », et Roger Wickersham entonne le refrain d'une belle voix de baryton.

Le groupe poursuit sa route et sort de la ville. Deux kilomètres plus loin, ils arrivent au Blue Goose. Ils garent la Packard, puis ils écoutent un moment. On entend à l'intérieur une musique étrange aux accents rauques. Ils se regardent, étonnés, puis ils rentrent dans l'établissement.

La musique est produite par l'Orchestre des Poissons-Chats Frénétiques, qui joue maintenant une version trépidante de « Shake that Thing ». L'orchestre est composé d'une guitare, d'un washboard, d'une contrebasse à cuvette et d'un harmonica, avec en alternance un kazoo, un peigne musical, une cruche et un sifflet.

Quatre ou cinq clients sont attablés devant des bouteilles de bière maison et d'alcool de contrebande.

Rusty Hinch et Floyd Bean sont enchantés de voir Joe et son groupe. Ginger se montre plus circonspecte.

— Demandez-lui de vous montrer ses dents avant de devenir trop copains.

Pendant qu'ils discutent, les Poissons-Chats continuent de jouer en arrière-plan.

Joe aborde la question d'argent. Comme la fois précédente, Rusty dit :

— Là, pour l'instant, ça ne marche pas très fort, mais dès que la foule va affluer, on va tous gagner un max de blé.

Ginger intervient :

— Papa, n'oublie pas que ça doit être moi l'attraction principale.

— Va voir ailleurs si j'y suis, gamine, lui dit Joe. On a des choses sérieuses à discuter.

Pendant ce temps, les Jazzmen ont sorti leurs instruments. Un à un, ils vont s'asseoir avec les Poissons-Chats. Pour commencer, Charley s'installe au piano. Le morceau est « Royal Garden Blues ». Puis Mike Swanson s'assied avec son tuba, et se lance aussitôt dans un formidable solo. Et ensuite, tour à tour, chacun ajoute une dimension à la musique : banjo, clarinette, trombone et batterie – qui est apparue comme par miracle sur l'estrade. Et enfin, Joe Bush prend la direction avec son cornet.

Dehors, les gens qui passent sur la route entendent la musique. Ils se garent et entrent dans le Blue Goose, qui semble avoir soudain trouvé une nouvelle vie.

* * *

Des épisodes, des rencontres, des raids et des représailles se succèdent à un rythme rapide. Le Riverview commence à perdre de la clientèle tandis que les gens affluent au Blue Goose pour entendre ce nouvel orchestre génial.

La direction du Riverview Inn contre-attaque en organisant un concours de valses.

Le Blue Goose riposte avec un concours de charleston, ce qui devrait donner lieu à de bons effets visuels.

Le Riverview Inn marque des points quand le Rotary Club le choisit pour son grand spectacle de charité annuel. Le Blue Goose n'a qu'un recours : inscrire un concurrent, qui sera un contingent de l'Orchestre des Poissons-Chats Frénétiques, coiffés de grands chapeaux avec de longues barbes noires : Les Black Stompers de la Maison de David, qui joueraient de la musique klezmer au kazoo, washboard et cruche.

À la dernière minute, la direction du Riverview Inn disqualifie cette inscription pour décrépitude morale, ou un prétexte de ce genre, au grand dam de Rusty Hinch et de Floyd Bean.

La Brigade des Pompiers Volontaires présente un candidat : un gentleman corpulent qui chante « On the Road to Mandalay ».

La candidate du Riverview Inn est une dame vêtue d'un robe à perles qui joue « My Rosary » à la cithare pour accompagner sa sœur qui chante en contralto.

La Gazette de Cooneysburg présente un duo de comiques qui donne une version de « Mr Gallagher et Mr Shean ».

La Grange des Fermiers présente un trio qui joue « The World is Waiting for the Sunrise » au banjo, clarinette et appeau à canard.

À la dernière seconde, le Blue Goose réussit à inscrire un numéro surprise : Ginger, l'insupportable gamine de Floyd Bean, qui chante « That's My Weakness Now (boop-boop-a-doop) ». Elle gagne le concours.

Dorénavant, chaque fois que le Red-Hot Band commence à jouer, Ginger saute sur l'estrade pour chanter, se tortiller et se trémousser. Les Sept Jazzmen ne veulent pas de ça. « On n'a pas besoin de canaris ! » « C'est un orchestre de jazz, pas un zoo. » « Fiche-moi le camp d'ici, vilaine petite peste ! »

Un soir, inquiet parce que Ginger a disparu, Floyd finit par la retrouver dans sa chambre, bâillonnée et ligotée à une chaise, avec du pain et de l'eau sur la table à côté d'elle, et un gros cadenas sur la porte.

* * *

Épisodes et contre-épisodes.

Au Riverview Inn, la direction est à présent très inquiète. Au Blue Goose, les affaires marchent du tonnerre.

Joe demande à Rusty de commencer à verser un salaire aux musiciens, mais Rusty a une dizaine de bonnes raisons pour expliquer que l'orchestre devra attendre encore un peu.

* * *

Le Riverview Inn informe les Fédéraux qu'il y a de l'alcool de contrebande au Blue Goose.

Le jour prévu pour la descente de police, il règne un grand calme au Blue Goose. Ginger repère les grosses limousines noires des Feds.

— 22 ! Les v'là qui rappliquent !

Les Feds descendent de leurs voitures et s'avancent vers le Blue Goose. Ils ouvrent les portes toutes grandes et se ruent à l'intérieur. Le bar est à présent un débit de limonade. Les clients sont attablés devant des délices à la guimauve, des banana splits et des coupes de glace au chocolat. Sur l'estrade, Charley joue du piano pour accompagner Slim qui chante « Danny Boy ».

Complètement interloqués, les Feds s'en vont. Dès qu'ils sont partis, le débit de limonade pivote et le bar revient dans la salle. Ginger circule avec un panier pour récupérer les banana splits et les glaces en plâtre.

— On l'a échappé belle ! dit Rusty Hinch. Cette fois, ces salopards du Riverview sont allés trop loin !

Rusty et Floyd Bean décident de se venger.

L'Association d'Aide aux Femmes a prévu une *soirée dansante*[1] le samedi suivant, au cours de laquelle on servira du punch et des sandwichs au poulet.

Une fenêtre de la cuisine de l'hôtel est ouverte. Juste en dessous est

---

1. En français dans le texte (*N.d.T.*).

posée une énorme cruche en céramique d'une cinquantaine de litres, dans laquelle les dames de l'Association préparent le punch en riant et en bavardant.

Pendant qu'elles ne regardent pas – Ginger les distrait peut-être d'une façon ou d'une autre, par exemple en entrant avec deux gros molosses tenus en laisse –, le visage de Rusty Hinch apparaît à la fenêtre. Il jette rapidement un coup d'œil à droite et à gauche, et verse tout un seau d'un liquide pâle dans la cruche.

Ginger et les molosses sont expulsés. Les dames reviennent s'occuper du punch, et le trouvent très agréable. En fait, il est vraiment excellent.

La soirée se déroule merveilleusement bien. Roger Wickersham et les As de la Haute jouent « Softly, as on a Morning Sunrise » tandis que le gratin de Cooneysburg, tiré à quatre épingles, danse, boit du punch et discute d'art.

La scène se déplace dans la cuisine. Les dames entrent en disant :

— Il faut encore du punch ! Il est tellement bon, ils ont presque tout bu !

Encore une fois, Rusty verse un seau d'alcool blanc dans la cruche.

La caméra revient dans la salle de danse. Les As de la Haute jouent à présent « Yes Sir, That's My Baby » sur une sorte de rythme gothique saccadé, et il y a une activité débordante sur la piste. Les hommes se sont débarrassés de leurs vestes et dansent la tête baissée, les coudes levés. Les dames, tandis qu'elles sont entraînées dans les évolutions tourbil-lonnantes de ce fox-trot frénétique, balancent élégamment la jambe en avant et en arrière. Plusieurs couples se mettent à danser le cake-walk, et la piste de danse se transforme en une scène de bacchanale néo-romaine.

Des sifflets retentissent : les Feds sont de retour. Des dizaines de notables de la ville, parmi lesquels figure le Révérend Woskerly, sont embarqués dans les paniers à salade.

* * *

La direction du Riverview est tombée en disgrâce. Elle est forcée de vendre l'établissement à deux entrepreneurs locaux et s'en va vers des pâturages plus verts à Cape Girardeau, dans le Missouri.

Les entrepreneurs locaux en question sont Rusty Hinch et Floyd

Bean. Les Sept Jazzmen du Red-Hot Band apprennent la nouvelle avec des sentiments mitigés. Ils ont remporté le combat des justes : les forces de la vulgarité ont été dispersées ! Le moment est venu de récolter les fruits de la victoire !

Ils vont voir Rusty Hinch, qui porte maintenant un beau costume, dans son bureau au Riverview Inn. Rusty est un peu embarrassé, mais il adopte une attitude décontractée.

— Les gars, vous avez fait un boulot formidable ! Je ne l'oublierai jamais, et Floyd non plus !

— Ça, c'est bien vrai ! dit Floyd.

Joe dit :

— Maintenant qu'on va jouer ici, à l'hôtel, je crois qu'il est temps qu'on parle de contrat.

Rusty Hinch se racle la gorge.

— À dire vrai, nous avons renouvelé le contrat avec Roger Wickersham.

— Quoi ?

Floyd explique :

— Désolé, Joe, mais on n'avait tout simplement pas le choix. Roger veut que Ginger chante avec l'orchestre, et on devait prendre sa carrière en considération.

* * *

Les Sept Jazzmen quittent Cooneysburg à bord de la vieille Packard. C'est le soir. Dans le pavillon en plein air, Roger Wickersham joue pour un bal d'étudiants. On entend la voix grinçante de Ginger qui chante : « … whatcha gonna do, whatcha gonna do, on a dew-dew-dewy day. »

Les musiciens du Red-Hot Band lèvent les yeux au ciel et poursuivent leur route. Ils s'arrêtent devant le Blue Goose pour récupérer la batterie. Les Poissons-Chats Frénétiques sont de nouveau sur l'estrade, où ils jouent un blues mélancolique.

Les Sept retournent à la Packard et s'y entassent. La musique qui vient du Blue Goose semble étouffée et triste. Ils s'éloignent sur la route, et les feux arrière de la voiture finissent par disparaître dans la nuit.

* * *

Notes :

Cette histoire est censée fournir un tableau attendri des aspects idylliques des années 20, telles qu'elles n'ont jamais existé mais comme on aimerait les imaginer.

Il n'y a pas vraiment de méchants, ici, ni d'actes vraiment maléfiques : juste de la bonne musique, de merveilleux effets visuels et beaucoup d'humour, qu'il est préférable de ne pas trop exagérer. Des tonnes de nostalgie aussi. Il n'y a pratiquement pas de sexe, et encore moins de violence. Une intrigue amoureuse ? Je ne vois pas d'endroit évident où en caser une. On pourrait bricoler quelque chose, si nécessaire, du moment que cela n'implique pas – j'insiste fermement sur ce point – une prétendue chanteuse avec le Red-Hot Band. C'est un sujet tabou. Les bons orchestres de jazz n'utilisent pas de canaris – seulement les mauvais.

Naturellement, les incidents et les épisodes ne sont pas gravés dans le marbre, mais ils définissent le flot et les contours de l'histoire. Ils pourraient sans doute être raffinés ou améliorés.

J'ai récemment remarqué à la radio qu'on consacrait un temps étonnant à passer de vieux morceaux des années 20 et 30. Pas seulement du jazz, mais aussi des chansons populaires de l'époque jouées par des orchestres tels que ceux d'Isham Jones, Ben Pollack, Coon-Sanders, Harry Reser, Rudy Valle et autres du même genre.

Je n'irai pas jusqu'à prédire une grande vague de renaissance ou un regain de passion pour la musique des années 20, mais je crois la sentir dans l'air. Cette histoire pourrait bien être à l'avant-garde de cette vague.

Thym sauvage et violettes

Esquisse pour un roman

I

Les quatre cents maisons de Gargano, des blocs de pierre blanchie ou colorée, occupent d'innombrables terrasses et niveaux sur les pentes d'une montagne de calcaire gris. Des volutes de fumée s'élèvent au-dessus des toits de tuile moisis. Ici et là, on aperçoit quelques maigres arbustes, figuiers, orangers et mûriers. Au centre de la ville se trouve la grand-place, dominée par la cathédrale. En face se dresse l'auberge, avec des bancs et des tables disposés sous une tonnelle. Une courte avenue sur la droite mène à la demeure du maire.

Le paysage environnant est assez désolé. Sur le flanc de la colline poussent quelques oliviers, du thym sauvage, des asphodèles, des chardons et des groupes de cyprès élancés. Des affleurements de calcaire gris balafrent les pentes. Quelques familles misérables vivent dans des grottes qu'elles ont équipées de solides portes en bois. Vers le sud-est s'étendent les marais, où les habitants de Gargano font paître leurs chèvres et mènent leurs oies. L'air est sec et imprégné de l'odeur des herbes. Près de la ville se dresse le château du Marquis del Torre-Gargano : un édifice extravagant dans le style rococo, avec des fenêtres à meneaux, des tourelles et des encorbellements, de hauts balcons et des passerelles traversières. Dans les douves poussent des nénuphars et des joncs. Les jardins sont quelque peu négligés : les rosiers y fleurissent à profusion, mais le sol est un tapis de mauvaises herbes desséchées.

Dans le château vit le Marquis Paul-Aubry Alcmeone del

Torre-Gargano, un homme au visage sévère et impassible, avec sa fille de dix-sept ans, Alicia, qui est muette. Leur existence est très calme. Le Marquis a choisi de ne recevoir personne. Alicia est une sorte d'énigme : une jeune fille pensive qui peint de merveilleuses petites aquarelles de fleurs. Personne ne sait pourquoi elle ne peut pas parler.

À Gargano, le samedi est jour de marché. La grand-place est une mosaïque de couleurs : tissus et objets en cuivre, fruits, melons, épices, verreries, sandales. Un bohémien aveugle joue de la guitare. Deux officiers en uniforme bleu, noir et beige boivent du vin sous la tonnelle devant l'auberge et lorgnent les filles qui passent. Mersile, un charlatan ambulant, est assis sur les marches de sa caravane tirée par des chevaux et contemple la foule. Etheny, son assistant simple d'esprit, dresse le stand décoré de symboles thaumaturgiques. Un prêtre, le père Berbolla, jette au passage un regard en coin vers le stand. Il secoue la tête, fronce les sourcils et poursuit son chemin vers l'auberge.

Une calèche bleu et or, dont la peinture est délavée et la feuille d'or ternie, se dirige vers le château en cahotant sur les pavés de la grand-place. À l'intérieur, bien droite et immobile, est assise Lady Alicia revenant d'une visite chez sa cousine. Le peuple de Gargano n'arrive pas à comprendre son incapacité à parler. N'a-t-elle jamais appris ? Ou peut-être est-elle ensorcelée ? Certaines vieilles dévotes se signent au passage de la calèche.

Derrière, courant et bondissant, arrive Lucian, le va-nu-pieds de la ville. Il est grand, le visage émacié, avec des cheveux roux et des yeux verts qui lancent des éclairs. Lucian vit dans un état de quasi-inanition chronique. Il possède quelques pinceaux aux poils effilochés et un ou deux pots de peinture. Il peint des enseignes, des portraits, des clôtures – tout ce qui peut lui permettre de glaner quelques florins. Il court après la calèche dans l'espoir d'apercevoir Alicia, qu'il adore. Il tient dans la main un petit bouquet de thym sauvage et de violettes qu'il lance à l'intérieur de la calèche. Alicia ne lui prête aucune attention.

L'aubergiste beugle après Lucian, qu'il a engagé pour travailler quelques jours à l'auberge. À regret, Lucian fait demi-tour et a la mal-chance de bousculer Parnasse, le maire, qui le réprimande vertement pour sa maladresse.

II

Parnasse est un homme corpulent au tempérament sanguin, porté à faire des gestes véhéments et à pousser des jurons. Des contradictions apparaissent dans son caractère : il est compassé mais truculent, généreux mais mesquin, rusé mais stupide. Sa femme Clotilde est stérile, et Parnasse a dû endurer de nombreuses plaisanteries vulgaires à ce sujet, mais Clotilde persiste à ne pas produire ne serait-ce qu'une fille.

Parnasse se rend dans sa demeure et se laisse tomber sur son divan pour se reposer, se concentrer et rassembler ses énergies.

Un gong résonne. Il monte l'escalier et entre dans la chambre de Clotilde.

— Tu as pris l'extrait ?

Clotilde, une femme aimable aux amples proportions, acquiesce.

— Presque jusqu'à l'excès.

— Et les exercices ?

— Absolument tous, le régime complet.

Parnasse consulte un graphique affiché au mur, en marmonnant et en grommelant. Il sort de sa poche une montre très élaborée.

— En cet instant, la Lune entre dans le Sagittaire. Le moment est venu !

III

Dans l'auberge, Lucian court en tous sens dans ses fonctions d'homme à tout faire, marmiton et serveur. Le père Berbolla entre, s'assied et commande un frugal repas en arborant un petit sourire patient. Lucian lui sert précisément ce qu'il a demandé, ce que le père Berbolla contemple avec stupéfaction. Il appelle l'aubergiste.

— Voyez ce que ce gourdiflot m'a apporté !

Lucian comprend trop tard son erreur : il n'a pas su se montrer généreux. La patience de l'aubergiste est à bout, et Lucian est renvoyé séance tenante.

Il retourne à sa hutte au milieu des marais. Au bord de la route, il remarque un gros caillou jaune. Il l'emporte chez lui et le réduit en poudre. Il le mélange avec de la gomme et l'essaie sur une planche : très pâle, mais néanmoins utilisable. La palette de Lucian est nécessairement improvisée. Pour le rouge, il utilise de l'écorce de grenade qu'il malaxe. Pour le vert, le jus de feuilles d'oseille pilées. Le safran volé à l'auberge lui fournit le jaune. La suie donne le noir, la craie le blanc. Diverses boues et vases fournissent une gamme de marron, de gris et même d'orange. Et pour le bleu ? Il a recours à du lichen en poudre, avec un résultat mitigé.

IV

Le Marquis Paul-Aubry et Alicia sont assis à la table du déjeuner. La pièce est de forme octogonale, très haute de plafond et lambrissée de bois blanc, avec une moulure de gracieux festons verts d'où pendent des pêches et des abricots. Une large fenêtre donne sur la roseraie et une vue embrumée vers le sud, au-delà des marais. La table est recouverte d'une nappe damassée. Au centre est posé un petit vase en argent contenant des roses jaunes. Alicia porte une robe blanche. Son teint est pâle. Elle boit une gorgée de verveine. Le Marquis Paul-Aubry est d'une élégante minceur. Son teint, aussi pâle que celui d'Alicia, est légèrement bleuté. Ses cheveux sont noirs et plaqués sur le crâne. Ses traits sont sévères, austères. Son comportement est régi par un programme rigide dont il ne s'écarte jamais.

Il mange une moitié de pêche au cognac, un biscuit, et boit un verre de vin blanc.

Des pas résonnent dans le couloir. Un homme fait irruption dans la pièce : c'est le valet d'écurie, fou de rage. Il assène un coup au Marquis, qui tombe à terre. Le valet le fixe un instant en brandissant le poing, puis il s'en va. Le Marquis, sans se départir de son calme, se relève, s'époussette les genoux avec sa serviette et reprend place à table. Il ne manifeste aucune émotion, car il n'en ressent aucune. Comment une personne bien née pourrait-elle réagir à une circonstance aussi vulgaire et insipide ?

Alicia monte dans sa chambre et s'assied à la fenêtre pour regarder le ciel. Sur une branche, un oiseau chante. Alicia écoute attentivement. Soudain, elle sourit et sifflote les notes entre ses dents.

L'oiseau s'envole. Alicia le regarde tristement s'éloigner au-dessus des marais.

Elle descend dans la roseraie et s'assied sur un banc de marbre. Elle se met à arracher les pétales des fleurs. Un petit tas se forme à ses pieds.

Le Marquis se rend dans les écuries. Il donne au valet des instructions concernant les chevaux, auxquelles l'homme acquiesce d'un air maussade.

Le Marquis se tourne et contemple un moment le fils du valet d'écurie. Le garçon aux joues roses porte une blouse bleue, ses cheveux sont bruns et trop longs. Il semble abattu, et charge du fumier dans une charrette avec sa fourche en évitant soigneusement de regarder le Marquis ou son père.

Le Marquis se détourne en poussant un soupir. Il souffre certainement d'une maladie ! Les autres éprouvent des émotions. Pourquoi lui-même en est-il ainsi privé ?

V

Mersile est à son étal. Il vend des baumes, des élixirs, des papiers imprimés de signes magiques. Pour ceux qui le souhaitent, il tire des horoscopes, perce les furoncles et arrache les dents. Quand les clients se font rares, il joue du bandonéon tandis qu'Etheny, son assistant simple d'esprit, danse une gigue.

Parnasse s'approche du stand. Après un coup d'œil à droite et à gauche, il demande à voix basse :

— Comment une femme stérile peut-elle être rendue fertile ?

— Il n'existe qu'une méthode certaine, lui dit Mersile. L'utilisation experte de l'hypnotisme !

— Ah ! dit Parnasse dans un souffle. Ainsi donc, voilà la réponse ! Mais comment puis-je procéder ?

— Non, pas vous ! Seul un adepte peut accomplir l'exploit !

Parnasse embauche Mersile pour effectuer le travail, en faisant la grimace devant la somme demandée.

— Les conditions doivent être absolument correctes ! déclare Mersile.

— Cela va sans dire. Que suggérez-vous ? demande Parnasse.

— Une circonstance où chaque attribut mène immanquablement à l'heureuse conséquence que nous avons tous en tête. Etheny !

Mersile envoie Etheny dans la demeure du maire afin d'accrocher les symboles appropriés dans la chambre de Madame Clotilde.

— La cérémonie se déroulera demain.

Clotilde s'est rendue dans la cathédrale. Elle dédie cent cierges à chacun des saints qui l'aideront à concevoir un enfant. Elle implore les conseils du père Berbolla concernant le pauvre Parnasse, qui souffre de tant de frustrations.

— Rien qu'aujourd'hui, il est allé consulter le thaumaturge !

Le père Berbolla est choqué.

— Ce sont des conseils maléfiques. Ne pouvez-vous pas l'en dissuader ?

— Seulement en concevant un enfant, ce qui jusqu'à présent dépasse mes capacités.

Le père Berbolla va prier pour elle, et il se sent obligé d'asperger sa chambre d'eau bénite, pour la protéger des éventuelles influences néfastes de Mersile.

VI

Parnasse et Clotilde mangent leur dîner : bouillon de viande et de légumes, paire de volailles rôties, pieds de porc.

Parnasse lui parle de ses préparatifs et l'admoneste :

— Attache-toi à chaque instant à notre but, qui est la fécondité ! Sois fertile ! Conçois et produis ! Je ne peux faire que ce qui est possible, et tu dois faire le reste.

— Que reste-t-il après le possible ? demande Clotilde assez sottement. L'impossible ?

— Tu fais exprès d'être obtuse ! s'écrie Parnasse. Ce n'est quand même pas si difficile !

Il envoie chercher Lucian, qui finit par apparaître, perplexe et affamé.

— Voici Madame Clotilde, déclare Parnasse. Notez bien : elle n'attend pas d'enfant, elle est plate comme une limande. Je veux que vous la peigniez dans un état de pleine gestation, et tout de suite. Tout cela est-il bien clair ?

— Qu'en est-il de mon paiement ?

— Un détail ! Nous pouvons le régler à tout moment. L'important, c'est que vous commenciez votre travail tout de suite.

— Je dois d'abord acheter de la peinture et une toile, mais en toute franchise, je n'ai pas d'argent.

— Procurez-vous ce dont vous avez besoin. Je paierai toute somme raisonnable. Quand commencerez-vous ?

— Je vais faire mes esquisses dès maintenant, si votre Excellence peut me fournir du papier et du fusain.

— Clotilde veillera à vos besoins.

— Et aussi un peu de pain et de viande, et une bouchée de fromage – pour que ma main reste ferme quand je dessine.

VII

Un matin, peu avant l'aube, Alicia quitte le château. Le premier givre de l'automne recouvre le paysage. Elle monte sur le flanc de la colline, regarde le ciel se colorer. Elle semble chercher quelque chose, mais quoi ? Qui le sait ? Alicia encore moins que les autres. Au-dessus d'elle, un vol d'oies sauvages se dirige vers le sud en croassant et en couinant. À l'ouest, la pleine lune pâlit. À l'est, le soleil se lève. Alicia s'alarme soudain et se hâte de retourner au château.

VIII

Clotilde est enceinte ! Parnasse ne s'est confié à personne. Clotilde n'a fourni aucune information. Mais la nouvelle est soudain devenue la propriété de tous.

Parnasse est irrité de voir que ses affaires intimes sont évoquées par tant de bouches. C'est d'assez mauvaise grâce qu'il accepte les félicitations, puis il finit par s'en enorgueillir et, prenant un verre de vin ici, une goutte d'eau-de-vie de prune là, le voilà de la meilleure humeur du monde. Il connaît le remède contre la stérilité, informe-t-il ses compagnons admiratifs. Ah, vraiment ? Et acceptera-t-il de partager son secret ? Parnasse fait un clin d'œil accompagné d'un geste cryptique. Chacun se demande lequel des expédients s'est révélé le plus efficace.

La prière ? L'hypnose ? Les symboles cabalistiques ? Le portrait en pleine grossesse ? Parnasse secoue la tête avec un sourire entendu.

— Aucun de ceux-là ! Étant votre maire, votre camarade et un concitoyen de Gargano, je suis prêt à démontrer la technique sur n'importe laquelle de vos épouses, filles ou nièces.

IX

Les prêtres engagent Lucian pour réaliser un retable. Ils lui fournissent une avance suffisante pour qu'il puisse acheter de la peinture et du vernis. À la place, Lucian achète de la nourriture : pain, fromage et jambon. Alors qu'il rentre chez lui, un chien lui vole le jambon. Lucian le pourchasse à travers le marais.

X

Lucian peint le retable avec des mélanges de poix, de suie, de craie, de soufre et d'argile rouge. Dans le panneau central est assise une Vierge à l'Enfant. Lucian s'inspire de Clotilde comme modèle et, distraitement, il la représente enceinte. Les prêtres se montrent critiques et refusent de le payer. Désespérant d'obtenir gain de cause, Lucian finit par décamper. Les prêtres examinent l'œuvre inachevée et décident, par souci d'économie, de l'utiliser malgré son sujet quelque peu discutable.

XI

La veille de la Toussaint arrive : une fête importante à Gargano. Les prêtres s'enferment dans leurs cellules, où ils récitent en tremblant des *Ave* et des *Te Deum*.

À Gargano, la coutume est des plus strictes : une jeune fille vêtue de blanc est considérée comme innocente et ne saurait faire l'objet de propositions amoureuses.

Le Marquis Paul-Aubry et Alicia font leur apparition à la fête. Le Marquis porte un uniforme noir et gris acier, avec un shako noir. Son nez est crochu et pincé, sa bouche plissée en un rictus amer. Alicia est frêle comme une fée dans un costume de ballerine : une tunique de satin blanc pailleté et des collants blancs, un tutu de gaze blanche vaporeuse. Un chapeau-cloche en satin blanc retient ses cheveux. Elle semble excitée et d'une vitalité inhabituelle. Lucian, déguisé en Caliban, la voit et pense défaillir de désir, mais elle est emportée par trois fêtards : un Pierrot et deux Polichinelles. Ils la hissent sur une table et lui portent des toasts avec des gobelets de vin, en la pressant de boire, de danser et de chanter. Ce sont de jeunes matamores de Montfalcone : ils ignorent tout de son identité et de son incapacité à parler. Alicia regarde à droite et à gauche, avec un demi-sourire perplexe. Un peu plus loin, le Marquis observe la scène avec un détachement impassible : il envie aux fêtards leur spontanéité. Comme Alicia est belle, cette pâle créature muette qu'il a engendrée ! Comme elle est belle et mystérieuse ! Mais éprouve-t-elle quelque chose ? Est-elle dotée de sensations ? De quelle couleur sont ses perceptions ? Peut-elle imaginer la douleur ? l'horreur ? la futilité ?

Une coupe de vin est renversée : un flot rouge tache les bas d'Alicia. Elle les regarde d'un air dépité.

Les deux Polichinelles la descendent de la table, et le Pierrot la fait tournoyer en une folle série de pas de danse. Alicia est médusée et inquiète. Elle hausse les sourcils. Ses yeux brillent dans la lueur des flambeaux.

Le Marquis continue d'observer de côté. Qu'a-t-elle senti ? Exulte-t-elle ? Appréhende-t-elle ?

Les trois fêtards l'emmènent derrière l'auberge. Alicia n'émet pas un son de protestation. Le Pierrot et les Polichinelles la croient consentante. Ils l'entraînent dans une grange à foin. Alicia résiste, mais en vain. Elle n'est plus vêtue de blanc parfait, et l'interdit est levé. Le Marquis s'est rapproché et continue d'observer d'un œil critique. Se rend-elle compte de ce qui va se passer ? Il retourne sur la grand-place et sirote un verre de vin.

Lucian, fou d'inquiétude, vient le tirer par la manche. Le Marquis le repousse avec dégoût. Lucian tente de lui parler du danger que court Alicia : le Marquis lui tourne le dos. Lucian se précipite au secours d'Alicia, mais se voit projeté dans les ténèbres.

Le Marquis se met à bâiller. Après tout, peut-être va-t-il s'intéresser à l'affaire. Il termine son verre de vin et se dirige d'un pas nonchalant vers la grange à foin. Il s'arrête sur le seuil, attendant qu'une sensation s'empare de lui. L'intérieur n'est éclairé que par une simple lucarne. Alicia, ses vêtements en désordre, est passivement étendue dans le foin. Les deux Polichinelles en ont fini avec elle, et le Pierrot se prépare à son tour. Mais voilà qu'il est agacé par le rictus désapprobateur du Marquis.

— Hors de ma vue, troll. Nous n'avons pas besoin de toi ici.

Le Marquis réfléchit à la situation, puis il tire sa rapière de son fourreau et, avec l'aisance tranquille d'un homme écrasant un insecte, il embroche le Pierrot. Les Polichinelles poussent un cri d'effroi et s'enfuient. Étendu sur le dos, le Pierrot agite les bras et les jambes tel un scarabée retourné sur sa carapace.

Le Marquis l'observe calmement, uniquement intéressé par les fluctuations de sa propre conscience. Son pouls ne serait-il pas en train de battre un peu plus vite ? Alicia se redresse sur les coudes, le regard vitreux. Faiblement, elle tente de couvrir ses jambes nues. Le Marquis ordonne à Lucian de faire venir sa calèche. Alicia est ramenée au château.

Le Marquis essuie sa lame sur le costume du Pierrot et retourne à sa table.

XII

Alice, vêtue d'une chemise de nuit, se tient debout à sa fenêtre. À Gargano, les festivités continuent, mais de façon moins exubérante. Les lumières colorées se balancent plus lentement, la musique se fait hésitante. Alicia lève les yeux vers le ciel noir. Les étoiles sont blanches, lointaines, pures. Elle éprouve une fascination mélancolique. Comme ce ciel est paisible ! Comme ces étoiles sont aimantes ! Elle fait un pas en avant. L'air sombre siffle autour d'elle, elle tombe dans les douves. Lucian, qui avait suivi la calèche et qui depuis se tient caché au milieu des cyprès, se jette à l'eau et en ressort en portant son corps inanimé.

Ne se sentant plus de joie, il la transporte jusqu'à sa hutte au bord du marais et l'allonge sur sa paillasse. Il allume une flambée, prépare une tisane, retire les vêtements souillés d'Alicia et les jette au feu. Il la sèche avec des gestes pleins d'adoration et lui parle d'une voix douce :

— Tu as voulu te débarrasser de ta vie. Je l'ai trouvée et je l'ai prise pour moi, et maintenant, tu m'appartiens tout entière.

Alicia repose dans une demi-stupeur. Lucian poursuit d'une voix rauque :

— Plus jamais tu ne souffriras ni ne connaîtras la désolation !

Alicia tourne la tête et le regarde. Lucian lui caresse la main.

— Parle-moi. Dis-moi que tu m'aimes, comme je t'aime.

Les lèvres d'Alicia se plissent légèrement : une tentative pour parler ? Une grimace ?

XIII

Le Marquis prend son petit déjeuner seul. Il boit du café dans une grande tasse en argent. Cadwal, son intendant, lui apporte des nouvelles d'Alicia. Le Marquis réfléchit à la situation, mais n'y trouve aucune stimulation. Il est indifférent.

Cadwal dit avec tact :

— Lucian l'artiste est réputé à la fois pour ses excès de conduite et pour son indigence.

— Ces deux qualités sembleraient – après une période de déséquilibre – devoir s'annuler l'une l'autre, fait remarquer le Marquis.

L'intendant s'incline brièvement et se retire. Le Marquis Paul-Aubry sirote son café, mange une tranche de cake, puis il va à la fenêtre. Il repense au Pierrot agité de soubresauts. Est-il possible de concevoir une émotion par association ? Ses poings se crispent. Ses pâles phalanges sont blanches.

Le père Berbolla se présente au château. La conduite de Lucian est un scandale impertinent. Qu'envisage de faire le Marquis ?

Celui-ci n'a pas considéré les choses sous cet angle. Le fait qu'on puisse lui imputer un quelconque souci, ou même une opinion, constitue pour lui une surprise notable. Il ne peut qu'affirmer et corroborer un sentiment tellement évident qu'il en est presque banal : l'affaire lui est totalement indifférente. Quand Alicia le jugera souhaitable, elle rentrera au château. Si elle décide de rester, pourquoi serait-elle contrariée dans ses désirs ? Chacun doit se frayer son propre sentier à travers la jungle de l'avenir. Il a beau faire, il ne parvient pas à comprendre la préoccupation manifeste du père Berbolla dans cette affaire.

— Tous ensemble, affirme le père Berbolla, nous sommes les enfants de l'Église. Si vous refusez de vous porter au secours de deux âmes égarées, alors, en toute conscience, c'est à moi de le faire.

Le Marquis propose au prêtre du café et du cake, et la conversation dérive vers d'autres sujets.

Le père Berbolla et la Mère Supérieure se rendent à la hutte de Lucian. Malgré ses suppliques, ils emmènent Alicia au couvent.

XIV

Le père Berbolla parle à Alicia, qui reste assise passivement. Les flammes des chandelles vacillent. Elle est fascinée. Le père Berbolla suggère qu'elle prenne le voile et consacre sa vie aux bonnes œuvres. Les paupières d'Alicia tombent.

Pendant ce temps, Lucian a élaboré un plan parfaitement insensé pour secourir Alicia. Il s'embrouille, s'égare, et se retrouve dans la chambre de la Mère Supérieure, où celle-ci est en train de se laver les pieds. Affolé, Lucian s'enfuit du bâtiment. Il est capturé et amené devant le maire, qui le fait mettre en prison. Alicia s'esquive et retourne au château.

XV

Le Marquis Paul-Aubry, en proie à un profond ennui, erre dans le château. Il brise une figurine de porcelaine et en examine les fragments. L'acte a-t-il procuré une sensation ? Il prend un volume de psaumes enluminés et commence à en déchirer les pages, qu'il jette une à une dans le feu. Il regarde les couleurs s'altérer, s'assombrir et se réduire à des paillettes de suie.

Le garçon d'écurie l'observe par la porte entrebâillée. Le Marquis l'aperçoit et s'avance lentement vers lui. Le garçon lui fait un petit sourire tremblant. Le Marquis lui donne un coup de pied, puis un autre, et un troisième. Le jeune garçon, tenant à deux mains ses adorables fesses, s'enfuit du château.

Debout à la fenêtre, le Marquis le voit descendre le flanc de la colline.

Il fronce les sourcils, pince les lèvres, et choisit une dague dans la panoplie disposée sur le mur. Quittant le château à son tour, il descend la colline à grandes enjambées.

Il attend, caché derrière une haie. Le garçon vient à passer. Le Marquis sifflote quelques notes. Le garçon s'arrête et jette un coup d'œil par-dessus la haie. Dans une soudaine mêlée de bras et de jambes, le garçon est lacéré et taillé en pièces.

Le Marquis contemple le cadavre. Ses narines et ses pupilles sont dilatées. Il procède à une introspection. Comment distinguer une simple sensation d'une véritable émotion ? Si un lion bondissait soudain de derrière la haie en rugissant, le Marquis aurait plus ou moins une réaction de recul, sans aucun doute, mais ce réflexe grossier mériterait-il d'être qualifié d'émotion ? Le Marquis soupçonne que non. Curieux, vraiment curieux. Ma foi, au moins, cette affaire aura été stimulante. Il sort si rarement pour respirer le bon air… Il devrait le faire plus souvent.

XVI

Gargano est choqué par le meurtre. Qui a pu commettre un acte aussi monstrueux ? Parnasse s'en entretient avec le Marquis, qui fronce les sourcils et se tapote le menton avec le pommeau de sa canne. Oui, oui, il va très certainement s'occuper de cette affaire.

XVII

L'hiver passe. Clotilde enfle énormément, et accouche au septième mois de quadruplés. Le premier ressemble à Mersile, le charlatan ; le deuxième ressemble au prêtre ; le troisième est émacié, avec un long nez et des cheveux roux, comme Lucian ; le quatrième ressemble beaucoup à Etheny, l'idiot du village.

Parnasse vient examiner la portée. Ses yeux brillent et il tire sur sa barbe. Clotilde l'observe du coin de l'œil.

XVIII

Le Marquis prend son petit déjeuner avec Alicia, puis il sort se promener dans la campagne, vêtu d'un manteau rouge et noir, d'un pantalon gris, de bottes noires avec des guêtres en moleskine. Le paysage est sombre et sinistre. Les arbres n'ont pas encore de feuilles. Il passe devant la hutte de Lucian et jette un coup d'œil à l'intérieur. Sur un tabouret est posé un portrait à moitié achevé d'Alicia. Le Marquis examine le tableau et le tapote du bout de sa canne.

Il se rend à l'auberge de Gargano, où il prend un verre de vin de Tokay chaud parfumé aux clous de girofle. Parnasse entre.

Dans son esprit, le Marquis se voit attaquer Parnasse, trancher cette gorge épaisse, taillader ces joues rouges, plonger un grand coutelas dans cette bedaine, et puis reculer tandis que se répand l'énorme masse rose et rouge des intestins. Le cadavre dégagerait certainement une odeur abominable. Le Marquis a une grimace de dégoût. Parnasse est trop sanguin, trop rougeaud et épais. Les meilleurs meurtres sont doux et délicats. Un jour, il pourrait être amusant de plonger une belle jeune fille dans une cuve de parfum en la tenant par les cheveux.

Il retourne au château. Assise devant la cheminée, Alicia contemple le feu. Le Marquis s'arrête un instant pour réfléchir… Elle ne verserait pas la moindre goutte de sang, uniquement un liquide pâle légèrement parfumé à la violette. Le résultat ne vaudrait pas qu'on y consacre des efforts. Il avance d'un pas, hésite encore. S'ils en discutaient ensemble, que dirait-elle ?

Quelqu'un est à la porte. Cadwal annonce Lucian.

Lucian présente sa défense avec volubilité.

— Seigneur, je viens à l'instant d'être libéré de prison. Mon crime, ainsi que je conçois l'argument, est le zèle que j'ai apporté au service de Lady Alicia.

— Je n'en suis pas aussi sûr, répond le Marquis. Dans mon souvenir, vous avez été accusé de voyeurisme au couvent… Mais peu importe. Quels buts poursuivez-vous en ce moment ?

— J'ai eu l'occasion de la supplier de me confier le soin de veiller sur sa vie. Sur le moment, elle n'a pas rejeté ma proposition, et je suis venu m'informer de son état d'esprit actuel.

Le Marquis hoche la tête d'un air approbateur.

— Bien parlé. Vous souhaitez donc reprendre la garde de Lady Alicia ?

— Si elle est ainsi disposée.

— Ah ha, certes. Ma foi, très bien. Je n'accorde pas ma permission, mais je ne la refuse pas non plus. Il vous faudra convaincre Lady Alicia, puisque l'affaire se situe strictement entre vous.

Lucian s'incline et verse presque des larmes de gratitude. Il se tourne vers Alicia, qui continue de contempler les flammes en silence.

Le Marquis se retire poliment à l'autre bout de la pièce, et observe par-dessus son épaule. Lucian se penche vers Alicia et lui sourit. Elle le regarde dans les yeux. Il lui parle, lui tend la main. Elle se lève lentement. Le Marquis se retourne et quitte la pièce. Quand il revient, ils sont partis.

Le Marquis regarde pensivement par la fenêtre. Le crépuscule tombe sur les marais. Il se rend dans une pièce inutilisée depuis longtemps, où il revêt un costume d'Arlequin ainsi qu'un masque noir. Par un passage secret, il se glisse hors du château.

Ses pieds sont agiles et légers. Parfois, il esquisse un pas de danse. Dans le chemin, il entend chanter : trois fillettes qui rentrent chez elles après avoir conduit les moutons à l'étable.

L'Arlequin bondit. L'une des trois va forcément s'échapper, ce qui est dommage. Avec une petite fille hurlante sous chaque bras, il saute par-dessus le fossé et s'enfonce dans les bois sombres.

XIX

Mersile, le charlatan, se déclare compétent pour trouver l'assassin. Il va recourir à l'hypnose.

XX

Lucian et Alicia sont assis dans leur hutte devant un petit feu de bois. Tandis qu'Alicia contemple les flammes, des larmes se forment dans ses yeux et scintillent. Lucian sait pourquoi elle pleure. Lui-même a envie de pleurer.

XXI

Le Marquis erre dans le château. Il s'arrête devant un portrait ancien. Avec un couteau, il se met à gratter la peinture, écaille après écaille. Au bout de dix minutes, ce travail l'ennuie et il va à la fenêtre. C'est la fin de l'après-midi. Le soleil se couche au-dessus des marais, dans une froide lumière vermillon.

XXII

Lucian se rend au village pour gagner, mendier ou voler un peu de nourriture pour Alicia et lui. À l'auberge, il dessine des caricatures d'un groupe d'officiers, et reçoit pour sa peine une pièce d'argent avec laquelle il achète une saucisse, une miche de pain croustillante, un fromage et une bouteille de vin.

En approchant de la hutte, il s'arrête net, étonné par des ombres qui s'agitent : un mouvement frénétique comme les battements d'ailes d'un énorme papillon de nuit… Lucian jette un coup d'œil par la fenêtre et voit l'Arlequin, haletant, avec à ses pieds un corps sans vie.

Lucian lui lance un flacon d'essence de térébenthine et y applique une torche.

Auréolé de flammes, l'Arlequin s'enfuit d'un bond dans le chemin sombre et disparaît au milieu des marais.

Lucian est calme et élégant. Il dispose Alicia sur la couche et peint son portrait : un visage aux grands yeux, lumineux, brillant de rêves trop splendides pour être exprimés par des mots.

XXIII

L'enterrement a lieu dans la brume du matin. Alicia est transportée jusqu'à la crypte de ses ancêtres, dans une petite vallée située au-dessus du château. Quelques personnes marchent derrière le corbillard : le Marquis, quelques tantes âgées, les serviteurs du château, Lucian.

Une fois que tous sont partis, Lucian revient s'asseoir à côté de la crypte. Il a une expression captivée et semble tendre l'oreille.

La pluie commence à tomber. Lucian frissonne et retourne à sa hutte, où il trouve une foule de gens en colère qui l'attendent. Le shérif de la ville, agissant sur une information reçue, a découvert un costume d'Arlequin sous le lit de Lucian.

Les citoyens commencent à lui asséner des coups de gourdin. Lucian bondit sur le toit en rugissant d'angoisse.

— Je n'ai tué personne ! J'étais en prison quand les meurtres ont eu lieu !

Parnasse se voit obligé d'intervenir.

— C'est vrai. Ce n'est pas lui l'Arlequin.

Quelqu'un demande :

— Alors, comment expliquer ces vêtements sous le lit de l'artiste ?

Un gamin murmure quelques mots à l'oreille de Parnasse. Il a vu Etheny, l'idiot du village, apporter un paquet dans la hutte.

XXIV

Etheny est traîné jusqu'au gibet. Il se débat et hurle. Le père Berbolla l'exhorte à se confesser, afin de pouvoir être absous de ses péchés. Le Marquis se tient sur le côté, impassible. Etheny se met à gesticuler :

— C'est lui qui m'a donné l'ordre ! Tenez, il est là !

Le Marquis éclate de rire. Les spectateurs sont horrifiés de l'étendue de la folie d'Etheny.

Parnasse donne un bref signal. Etheny est hissé au bout de la corde, où il est agité de spasmes un moment.

La population de Gargano tire une certaine satisfaction du fonctionnement de la justice. Une fois de plus, ils se rassurent mutuellement : ils vont tous pouvoir dormir tranquilles dans leurs lits. Le Marquis sourit tristement… Pourquoi pas ? Les meurtres étaient aussi ennuyeux que n'importe quelle autre activité. Pendant quelque temps, peut-être, il va se consacrer aux bonnes œuvres et à la charité, et se gagner l'amour des citoyens de la ville.

XXV

Le soir est calme et silencieux. Un croissant de lune flotte au-dessus de la montagne. Lucian traverse le flanc de la colline et s'approche de la crypte. Il se tient un moment au pied d'un cyprès. Il entend un bruit étrange et doux, et regarde dans toutes les directions.

Le son – s'il a vraiment existé – s'est tu. Lucian retourne lentement à sa hutte. Il fait un paquetage de quelques objets, roule le portrait d'Alicia. Après s'être enveloppé d'un manteau, il quitte sa hutte et s'éloigne le long de la route dans la pâle lumière.

Le STARK

Le voyage et les gens

DIMENSIONS ET DONNÉES

Longueur du STARK :

Boucliers inclus .... 39,6 km

Boucliers exclus .... 37,1 km

Diamètre : .... 3,76 km

Nombre de sections transversales : 124

Coque extérieure : .... acier chrome-nickel de 6,6 cm

Masse de la coque : .... 20,5 mégatonnes

Nombre de ponts : 456

Superficie totale des ponts : .... $67,8.10^9$ m²

Masse totale des ponts : .... 3628 mégatonnes

Masse totale du STARK : .... 4354 mégatonnes

CLÉ DE LA FIGURE 1 :

Couche	Code Couleur	Épaisseur (en pieds)	Rayon (en pieds)	Nombre de Ponts	Fonction
A	Noir	1300'	1300'	90	Propulsion, matériaux bruts, stockage, énergie, production
B	Gris	2000'	3300'	200	Synthèse et traitements alimentaires
V_1	Blanc	300'	3600'		Vide (stockage de réserve)
C	Vert	800'	4400'	34	Agriculture, vivariums, archivage et musée
D	Bleu	600'	5000'	32	Jardins publics et récréatifs, services, distribution, administration, écoles
V_2	Orange	300'	5300'		Vide (stades, assemblées publiques)
R	Rouge	900'	6200'	90	Résidentiel

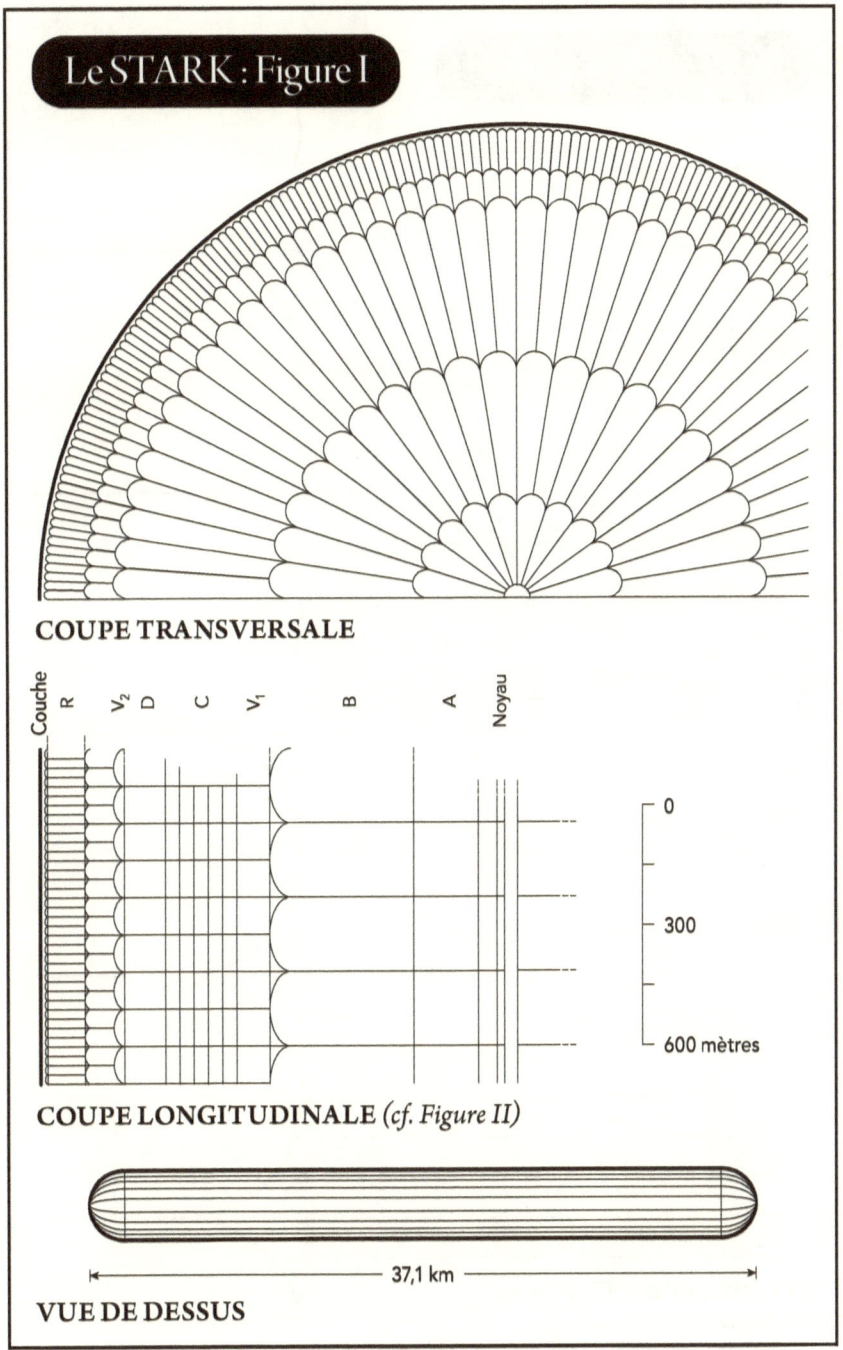

Le STARK : Figure I

COUPE TRANSVERSALE

Couche | R | V₂ | D | C | V₁ | B | A | Noyau

0

300

600 mètres

COUPE LONGITUDINALE *(cf. Figure II)*

37,1 km

VUE DE DESSUS

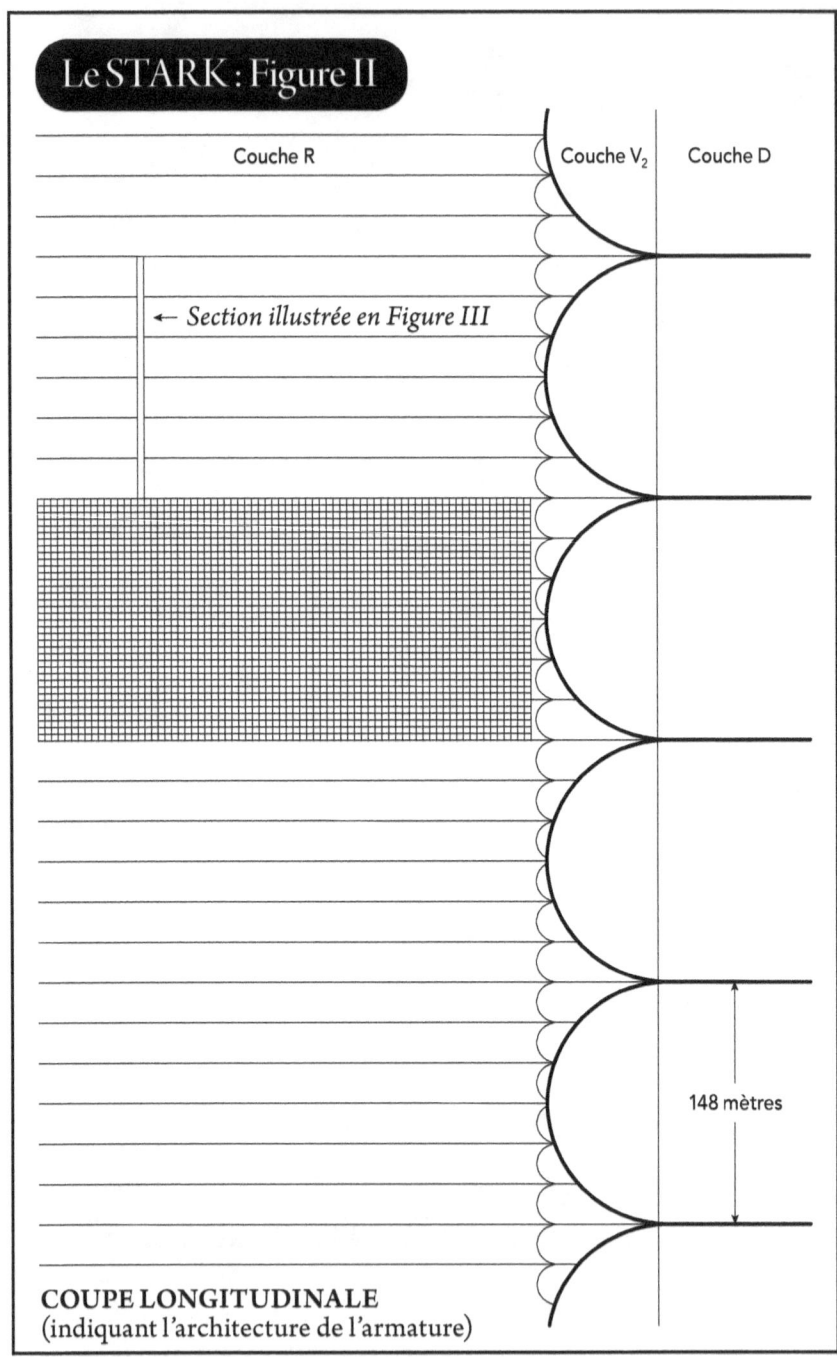

Le STARK : Figure II

Couche R   Couche V$_2$ Couche D

← *Section illustrée en Figure III*

148 mètres

COUPE LONGITUDINALE
(indiquant l'architecture de l'armature)

Le STARK : Figure III

			WC D		A
WC D		A
WC D		A
WC D		A
WC D		A
R	WC D		A
	A
	A
	A

Escalier

Intendance

Place centrale

148 mètres sur chaque côté.
Logements pour approximativement 1200 personnes.

	Chambres d'enfants
	Chambres d'adultes
WC	Toilettes
D	Douche
A	Ascenseur
R	Responsable de Bloc

SCHÉMA DE BLOC TYPIQUE

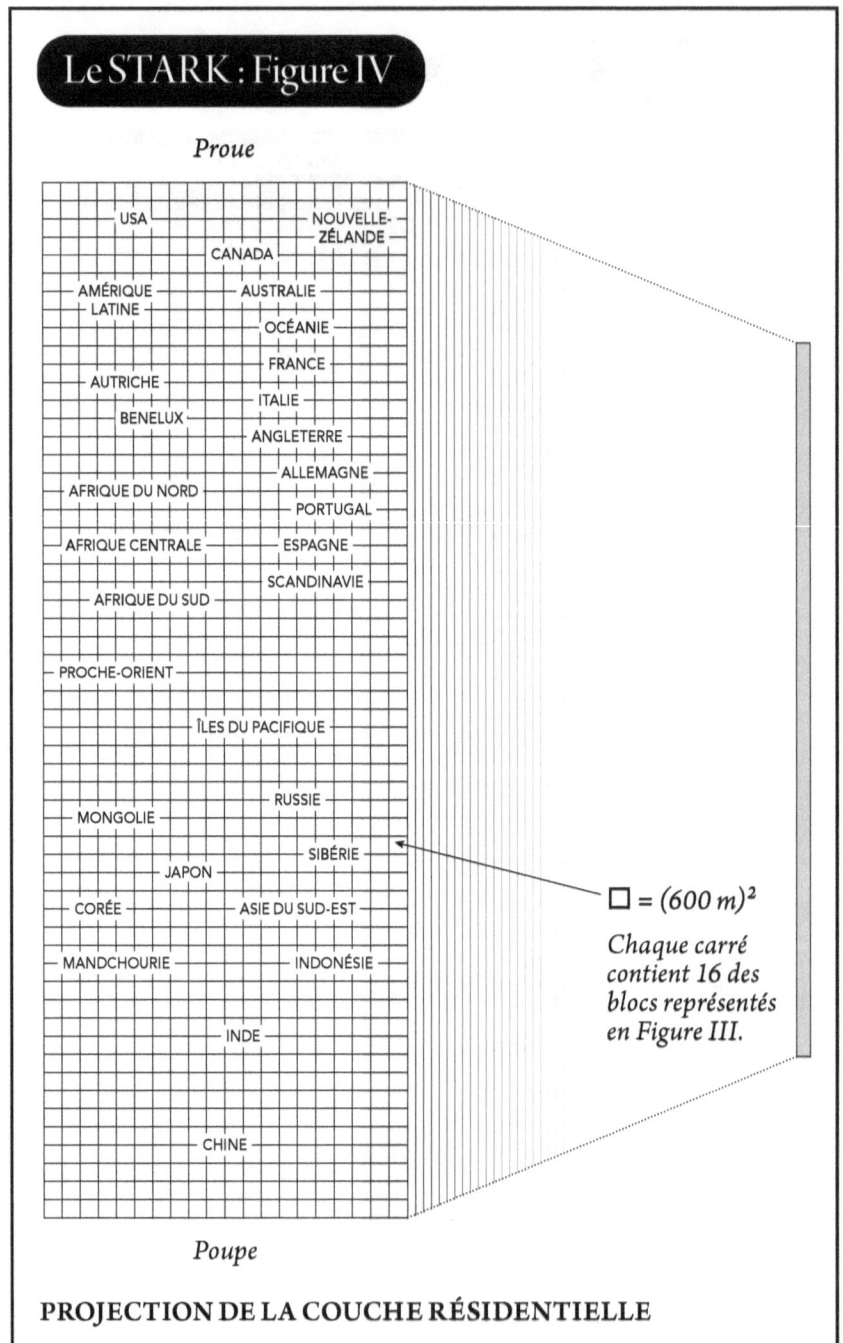

Le STARK : Figure IV

Proue

USA
NOUVELLE-ZÉLANDE
CANADA
AMÉRIQUE LATINE
AUSTRALIE
OCÉANIE
FRANCE
AUTRICHE
ITALIE
BENELUX
ANGLETERRE
ALLEMAGNE
AFRIQUE DU NORD
PORTUGAL
AFRIQUE CENTRALE
ESPAGNE
SCANDINAVIE
AFRIQUE DU SUD
PROCHE-ORIENT
ÎLES DU PACIFIQUE
RUSSIE
MONGOLIE
SIBÉRIE
JAPON
CORÉE
ASIE DU SUD-EST
MANDCHOURIE
INDONÉSIE
INDE
CHINE

$\square = (600\,m)^2$

Chaque carré contient 16 des blocs représentés en Figure III.

Poupe

PROJECTION DE LA COUCHE RÉSIDENTIELLE

Le STARK : Figure V

PLANNING DE CONSTRUCTION

I

AD 18 h 40 min ; dec +31°

1ère Partie : *Quelle étrange impulsion ?*

Carl Mitchell, assistant de recherche à l'observatoire du Mont Wilson, est convoqué dans le bureau du Dr Herbert Spiers, directeur de l'observatoire, pour action disciplinaire. Mitchell a été pris en flagrant délit d'altération de données de recherche, apparemment pour les adapter à une hypothèse personnelle – un acte mineur, mais assez répréhensible, qui lui a fait perdre l'estime de ses collègues.

Spiers demande sèchement une explication :

— Quelle impulsion, quelle étrange impulsion, a pu vous conduire à faire une chose pareille ?

Mitchell refuse obstinément de répondre.

Spiers se fâche.

— Je peux déposer une plainte officielle contre vous – pour détérioration de bien appartenant à l'observatoire !

— Allez-y, dit Mitchell. C'est votre droit le plus strict.

Spiers est interloqué.

— Voyons, Mitchell ! Si je pouvais comprendre, je ne serais peut-être pas aussi dur avec vous.

— Dr Spiers – que vous soyez « dur » ou pas avec moi est le cadet de mes soucis.

Spiers est encore plus perplexe.

— Je vais regarder cette affaire de plus près.

Il demande qu'on lui apporte la plaque photographique que Mitchell a altérée.

Mitchell s'en empare et la brise en deux.

Spiers est indigné, furieux, ébahi.

— Qu'espérez-vous gagner en faisant ça ?

Mitchell finit par céder et raconte son histoire. Il vérifiait distraitement des photos d'une région de la constellation d'Hercule, près de

Cerbère, prises à vingt-quatre heures d'intervalle pendant le mois de juin, quand il avait remarqué un objet avec la remarquable parallaxe de 1,187" par jour.

Un tel objet, raisonna-t-il, devait être un astéroïde, ou bien une planète non encore découverte située hors du plan de l'écliptique.

Mitchell se rendit à l'observatoire. Cette nuit-là, la visibilité était médiocre et il n'eut aucun mal à obtenir le réflecteur de 100 pouces. Il orienta le télescope sur AD 18 h 40 min ; dec +31° – proche du point vers lequel le soleil se dirigeait.

Il vit l'objet, une faible étincelle rouge. Il l'analysa à l'aide du spectroscope : une étoile de type N, avec une vélocité radiale positive de 200 m/s.

Mitchell retourna dans la bibliothèque où il vérifia d'autres plaques, sans trouver de mouvement à proprement parler. La magnitude absolue de l'étoile était de 24,7 – presque noire. Sa distance était de 0,00724 parsec, soit 0,0236 années-lumière.

Ne sachant que penser, Carl Mitchell s'assit et se mit à vérifier ses calculs, en espérant trouver une erreur.

Un collègue arriva et lui demanda ce qui se passait – pourquoi avait-il l'air aussi absorbé ? Mitchell répondit :

— Ce n'est pas grand-chose.

Son ami partit vaquer à ses occupations, tandis que Mitchell continuait de réfléchir : « Dans vingt-deux ans à peu près, cette étoile va frôler le soleil. Si je diffuse cette information, que va-t-il se passer ? »

Il se mit à imaginer la panique, les émeutes, les révolutions. S'il se taisait, avec un peu de chance on ne remarquerait rien pendant les dix ou quinze années à venir…

Il parvint à une décision : il gratta la plaque photographique, et fut pris sur le fait.

Le Dr Spiers a du mal à saisir l'ampleur de la situation.

— Ma foi, jeune homme, dit-il, vous avez décidé d'endosser un sacré poids sur les épaules, n'est-ce pas ?

— Oui, sans doute, dit fièrement Mitchell.

Le Dr Spiers se lève.

— Vous avez détruit du matériel appartenant à l'observatoire, mais ce qui est encore pire, c'est l'insupportable outrecuidance d'un cerveau de vingt-quatre ans qui a la prétention de décider tout seul du sort du monde. Le coût des plaques sera déduit de votre salaire. Retournez à votre travail, et à l'avenir, si des décisions importantes doivent être prises, consultez vos supérieurs.

— Vous voulez dire que si je trouve une autre étoile qui va éliminer la Terre de l'univers, il faudra que je vous en parle ?

— Exactement.

2ᵉ Partie : *L'œil de lucifer*

Le Président James Anker s'envole en secret pour Genève, où il rencontre le Premier ministre britannique, Lionel Catridge, et le Premier secrétaire de l'URSS, Tchapenko.

Tous deux se montrent soupçonneux, mal à l'aise, ignorant complètement le but de cette réunion.

Anker explique la situation, montre des photos et des rapports. Le Russe et le Britannique sont d'abord incrédules, puis épouvantés.

Anker les conduit près d'une fenêtre et pointe du doigt vers Véga. Ils observent l'étoile rouge sang à travers un petit télescope.

— L'œil de Lucifer, murmure Catridge.

Quand Anker leur expose son plan de survie, ils sont abasourdis. Anker est un homme simple et direct, qui a une foi absolue dans l'intelligence humaine et sa capacité d'accomplir des exploits. Il pense qu'il est possible de secourir non pas une élite soigneusement sélectionnée, mais chaque homme, femme et enfant sur la planète. Les esquisses préliminaires d'Anker montrent un cylindre de 37 kilomètres de long, 3,76 km de diamètre, qui sera assemblé en orbite autour de la Terre et propulsé par un accélérateur linéaire.

— Je reconnais qu'un tel vaisseau représente une tâche colossale, dit Anker, mais la survie de l'humanité est elle aussi un objectif colossal. Cela impliquerait-il des efforts plus grands que pour la Seconde Guerre mondiale ?

Tchapenko, têtu et orgueilleux, est encore hostile. Il refuse de coopérer.

— Occupez-vous de vos populations, nous nous occuperons des nôtres !

Anker et Catridge tentent de le convaincre.

— Il est essentiel que les talents scientifiques du monde entier soient focalisés sur cet unique problème, sans qu'il soit question de race ou de politique. Deux projets d'évacuation quadrupleraient la difficulté globale – la moitié seulement de la puissance intellectuelle, pour deux fois plus de travail.

Tchapenko hausse les épaules. C'est un monde de concurrence, dans lequel les plus méritants survivront. Et les plus méritants, laisse-t-il entendre, seront quelques milliers de communistes russes.

Il se lève pour partir.

— Attendez, dit Anker.

Tchapenko se retourne.

— Oui, eh bien ?

— Demain, nous allons diffuser l'information et l'imminence du danger à la planète entière. Quels que soient vos plans, le nôtre sera de transporter chaque homme, femme et enfant jusqu'à un nouveau monde.

Tchapenko hausse les épaules.

— Comme vous voudrez.

Il s'apprête à sortir, hésite, se retourne. Ses joues sont cramoisies. Il comprend que face à un tel programme, aucun scientifique, technicien, artisan ou travailleur n'hésitera une seconde à quitter la Russie pour rejoindre l'Occident.

Il claque des doigts.

— Je pourrais lancer mes armées contre l'Ouest dès demain.

— Voyons, Tchapenko, plaide Catridge. L'heure est historique. Allons-nous la consacrer à nous entretuer – ou allons-nous plutôt laisser de côté les vieilles rancunes, et nous aider les uns les autres à vivre ?

Tchapenko s'avance. Les trois hommes se serrent la main.

— Il n'y a plus de guerre froide.

3ᵉ Partie : *Le discours*

Le Président Anker doit prononcer une allocution spéciale dans une heure.

* * *

- À Davenport, dans l'Iowa, Archie McKay est en train de fêter son divorce dans un bar.
- Dans les bureaux du *Democrat* de Morgantown, Virginie, un jeune reporter se voit confier la mission de couvrir la retransmission télévisée du discours et d'écrire l'article pour la dernière édition du jour, le *Democrat* n'étant pas abonné aux agences de presse.
- À San Bernardino, Californie, un spéculateur immobilier retors vient juste de rouler un rancher en lui achetant un vaste territoire désertique où un programme de construction doit bientôt être lancé.

* * *

Le Président Anker est à l'antenne en direct. En termes simples, il explique le cataclysme qui va réduire la Terre en cendres dans vingt-deux ans. Il décrit le vaisseau qui sauvera l'espèce humaine. Chaque individu se verra allouer un espace vital d'un volume approximatif de 28 m³, indépendamment des zones récréatives – c'est plus de place qu'on ne peut avoir à bord d'un paquebot transatlantique. Le vaisseau transportera l'humanité à travers l'espace, confortablement et en toute sécurité, jusqu'à une nouvelle planète parmi les étoiles.

Combien de temps durera ce voyage ?

Il n'a pas la réponse. Cela prendra certainement beaucoup de temps – au minimum vingt ans, mais très probablement plus. Ce sera l'aventure la plus remarquable que l'humanité puisse imaginer.

* * *

Archie McKay, qui fête son divorce, examine la maquette de l'arche spatiale que le Président montre à l'écran. Il croit qu'il est en train de regarder un space-opera.

Le promoteur immobilier se précipite à la recherche du rancher, pour essayer de lui revendre sa propriété.

Le jeune reporter a du mal à respirer. Il n'arrive pas à prendre des notes tant il est excité. Quelle histoire ! Quelle chance il a eu de se voir confier l'article !

* * *

Le Président plaide pour la coopération, le calme et la foi. Il demande aux citoyens de faire preuve de jugement, de ne pas propager de rumeurs, d'éviter le sensationnalisme et, par-dessus tout, d'avoir confiance en eux-mêmes et dans le génie intrinsèque de l'espèce humaine.

* * *

Le jeune reporter se lève d'un bond et se précipite dans la salle de rédaction en criant :

— Arrêtez les rotatives !

Il exige un titre en lettres de trente centimètres de haut : LA FIN DU MONDE EST PROCHE !

Il est ébahi quand le rédacteur de nuit, un vieux briscard cynique, lui balance un crochet du droit.

Le jeune idiot de reporter le regarde en se tenant la mâchoire :

— Pourquoi vous avez fait ça ?

Archie McKay en est à son dix-huitième whisky-soda. Un commentateur dit quelque chose à propos de la fin du monde qui arrive.

Archie chante, blague, et s'amuse comme un fou.

Le barman lui dit :

— Vous allez vous réveiller avec une sacrée gueule de bois.

Le promoteur finit par trouver le rancher, mais rien à faire : le rancher a entendu le discours, lui aussi.

Partout dans le monde, les gens sortent et regardent le ciel vers Véga, où le funeste Lucifer est encore invisible.

4ᵉ Partie : *Défi et réaction*

L'Autorité pour la Survie du Monde se réunit. Un président par intérim est choisi, un programme établi, différentes commissions et autorités constituées.

La question du gouvernement de l'Arche Stellaire, « Star-Ark » ou STARK selon l'abréviation journalistique, est soulevée. Jusque-là, c'est un sujet que tout le monde a soigneusement évité d'aborder. Palioushkine, représentant russe auprès de l'ASM, est un Communiste austère et convaincu. Il commet l'erreur d'exprimer son espoir que l'exploitation capitaliste des travailleurs prendra fin en même temps que la Terre – et le mal est fait.

Vigoureuses polémiques de toutes parts. Les membres du Congrès fulminent : « Nous avons su préserver le monde libre du communisme pendant tout ce temps. Nous n'avons pas l'intention de céder pendant cette dernière heure de l'Histoire du Monde. »

Le Président s'entretient avec l'opposition au Congrès.

— Nous devons oublier notre amour-propre, et toute notre ancienne échelle de valeurs !

Les opposants sont inflexibles.

— Que les Russes fassent les concessions – nous, nous en avons assez fait comme ça. Nous refusons d'être dirigés par les Communistes – que ce soit sur cette planète ou n'importe quelle autre !

— Personne ne va diriger qui que ce soit, dit le Président.

— Ah bon ? s'esclaffent ses opposants.

Ils citent des exemples d'infiltration communiste dans des postes de grande importance.

— Peu importe qu'ils infiltrent – du moment qu'ils travaillent. La seule chose qui compte, c'est le STARK.

— Nous allons devoir y réfléchir.

Un délai. Les programmes ne sont pas respectés à cause des soupçons et des actions de retardement. Des dépêches secrètes émanant de l'ambassade américaine à Moscou font état d'une impatience inquiétante chez les Russes, qui parlent à nouveau de faire cavalier seul. Le monde est en train de se diviser en factions. Le Président passe une nuit agité. Le lendemain matin, il dissout le Congrès.

Le Congrès refuse d'être dissous, et entame la procédure de destitution.

Anker déclare la loi martiale et envoie un bataillon armé à Capitol Hill.

Les membres du Congrès sont indignés, scandalisés. « Quel genre de démocratie est-ce là ? Anker ne vaut pas mieux que les Communistes ! »

Anker apparaît. Il est souriant, mais on dirait qu'il est presque prêt à s'effondrer. Il prononce un discours pour essayer d'apaiser le Congrès dissous. Il justifie ses actions en plaidant que, plus la situation est urgente, plus les processus démocratiques doivent être bridés.

— C'est l'urgence la plus terrible qu'on puisse imaginer, et par conséquent les libertés sont réduites à l'extrême. Il est devenu nécessaire d'établir ce qui, de fait, est un gouvernement autoritaire.

« C'est ce que tous attendront à bord du STARK jusqu'à ce que le vaisseau soit prêt à partir. Pourquoi renâcler maintenant à cette idée ?

Un membre du Congrès s'écrie :

— Si nous devons avoir un dictateur, en tout cas, nous ne voulons pas de vous !

Anker sourit.

— Ce n'est pas moi que vous aurez. Je dois également obéir à la nouvelle autorité. Son nom est Palioushkine, le nouveau président de l'ASM.

Anker salue et quitte la salle. Sur le seuil, il se retourne et dit d'une voix douce :

— J'espère que j'ai pris la bonne décision…

II

Le chaudron de soupe

Erich Kohlmeier, un physicien atomiste, à l'origine un réfugié d'Allemagne de l'Est, s'adresse à la promotion 63 de Caltech.

— Le monde est littéralement en train de vous exploser à la figure – mais pourquoi désespérer ? Vous avez devant vous la plus grande aventure de l'homme ! En un sens, cette promotion a de la chance : l'humanité a besoin de vos talents comme jamais auparavant !

Il énumère les difficultés et les problèmes liés à la construction du STARK. L'inefficacité des propulseurs chimiques est le casse-tête du moment. Kohlmeier révèle qu'il n'est pas encore certain qu'ils puissent suffire à mettre en orbite les quantités de matériaux nécessaires. La masse totale du STARK est énorme. Les fusées chimiques ne sont pas fiables et consomment des quantités de carburant monstrueuses.

Martin Waber, diplômé *magna cum laude,* a l'occasion de parler à Kohlmeier. Ils discutent de propulsion atomique. Kohlmeier décrit l'accélérateur linéaire et quelques-uns des problèmes liés – par exemple la synchronisation des champs moteurs, les gradients thermodynamiques, la minimisation de l'hystérésis dans les électrodes. Importante également est la nécessité de disposer de vastes quantités d'uranium : l'énergie nécessaire pour accélérer le STARK est astronomique, et la fission de l'uranium ne fournit que 8×10^{13} J/kg. Si l'on connaissait un moyen de convertir directement l'énergie atomique en poussée, ou même en électricité, les problèmes seraient considérablement simplifiés. Kohlmeier fait remarquer que les physiciens atomistes du monde entier consacrent dix-huit heures par jour à ces problèmes. S'ils ne réussissent pas, le STARK pourrait ne jamais être achevé, et l'humanité pourrait ne pas survivre. Et même si le STARK parvenait à s'échapper de l'attraction terrestre, ce serait de justesse.

Waber demande à Kohlmeier s'il a connu Serge Iazkov, un physicien polonais. Kohlmeier s'agite à mesure que ses souvenirs lui reviennent. Iazkov et lui étaient dans le même camp après la Seconde Guerre mondiale, où ils travaillaient sur la bombe atomique russe. Il se souvient de Iazkov comme d'un schizophrène, alternant entre mysticisme et de furieux excès d'émotion. Iazkov possédait un merveilleux sens intuitif que Kohlmeier décrit comme étant presque visionnaire.

Bafouant délibérément les règles qui insistaient sur une focalisation des efforts, Iazkov avait réalisé des expériences personnelles qui avaient fait exploser le camp. En plaisantant, il comparait son travail à « faire chauffer un chaudron de soupe ».

Profitant de la confusion après l'explosion, Kohlmeier s'était échappé. Il ne sait rien ce qu'est devenu Iazkov.

Martin Waber l'informe que le fils de Iazkov, Don, est étudiant en première année à Caltech. Don pense que son père a réussi à convertir directement la matière en poussée.

Kohlmeier pense que non. L'explosion était due à un simple dépassement de la masse critique. Bizarre, pourtant, que Iazkov n'ait pas pris des précautions élémentaires… Kohlmeier s'en va.

Waber a acquis la conviction que Iazkov est toujours vivant. Il se lance à sa recherche.

Il prend conscience d'une force mystérieuse, ou d'une personnalité qui se tient en retrait, et qu'il ne peut identifier, mais qui semble désireuse de l'égarer et de contrecarrer ses efforts pour trouver Iazkov.

Plus il cherche, et plus il est convaincu que Iazkov a fait une découverte fondamentale.

Ses recherches le mènent dans diverses couches de la société, sur différents continents – ce qui fournit une vision d'un monde qui se prépare au grand exode.

Il participe à un congrès de biologistes, botanistes, entomologistes, zoologistes, ichtyologistes, etc., qui tentent de déterminer précisément quels animaux et quelles plantes préserver.

Il assiste à une représentation de *Lucifer arrive* – un ballet extravagant symbolisant la futilité des efforts de l'humanité face à une force cosmique.

Il se mêle à des criminels qui prospèrent dans un monde d'où (ainsi le considèrent-ils) toute base pour une moralité normale a été retirée.

Il échappe de peu à la mort dans une guerre civile qui fait rage en Inde.

Il découvre que Iazkov est membre d'une secte mystique et qu'il vit au Tibet.

Quand Waber le rejoint enfin, il le trouve mourant des suites de son exposition aux radiations. Alors que Iazkov s'apprête à parler, il est tué par un mystérieux agent (dont l'identité et les motivations ne sont pas encore complètement précisées).

Waber retourne aux États-Unis, et en réorganisant la masse d'informations qu'il a accumulées, il parvient à reconstituer le fameux « chaudron de soupe » de Iazkov.

Ce mélange génère de l'énergie thermoélectrique, et moyennant une injection de tritium, émet un étroit faisceau de particules gamma, alpha et bêta, ces dernières à une vitesse de 0,9999 c – générant ainsi une poussée fabuleuse.

La longueur d'onde du rayonnement émis laisse à penser que les températures en certains points microscopiques atteignent un niveau suffisant pour annihiler la matière. L'énergie est extraite de la masse par thermoélectricité et rayonnements émis. Une protection massive est nécessaire – mais l'efficacité du système est extrêmement élevée.

L'ennemi de Waber se révèle à lui. Waber le tue avec un rayon émis par le chaudron.

III
Le Grand Job

Sam Eavens, un des ordonnanceurs de la construction de la coque, travaille sur le N4B-14-V3 (Quadrant Nord, Segment 4, Quart de Segment B, Section longitudinale 14, Couche Verte, Pont 3) avec une équipe d'assemblage dont le contremaître est une brute épaisse du nom de Utah Brassold.

Eavens était autrefois représentant de commerce. Il est facile à vivre et très sociable. Il n'a guère d'expérience dans la construction, mais il possède un bon sens de l'organisation.

Utah travaille avec une grande énergie, mais il lui arrive d'avoir des accès d'humeur, de rage ou d'enthousiasme. Il quitter la Terre sans regret. Il aime beaucoup cette atmosphère d'excitation et d'urgence, et le fait de participer au « Grand Job ». L'équipe d'Utah assemble l'armature en soudant ensemble des barres d'acier de trente mètres pour former des câbles. Une équipe polonaise travaille derrière eux pour installer des colliers là où les caténaires forment des branchements.

Utah n'a aucune estime pour les Polonais, et il passe son temps à les ridiculiser.

Le contremaître polonais ainsi que son ordonnanceur ont protesté à plusieurs reprises. Jusqu'à présent, Sam a réussi à éviter que les choses dégénèrent. Des moteurs atomiques commencent à remplacer les vieux engins chimiques. Le flot de matériel a quadruplé, et la tension monte. Utah devient plus insupportable de jour en jour.

Sam reprend son travail après un jour de repos, et constate que toute activité s'est arrêtée : les Polonais et l'équipe d'Utah se font face en montrant les dents comme des chiens enragés. Le matériel est éparpillé en vrac. Les hommes flottent aux alentours en respirant de l'oxygène.

L'ordonnanceur polonais a disparu. Divers indices donnent à penser que Utah l'a « mis en orbite » (en perçant un trou dans sa bonbonne d'oxygène, de sorte que la poussée l'a propulsé dans l'espace).

Le Commissaire polonais arrive. Le contremaître polonais accuse Utah.

Le Commissaire s'entretient avec Sam Eavens.

— Que s'est-il réellement passé ?

Eavens ne sait pas. Il vient juste d'arriver. Il n'existe aucune preuve de quoi que ce soit. Eavens promet une meilleure coopération la prochaine fois.

Il parle à Utah – que toute cette affaire amuse beaucoup. Il dit à Eavens d'empêcher ces foutus communistes de venir l'embêter, s'il veut éviter les frictions. Eavens tente de lui expliquer que la politique n'a plus rien à faire dans cette histoire, et insiste sur la nécessité de coopérer, mais c'est comme s'il parlait à un mur.

Un nouvel ordonnanceur polonais arrive – un jeune homme aux joues roses frais émoulu de l'académie technique. Il prend son travail très au sérieux, et se met immédiatement à donner des ordres à Utah.

Celui-ci dit à son équipe :

— Un seul geste de travers de ce petit blanc-bec, et il part en orbite !

Le jeune ordonnanceur fait le geste de travers. Utah s'apprête à le mettre en orbite.

L'équipe polonaise intervient.

Une grande bagarre entre les deux équipes au milieu des câbles. Du matériel détruit, des gaz de soudure brûlés, des hommes tués. On dirait qu'une bataille rangée se prépare entre tous les Communistes et les Occidentaux. Le désastre !

Eavens dit à Utah :

— Allez, rendez-vous. C'est vous la cause de cette situation. Vous voulez démolir le projet tout entier ?

— Je m'en fiche pas mal.

Eavens dit :

— Je vais donc devoir vous arrêter moi-même.

Utah lui rit au nez.

— Si vous croyez que vous en êtes capable !

Eavens et Utah se battent au milieu des câbles. Eavens l'emporte. Utah est mis en orbite.

Le travail reprend, lentement, prudemment. À 03:30, la relève d'Eavens arrive.

— Alors, la journée s'est bien passée ?

— Oh, couci-couça. Juste quelques petits problèmes… À demain…

IV

Le jour du départ

Fred Smith, capitaine de la Brigade de l'Ordre Civil, effectue sa dernière patrouille. Ce soir, il prendra la dernière navette pour rejoindre le STARK, à présent complètement chargé, approvisionné et peuplé, et qui augmente progressivement son orbite.

San Francisco est déserte. Quelques voitures sont garées dans la rue, certaines verrouillées comme si leurs propriétaires, déjà à bord du STARK, craignaient les voleurs. Le soleil brille, l'air est vif, la baie est bleue. Jamais San Francisco n'a été aussi belle ni aussi mélancolique.

Smith inspecte les maisons pour s'assurer que personne n'est laissé derrière – invalides, bébés, etc. En principe, les Chefs d'Îlot ont vérifié les résidents de chaque pâté de maisons. Smith procède au contrôle final. Sur la terrasse d'une maison, Smith voit un vieil homme qui fume tranquillement sa pipe.

Smith lui souhaite le bonjour. L'attitude du vieil homme indique qu'il a décidé de rester.

— Ça me plaît tout autant d'être assis là, dit-il. C'est un sacré voyage qui vous attend… J'entends dire qu'il y a déjà des gens qui se la coulent douce, là-haut.

— Ouais…

Le vieil homme fait allusion aux globes externes. Pendant le pic de construction, plus de deux mille fusées-cargos ont fait la navette pour transporter des charges de mille tonnes, quelquefois trois ou quatre fois par jour. Au cours des deux dernières années, un certain nombre de Russes au sommet de la hiérarchie ont construit des enveloppes sphériques autour d'un millier de ces appareils, puis ils les ont aménagées de façon somptueuse, avec l'intention d'y vivre au lieu de s'installer dans le STARK.

Smith et le vieil homme bavardent encore quelques minutes.

— Il paraît que des gens sont descendus dans les Grottes de Carlsbad, dit le vieux bonhomme. Ils ont l'intention de remonter une fois que les choses se seront calmées.

— Il n'y aura plus grand-chose à voir.

— Oh, ils sont sûrs d'eux. Ils ont tout ce qu'il faut, à manger et à boire. Ils sont prêts à vivre sous terre pendant des années, s'il le faut.

— Dans cent mille ans, le monde aura peut-être refroidi… Ils ne vivront pas suffisamment longtemps pour le voir. (Smith se lève.) Bon, eh bien, papy, c'est le dernier appel. Vous feriez mieux de descendre au dépôt.

Le vieil homme tire placidement sur sa pipe.

— Il y a une femme et sa fille au second étage. C'est une chrétienne fin-du-mondiste. Elle est vieille, et ça n'a donc pas d'importance – mais vous devriez lui dire de laisser partir sa fille.

—Je vais monter jeter un coup d'œil, dit Smith.

— Il y a aussi un type qui vit dans le coin, ajoute le vieil homme. Faites gaffe à lui.

Smith monte les marches, et croise un homme qui descend. Smith est sur ses gardes. En général, ces hommes sont des criminels qui craignent d'être enregistrés. L'homme plonge la main dans sa veste pour prendre son arme. Smith est plus rapide, et s'empare du pistolet.

L'homme dit :

— Ne braquez pas ce machin sur moi – je suis en route pour le dépôt.

— Rien ne presse, répond Smith. Allons voir les deux femmes qui sont là-haut.

— Elles ne sont pas là.

— On va quand même jeter un coup d'œil. Allez, montez !

Il pousse l'homme devant lui, le pistolet dans les reins.

Dans l'appartement du haut, ils trouvent le corps de la vieille femme, morte depuis plusieurs jours. L'homme affirme qu'il n'en savait rien. Dans la pièce à côté, ils trouvent le corps de la jeune femme. Elle a été tuée tout récemment.

Smith regarde l'homme.

— Eh bien ?

L'homme proteste.

— Eh ben quoi ? Je leur ai rien pris… De toute façon, elles allaient mourir dans quelques jours.

— La logique est une chose formidable, dit Smith.

Le vieil homme voit Smith sortir seul.

— J'ai cru entendre un coup de feu, dit-il.

— C'est bien possible, répond Smith. Il y a des créatures horribles qui se baladent dans ces bâtiments, et ce sera pire quand le STARK sera parti… La Terre va être un endroit bien difficile à vivre. Vous feriez mieux de changer d'avis, papy.

— Non, je ne crois pas… Je vais rester pour voir la fin.

— Eh bien… adieu, dit Smith.

— Adieu.

V

La chèvre de Judas

Quatre mois avant le Jour D – le Jour du Départ. C'est la période des ultimes essais, mises au point et rodages. Le STARK a progressivement élargi son orbite. Des fusées lui acheminent des cargaisons de dernière minute – humus, eau de mer, arbres, minéraux, hématite, carnotite, pechblende, argile, silice, rutile (qui peut fournir du métal et de l'oxygène), divers objets pour le musée.

Les populations s'adaptent à la vie à bord du vaisseau. Agitation, désordre et mécontentement sont fréquents.

Le cercle restreint des Communistes de haut rang se réunit en conférence. Ils parlent de destinée, de planification à long terme, de la nécessité de ne rien laisser au hasard. Le Secrétaire pour l'Action Politique les écoute avec un petit sourire. Tranquillement, il annonce que *rien* n'a été laissé au hasard…

Le dernier transporteur arrive de la Terre. Lucifer flotte derrière le Soleil comme une orange derrière un pamplemousse.

Le STARK accélère, élargit encore son orbite et s'éloigne selon une tangente.

Alan McNarty est membre d'un groupe de conservateurs purs et durs – qui se sont donné le nom de Jeunes Turcs et qui, tout comme les Communistes, croient en la nécessité d'une planification à long terme, d'une action dynamique et du contrôle de l'avenir.

McNarty propose un plan visant à renverser le gouvernement du vaisseau et à prendre le pouvoir. Une fois les Jeunes Turcs aux commandes,

McNarty prophétise un Âge d'or de la démocratie, de la libre entreprise, etc. Les Jeunes Turcs sont intéressés, mais se montrent prudents.

— Comment pouvons-nous prendre le contrôle du vaisseau, alors que nous sommes si peu nombreux ?

— C'est très simple ! Nous nous assurons la maîtrise de quelques points stratégiques : la passerelle de commandement, le panneau d'énergie centrale, le panneau de température de l'air. C'est maintenant qu'il faut agir ! Avant que les Communistes ne prennent l'initiative !

L'un des conspirateurs est George Kadares. Son père est Paul Kadares, ancien rédacteur en chef du *Liberal Arts Monthly*. Georges informe son père du complot. Celui-ci est horrifié. Il se rend à une réunion des Turcs, et argumente contre le coup d'État projeté.

— Vous pourriez réussir à contrôler provisoirement le vaisseau – mais il vous sera impossible de contrôler les sentiments, les émotions et les désirs de la population. C'est là que réside la future politique à bord du STARK, et vous ne pouvez pas la maîtriser par un soulèvement mal conçu et bancal ! Pour conquérir le pouvoir, vous devez vous gagner la confiance – et non vous rendre suspects d'autoritarisme !

McNarty affirme que les Russes préparent le même genre d'action. Le seul espoir de l'Occident est d'agir le premier !

Kadares persiste.

— Que les Russes s'emparent donc du vaisseau – qu'ont-ils à y gagner ? Rien que du ressentiment. C'est l'Occident qui en tirera les bénéfices.

McNarty le fait taire d'un coup de poing. Les Jeunes Turcs mettent leur plan à exécution. Différents groupes se déploient à travers le vaisseau.

Sur la passerelle, l'Autorité de Contrôle regarde Lucifer passer à côté du soleil. Les couches externes des deux étoiles se déchirent. Les radiations internes jaillissent et réduisent la Terre en cendres.

Les Jeunes Turcs arrivent et s'emparent de la salle de contrôle. Les représentants occidentaux de l'Autorité protestent. Les Russes tentent de résister. McNarty tue un homme. Les Turcs investissent les points stratégiques. Le coup d'État est un succès !

Le nouveau groupe commence à diffuser l'information à travers le vaisseau – mais la nouvelle circule déjà sur le système de haut-parleurs.

Les Jeunes Turcs sont présentés comme étant des fascistes, des oligarques. Précipitamment, ils coupent la voix et commencent à diffuser leur propre version des événements, mais il est trop tard : le mal est fait.

Un groupe de Communistes armés surgit de cachettes secrètes et capture les Jeunes Turcs. À l'évidence, ils savaient depuis le début ce qui se préparait. Ils ont à présent un excellent prétexte pour étendre le contrôle militaire à tout le vaisseau. Les Jeunes Turcs ont été les dindons de la farce.

Les Turcs passent en jugement : tous sont condamnés et rapidement exécutés. McNarty est le dernier à partir. Il reste confiant jusqu'à la dernière minute. Il semble interloqué quand il voit les Russes se préparer à le fusiller.

— Attendez ! dit-il. Il y a une erreur ! Vous n'êtes pas censés me tirer dessus ! Appelez Kryzenkov !

Kryzenkov apparaît. C'est le successeur de Tchapenko, qui est décédé.

— Pourquoi me dérangez-vous ? demande-t-il.

— Manifestement, dit McNarty, parce que ces hommes s'apprêtent à me fusiller.

— Naturellement, dit Kryzenkov.

— Mais j'ai monté toute cette affaire pour vous ! s'écrie McNarty. J'ai strictement obéi à vos ordres ! Vous ne pouvez pas m'abandonner maintenant !

Kryzenkov sourit.

— Que pouvons-nous faire d'autre ? Soyez raisonnable, McNarty !

McNarty, écumant de rage et de frustration, est exécuté comme les autres Jeunes Turcs.

VI

Avant-garde

Cory Chevis, un artiste d'*avant-garde*[2] flamboyant, s'est vu allouer une cabane de célibataire en Pennsylvanie 40K (pont 40, bloc K, dans

---

2. En français dans le texte (*N.d.T.*).

la section Pennsylvanie des USA). Son voisin est un certain Arne Schiffko, un personnage assez mystérieux. Chevis n'a pas d'emploi. Chaque jour, le panneau d'affichage sur la grand-place liste les postes à pourvoir, mais Chevis est trop occupé à peindre des compositions abstraites.

Sur la Terre, il travaillait au Bureau d'Information Publique, où il réalisait des dessins animés destinés à maintenir le moral de la population. À présent, il veut consacrer son existence à la peinture. Arne Schiffko l'y encourage.

Un certain nombre de postes restent vacants. Clyde Ballard, le Responsable du Bloc, un ancien officier de l'armée de terre, réprimande vertement Chevis pour son indolence.

Chevis se défend.

— Je suis parfaitement disposé à travailler.

— Mais à vos propres conditions, hein ? Eh bien, nous ne voulons pas de ça ici. Nous sommes une société extrêmement organisée, et il n'y a pas place pour les efforts indisciplinés.

Un nouveau décret est affiché : Pour obtenir la nouvelle carte d'alimentation, un certificat de travail devra être présenté. (En fait, il n'y a pas réellement besoin de travailler. Il y a beaucoup plus de main-d'œuvre disponible que d'emplois à pourvoir, mais la Commission d'Intérim veut maintenir dans l'esprit de la population que la nourriture résulte du travail – et donc que le STARK n'est pas une institution paternaliste).

Cory Chevis est agacé par cette nouvelle règle, mais puisqu'il a besoin de manger, il va voir Ballard et lui demande un travail.

On lui confie la tâche de repeindre le couloir de la Couche de Synthèse Alimentaire, où le métal se corrode s'il n'est pas protégé. Chevis est exaspéré. Ce qu'il veut, c'est faire de la peinture créative.

— Créez tant que vous voudrez pendant vos heures de loisir, lui dit le Responsable de Bloc. Mais si vous voulez manger – peignez ces couloirs.

Chevis retourne à sa cabane, et va voir Schiffko pour lui exposer ce qu'il considère comme une attitude obscurantiste. Il se rend à son travail et peint différents motifs dans le couloir. Des motifs très plaisants, mais le contremaître, un homme dépourvu d'imagination, émet des objections. Chevis argumente, et il est renvoyé.

Il retourne à Penn 40K et rend visite au Responsable de Bloc.

— Et si vous me laissiez peindre des paysages sur les murs autour de la grand-place ? Ce serait un bon travail pour moi.

— Impossible. Nous tenons à ce que l'endroit reste propre et net. Mais j'ai un travail pour vous – trier les ordures, juste contre l'enveloppe extérieure. C'est un peu salissant, bien sûr, ajoute Ballard avec un grand sourire.

Chevis est furieux.

— Allez donc vous faire voir, espèce de gros tas de lard !

— Pas de travail, pas de nourriture.

Schiffko et Chevis font une longue promenade ensemble. Schiffko l'encourage à faire preuve d'initiative. Chevis met une annonce sur le tableau d'affichage, proposant de peindre des portraits en échange de bons de nourriture.

Les Communistes ont pas mal infiltré le vaisseau. Sur chaque grand-place, il y a au moins un membre du Parti. Le Communiste de Penn 40K, Alois Pontverde, voit l'annonce et l'arrache du tableau.

Chevis l'attaque, ils se battent. Chevis l'emporte et remet son annonce en place.

L'affaire remonte au plus haut niveau. Les dirigeants communistes sont intéressés. Voilà ce qui semble être un cas manifeste d'entreprise privée résurgente… De l'individualisme sous un dangereux déguisement. Ils décident d'étouffer cette initiative dans l'œuf. Ils n'ont pas d'influence directe au sein des États-Unis, mais ils dominent plus ou moins la Commission d'Intérim qui définit les grandes lignes politiques.

Chevis reçoit quelques réponses à son offre – mais les Communistes font peur aux clients potentiels.

Chevis commence à avoir faim. Il vole une carte d'alimentation à Ballard. Personne n'est au courant du vol, à part Schiffko, mais Chevis est arrêté. Il accuse Schiffko de l'avoir trahi. Ballard, qui au fond a bon cœur, est désolé pour lui, mais il n'a pas d'autre choix que de faire son devoir.

Chevis est maintenant célèbre. Les Communistes le qualifient de parasite dégénéré. Tous les moyens sont bons. Ils inventent le mot « Chevis » comme synonyme d'un profiteur sans scrupules.

Chevis passe devant le Tribunal du Segment. Les caméras de télévision sont braquées sur lui – une *cause célèbre* [3] ! Dans l'ensemble, l'opinion publique lui est hostile. Chevis ne peut pas présenter de défense argumentée. Schiffko allègue qu'en prenant la carte d'alimentation, Chevis n'a fait que récupérer ce qui lui appartenait en droit, et que, puisque le Responsable de Bloc l'a empêché de subvenir à ses propres besoins, celui-ci a l'obligation de le nourrir.

L'audience est ajournée. Un membre de la Commission d'Intérim s'approche du juge, et insiste sur la nécessité de condamner Chevis.

— L'ordre et la discipline doivent être préservés !

Schiffko rend visite au juge dans son bureau privé. Le juge laisse entendre que Chevis pourrait bien faire face à une longue peine de travaux forcés pour son comportement antisocial.

Schiffko présente ses arguments contraires. Le juge proteste qu'il ne peut qu'interpréter la loi.

Schiffko fait remarquer que l'ancien droit coutumier n'est plus applicable, que le juge a en son pouvoir de faire des avancées juridiques importantes, d'être un pionnier pour établir un nouveau droit adapté aux nouvelles réalités – à savoir que tout système de gouvernement doit accorder une grande marge à la créativité humaine, et aux mécanismes par lesquels un individu peut commercialiser sa production.

Schiffko s'en va. Pensivement, le juge lit les lettres d'intimidation anonymes qu'il a reçues.

L'audience reprend. Le juge est très agité. Il lit sa décision à voix haute : Chevis n'est pas coupable. C'est en fait la Commission d'Intérim qui est fautive, et Chevis en est la victime. Le juge statue que le gouvernement est lié par un contrat tacite qui l'oblige à fournir un environnement où l'individu peut commercialiser les fruits de ses efforts personnels.

Chevis était prêt à remplir sa part du contrat, mais pas le gouvernement. Par conséquent, Chevis n'est pas coupable.

Cette décision soulève l'indignation et la fureur. La Sous-commission d'Intérim des États-Unis accepte calmement sa validité.

Le juge répond à un coup frappé à sa porte. Schiffko se tient sur le

---

3. En français dans le texte (*N.d.T.*).

seuil. Le juge est surpris. Schiffko entre. Ils se parlent. Schiffko mentionne qu'une nouvelle monnaie d'échange est en cours de diffusion, basée sur le Joule.

Le juge dit :

— Tout cela est fort bien… mais que faites-vous ici ?

Schiffko consulte sa montre. La porte s'ouvre. C'est Pontverde, une arme à la main, venu assassiner le juge. Il recule d'un pas en apercevant Schiffko.

Schiffko lui dit :

— Avant d'assassiner quelqu'un – vous feriez mieux de vérifier auprès de Kryzenkov.

Pontverde hésite.

— Si vous ne le faites pas, je m'en charge, poursuit Schiffko.

Il décroche le téléphone, compose un numéro et demande à parler à Kryzenkov.

Kryzenkov est en ligne. Schiffko lui demande :

— Croyez-vous que ce soit de bonne politique d'assassiner le juge ? Pensez à l'opinion publique.

Surpris, Kryzenkov dit avec embarras :

— Non, non, bien sûr, absolument pas !

— Dites-le à votre homme, Pontverde.

Kryzenkov parle à Pontverde. Celui-ci se retire.

Le juge pousse un profond soupir et demande à Schiffko :

— Mais qui êtes-vous donc ?

— Je suis un homme qui vit pour le futur. Je suis l'*avant-garde*. Mais ma direction s'inspire aussi du passé. Vous pourriez me qualifier de libertaire socratique. Il y en a d'autres comme moi.

— Vous pourriez vous regrouper, dit le juge. Un homme seul n'est pas de taille contre l'organisation complexe des totalitaires.

— C'est très vrai, acquiesce Schiffko. Et en fait – il existe déjà une sorte d'organisation informelle. Vous entendrez encore parler de nous.

Le juge sourit.

— Ce ne sera pas, j'espère, dans ma capacité professionnelle.

VII
L'arme la plus efficace

L'existence n'est pas trop difficile. Pour la plus grande partie de la population, la vie n'a jamais été aussi belle. Chaque groupe national s'adapte d'une façon différente et caractéristique, mais il y a un sentiment très répandu de désillusion. Après la pression intense de la planification, de l'administration et de la construction du STARK, le voyage en lui-même est bien monotone.

Un grand nombre parmi les plus âgés, accoutumés à donner des ordres, ou du moins à assumer la responsabilité de leur existence – fermiers, cadres, entrepreneurs – succombent à l'ennui. Il n'y a pas assez pour leur occuper l'esprit, absorber leurs énergies. Ils sont nombreux à souffrir de troubles mentaux.

Il y a une vaste éclosion de sociétés, alignements politiques et associations visant à la promulgation de différentes idées.

L'ALLIANCE OCCIDENTALE : un groupe informel sans programme bien défini, qui se consacre aux traditions libérales de l'Europe de l'Ouest et de l'Amérique.

LA LIGUE ASIATIQUE : un groupe préoccupé par des théories raciales. Ils considèrent que les races de couleur ne disposent pas d'une part équitable dans le gouvernement du vaisseau.

LES HUMANISTES : leur but est de parvenir au mélange de toutes les races en une seule, avec un seul langage, une seule tradition, une seule éthique. Par ce biais, ils espèrent éviter une future guerre sur la future planète de l'humanité.

LES NON-CONFORMISTES : en opposition avec les Humanistes, ils insistent sur l'individualisme, qui est selon leur credo plus important que la justice, la vie et la mort.

LA SOCIÉTÉ DE LA RÈGLE D'OR : ces gens sont indignés que les Communistes se soient arrogé des privilèges. Ils estiment que les récompenses doivent aller à ceux qui ont accompli quelque chose.

LES HUMAINS OPTIMAUX : un groupe qui prône la reproduction eugénique et le contrôle des naissances sélectif afin d'améliorer la race.

LA LIGUE CATHOLIQUE : —

LA SOCIÉTÉ SOCRATIQUE : un groupe faible en nombre, mais doté d'une influence considérable. Chacun peut en devenir membre associé, mais le droit de vote n'est acquis que sur invitation. Les Communistes se méfient beaucoup des Socratiques.

LES ŒCUMÉNISTES : —

LES ÉCOLOGISTES SOCIAUX : —

Les Communistes ont plus ou moins infiltré les postes stratégiques et prestigieux. En général, ils ne font aucun effort de prosélytisme pour recruter de nouveaux membres. La révolution avortée des Jeunes Turcs leur a fourni un excellent tremplin. Ils ont travaillé, structuré, lutté – aucun effort n'était trop grand – et réussi à contrôler les fonctions stratégiques à travers le vaisseau. Maintenant, ils peuvent se détendre. La piétaille est mécontente, parce que les récompenses sont loin d'avoir été à la hauteur des efforts fournis.

Bob Cole croise un de ses amis, Jolly Hinsdale, qui l'évite.

Cole est perplexe et fâché.

— Qu'est-ce qui te prend ?

Hinsdale finit par lui dire qu'il ne veut rien avoir à faire avec un gars qui retourne sa veste.

— C'est parce que j'ai rejoint le parti communiste, c'est ça ? demande Cole.

— Oui, peut-être, répond Hinsdale avec amertume. Moi, au moins, mon honneur est sauf.

— Le mien aussi ! s'écrie Cole, furieux. Je n'ai rien fait dont je puisse avoir honte.

— Tu t'es rangé du côté des Communistes – c'est suffisant pour vous dégoûter.

Cole maîtrise sa colère.

— Tu vis dans le passé, Jolly. Les temps ont changé. Tout a changé, y compris les façons dont un homme peut s'élever dans le monde.

— Il y a des choses auxquelles un honnête homme ne s'abaisse jamais.

— Écoute. Autrefois, tu étais membre de la Chambre de Commerce et du Lion's Club, pas vrai ?

— Oui, et alors ?

— C'était uniquement pour te permettre de vendre plus de contrats d'assurance. J'ai rejoint les Communistes pour la même raison. Laisse-moi t'expliquer comment c'est arrivé…

Cole décrit son poste – inspecteur des plateaux d'algues, sous les ordres d'Alex Cargus, un Communiste.

Cargus était un type amer et cynique. Toute sa vie, il avait milité au sein du Parti – il s'était fait fracasser le crâne dans des manifestations, etc. Pour toute récompense, il avait ce poste minable. Il se mit à transférer de plus en plus de travail et de responsabilités à Cole, tandis que lui-même s'amusait avec des femmes qui travaillaient sur la chaîne de production.

Cargus obtient enfin une promotion. Bob Cole s'attend à être promu à son tour – parce qu'il est le seul à savoir faire fonctionner l'atelier.

Mais c'est un étranger qui est envoyé – un gamin qui a encore du savon derrière les oreilles, le fils d'un Communiste important. Bob Cole est censé lui apprendre les ficelles du métier.

— J'ai compris que la seule façon de progresser était de rejoindre le Parti, et c'est ce que j'ai fait.

— Et c'est pour ça que je t'ai dit que tu avais retourné ta veste.

— Écoute, Hinsdale – regarde la réalité en face. Qu'est-ce que je trahis ? Rien. Le mot n'a plus aucun sens politique. Tout ce que je veux, c'est avoir mes chances à bord du vaisseau.

Hinsdale s'en va sans être convaincu.

Quelques minutes plus tard, Cole est convoqué au bureau du

Commissaire du Quadrant. Le Commissaire n'a pas de fonction officielle : il ne rend compte qu'au parti communiste. C'est un Italien qui ne parle pas un mot d'anglais. Le bureau est un agréable pavillon au milieu des orangers, dans la Couche Bleue.

Le Commissaire propose une promotion à Cole.

— Qu'est-ce que je dois faire ? demande Cole.

— Rejoignez les Socratiques. Tenez-nous informés.

— En d'autres termes – vous voulez que je les espionne ! dit Cole avec amertume.

— Exactement.

— Non, dit Cole. Je ne serai l'espion de personne.

— Vous n'êtes pas un bon Communiste, dit le Commissaire.

— Pas aussi bon que ça.

Le Commissaire lui fait faire une visite du pavillon.

— Beaucoup d'espace – de l'intimité – du feuillage. C'est presque comme si on habitait à la campagne. Vous pourriez avoir une villa comme celle-là si vous apportiez une contribution décisive au bien du Parti.

— Non, dit Cole.

Le Commissaire fait appel à ses bons sentiments.

— Les Socratiques préparent des tactiques agressives.

— Comment le savez-vous ?

— Nous sommes aussi capables qu'un autre de voir que deux et deux font quatre. Voulez-vous que le vaisseau sombre dans l'anarchie ?

— Non.

Cole finit par être persuadé de se joindre aux Socratiques. Il décidera lui-même des rapports qu'il fera.

Il assiste à une réunion des Socratiques, où il rencontre Hinsdale.

— Qu'est-ce que tu fais là ?

Cole le lui avoue franchement.

Hinsdale l'emmène voir Arne Schiffko. Avec un petit sourire, il présente Cole comme étant un espion communiste.

— Observateur, rectifie froidement Cole.

— Observez tant que vous voudrez, dit Schiffko. En fait, nous avons une réunion secrète. Vous êtes invité à y participer.

Cole se rend à la réunion secrète. De belles femmes, des hommes talentueux, des philosophes, des scientifiques, l'élite intellectuelle du vaisseau. Ils évoquent des projets pour différentes réceptions et activités qui semblent totalement innocentes à Cole.

Arne Schiffko le présente comme observateur communiste. Tout le monde éclate de rire.

Cole est furieux.

— Si vous croyez que je me laisse prendre un instant à votre comédie ! Je sais très bien que vous mijotez quelque chose – vous êtes des conspirateurs. Naturellement, vous vous gardez bien d'en parler devant moi !

— Vous avez entendu tous les complots que nous ferons jamais, dit Schiffko.

— Vous voulez dire que vous n'avez aucun objectif politique ?

— Pas du tout – bien sûr que nous en avons un. Mais notre arme est très subtile.

— Quelle est cette arme, alors ? Ou bien c'est un secret ?

— Nous n'avons pas de secrets. Cette arme s'appelle le mimétisme.

Après avoir profondément réfléchi, Cole va faire son rapport au Commissaire. Il lui dit que les Socratiques sont parfaitement inoffensifs. Le Commissaire est contrarié. Il tient à la main un livre : une grammaire anglaise.

— Oui, dit-il, j'apprends l'anglais. Dans ce vaisseau, il se passe tellement de choses en anglais que je ne peux pas comprendre…

Cole éclate de rire.

— Bon, alors – j'ai droit à une villa, maintenant ?

— Non. Vous n'avez rien prouvé contre les Socratiques.

Cole regarde la grammaire anglaise et rit à nouveau.

— Vous êtes une preuve vivante, Commissaire.

VIII

Le vieux laisse place au neuf

Le Premier Secrétaire de l'URSS, Kryzenkov (dit « Le Gros »), est en fait l'homme le plus puissant à bord du vaisseau. C'est un Communiste, et aussi un Humain Optimal. Il exerce son pouvoir non pas tant par l'usage de la force, mais par son contrôle sur la distribution des privilèges : les habitats extérieurs (les unités de propulsion encapsulées dans des globes en plastique et aluminium), la production des fermes, la viande fraîche, les produits de luxe tels que les caméras, l'équipement scientifique.

Kryzenkov possède deux bulles. Il vit dans l'une, entouré de serviteurs et de concubines. Dans l'autre, il a sa serre privée, son vignoble, sa distillerie, son bétail et ses volailles, son abattoir et sa laiterie. Il a l'intention de s'en approprier une troisième, qu'il aménagera en jungle.

Chaque nation a sa propre police pour maintenir l'ordre dans sa région. De plus, il s'est constitué une Garde de Sécurité, une unité d'élite, afin de protéger les propulseurs, les générateurs, les unités de production d'air et de nourriture. En principe, ces gardes répondent strictement au STARK, sans considération de races, de nations ou d'individus. Mais en pratique, ils constituent l'armée personnelle de Kryzenkov. Il exerce son pouvoir de façon si subtile que, dans l'ensemble, la population du vaisseau le considère comme un sybarite inoffensif.

Son fils Arkady, en revanche, est très différent : c'est un jeune gredin libidineux et dénué de scrupules.

* * *

Une fête bouddhiste se déroule en Asie. Les aspects religieux sont relégués au second plan. L'un des événements est un concours de beauté à la manière occidentale : le couronnement de Miss Asie.

La lauréate est une jeune birmane de dix-neuf ans. Arkady Kryzenkov en tombe amoureux et l'entraîne à l'écart. Il y a de l'agitation dans la foule, et une émeute éclate. Arkady est dans de mauvais draps.

La Garde de Sécurité débarque et vient au secours d'Arkady. Quelques Asiatiques, ainsi que quelques gardes, sont tués. Un jeune garde estonien du nom d'Irban Katskaya prend Miss Asie sous son aile. Il décide qu'elle est trop bien pour Arkady, et il l'emmène en Estonie, où il l'installe chez lui pour s'occuper de la maison. Miss Asie a peu voix au chapitre concernant les différentes phases de sa destinée.

Arkady remonte la piste de Miss Asie, et il est furieux de ce qui s'est passé. Il va voir son père, qui est ivre et d'une humeur accommodante.

Le lendemain est publié un édit qui déclare tout mariage interracial, formel ou informel, contraire à la politique en vigueur, et strictement interdit aux membres de la Garde de Sécurité. C'est une unité d'élite, dont la race doit rester pure.

Cette annonce met l'Asie en rage. Des barricades sont dressées dans les coursives. Des Caucasiens sont malmenés, tués. Les Communistes chinois perdent complètement la face. Ils changent de nom, mais perdent toute influence.

L'Estonie est encore un satellite soumis à la loi russe. Un détachement de police russe vient arrêter Irban Katskaya.

Les Estoniens se soulèvent et lynchent les Russes.

Loi martiale. L'Estonie se déclare libre du joug russe et proclame son indépendance. La Lettonie et la Lituanie lui emboîtent le pas.

Les Russes injectent du gaz vomitif dans les canalisations d'air. Irban Katskaya, ancien garde de la Sécurité, connaît le code du générateur d'air. Il s'y glisse, inverse des vannes. Le gaz se répand dans Moscou. Pendant ce temps, Arkady Kryzenkov avait injecté du gaz cyanogène. Deux millions de Russes sont tués.

Les Communistes se réunissent et décident qu'ils ne peuvent pas se permettre une perte de prestige. Ils n'osent plus utiliser de gaz. Ils commencent à déployer des troupes à travers les ponts de la Baltique.

Les troupes sont prises en embuscade, garrotées, poignardées, etc. C'est une dure leçon : une section du vaisseau bien déterminée à résister peut tenir tête à des troupes entraînées, dès lors que celles-ci sont en forte infériorité numérique par rapport à la population.

L'Europe entière se soulève et déclare son indépendance. En Europe de l'Ouest, les anciennes puissances coloniales ajoutent habilement du sel sur la plaie en renonçant à toute prétention sur leurs anciennes colonies.

En Estonie, Miss Asie est reconnue sur la grand-place et lynchée par des Estoniennes qui, contre toute logique la tiennent pour responsable de la situation.

Irban Katskaya en tue une douzaine avec un pistolet-mitrailleur, et devient lui-même un fugitif. Il essaie de s'enfuir à l'Ouest, mais il est capturé par ses anciens camarades de la Garde de Sécurité, qui l'emmènent dans la bulle de Kryzenkov.

Celui-ci ordonne qu'on le mette sous les verrous. Irban Katskaya est devenu un symbole pour une multitude de gens : c'est par conséquent un outil, un levier contre l'imagination du public. Kryzenkov tient à le garder vivant jusqu'à ce qu'il ait trouvé un moyen de l'utiliser.

Ils écoutent une émission diffusée depuis l'Angleterre. Un membre de la Société Socratique discute des événements récents à la lumière du passé, et trace les contours du développement de la pensée politique contemporaine.

Les Socratiques, dit-il, incarnent le génie de la civilisation occidentale, née parmi les libéraux athéniens, et qui s'est propagée vers l'Ouest.

D'un autre côté, le Communisme et l'Humanisme Optimal élitiste représentent le génie de l'esprit oriental, qui s'est développé à partir des prêtres sumériens, puis à travers Xerxès, Darius, les Byzantins, etc.

Kryzenkov est bien forcé de reconnaître l'intelligence de ce Socratique qui a su habilement ficeler l'Absolutisme Oriental, le Communisme et l'Humanisme Optimal en un seul paquet.

Arkady met leurs difficultés sur le compte d'Irban Katskaya, et il est agacé de voir que celui-ci s'en tire aussi facilement. Il donne l'ordre qu'Irban soit fouetté.

Le commandant de la Garde de Sécurité, un ancien camarade d'Irban, est écœuré. Il déclare :

— Je suis un soldat, pas un tortionnaire.

Arkady réplique :

— Je vous ai donné un ordre.

Le commandant répond :

— J'ai déjà reçu des ordres concernant cette personne.

— Mes ordres supplantent les précédents.

Le commandant s'incline et conduit Arkady dans une pièce parfaitement insonorisée. Arkady le suit. Le commandant lui tend un fouet et désigne Irban qui se tient dans la pièce, libre.

— Je vous confie la garde d'Irban. Si vous voulez qu'il soit fouetté, faites-le vous-même.

Arkady prend le fouet, mais il hésite : il n'ose pas faire un geste. Il ne sait pas si le commandant va le protéger, mais il soupçonne qu'il ne le fera pas. Il jette le fouet par terre et s'en va.

Irban dit :

— Je ferais mieux de le suivre, puisque je suis sous sa garde.

Le commandant hausse les épaules et s'en va à son tour. Ce n'est plus de sa responsabilité.

Irban quitte la pièce. Kryzenkov est parvenu à une décision difficile. Les idées socratiques produisent un grand effet à travers le vaisseau. Il soupèse ses deux philosophies – le Communisme et l'Humanisme Optimal. Le mot « Communisme » ne possède plus d'avantage pratique, associé qu'il est aux tentatives russes de préserver la structure de papier de leur empire. Le Communisme est une idée qui a fait son temps.

Kryzenkov s'en débarrasse. Il prononce un discours au nom de l'Humanisme Optimal, libérant *de jure* tous les anciens pays satellites – bien que ceux-ci soient déjà libres *de facto*.

Irban Katskaya a réussi à rejoindre le ferry, et il s'échappe.

Arkady veut le tuer, ou ordonner qu'il soit recapturé. Kryzenkov réprimande Arkady pour son attitude puérile, et refuse de se donner tout ce mal.

IX

Le Secret

Les Humains Optimaux ont changé de nom : ils s'appellent désormais l'Ordre du Service, pour justifier leur monopole des privilèges et du pouvoir. Ils prétendent souscrire à la doctrine des « Récompenses pour Ceux qui Servent ».

Ils utilisent des méthodes d'agences publicitaires pour affubler les Socratiques d'épithètes péjoratives : « Céphalos », « Crânes d'œuf », « Élitistes ».

La lutte entre l'Ordre du Service et les Socratiques est feutrée, mais elle n'en est pas moins mortelle.

* * *

Wanda Lavanchine, la fille d'un membre de l'Ordre du Service, est une jolie fille de dix-huit ans à l'esprit vif et curieux.

Elle entend son père faire des allusions voilées au « secret » – mais il refuse de s'expliquer. Elle l'apprendra le moment venu.

Au cours d'une visite du STARK, Wanda rencontre Donald Carmone, un étudiant en astrophysique à l'université Columbia. C'est un jeune homme qui a beaucoup d'enthousiasme et de forts préjugés.

Wanda visite Columbia, qu'elle trouve beaucoup plus stimulante et intéressante que l'atmosphère exclusive de l'Académie de Jeunes Filles de l'Ordre du Service.

Ses parents protestent, mais elle obtient gain de cause et s'inscrit à Columbia, en cachant son appartenance à l'Ordre du Service. Elle suit des cours d'astrophysique, et retrouve Donald Carmone.

Ils sortent ensemble. Donald ignore toujours ses origines. Il désapprouve fortement l'Ordre du Service. Wanda est étonnée de l'intensité de ses sentiments ainsi que de ceux de ses nouveaux camarades. Donald se plaint de ce que le cycle a maintenant fait un tour complet : les Marxistes du début étaient des idéalistes ; les Staliniens, des syndicalistes ; les Optimaux, une aristocratie autoproclamée qui a dégénéré à présent dans le *statu quo* ultra-conservateur de l'Ordre du Service.

Donald est particulièrement mécontent que l'observatoire soit situé dans l'un des habitats externes, et accessible uniquement aux étudiants munis d'une autorisation spéciale.

— Nous voilà au milieu de l'espace – des conditions idéales pour l'étude de l'univers ! Mais l'observatoire nous est fermé. À quoi ça sert d'étudier l'astrophysique ?

— Eh bien… Ils disent qu'il n'y a pas de temps disponible au télescope à part pour le personnel attitré.

— Il doit quand même y en avoir *un peu* !

— Je vais me renseigner.

Donald est soupçonneux. Il lui demande comment elle va s'y prendre.

Wanda avoue ses origines familiales. Donald est décontenancé, mais il dit qu'il lui pardonnera si elle arrive à savoir pourquoi les étudiants en astronomie n'ont pas accès au télescope.

Wanda retourne dans son globe natal et pose des questions discrètes. Son père se montre évasif. Elle apprend que les astronomes vont se réunir en congrès extraordinaire.

Elle fait son rapport à Donald. Ils s'arrangent pour visiter l'observatoire au moment du congrès. Wanda pense que c'est peut-être ici que se trouve le « secret » auquel son père a fait allusion.

Ils franchissent furtivement l'espace qui les sépare de l'observatoire, et examinent les lieux sans rien trouver d'important.

Donald regarde au télescope et s'émerveille de la clarté de vision. L'objectif est un miroir parabolique en mercure de 30 mètres de diamètre. Les étoiles apparaissent sous la forme de disques perceptibles.

Ils braquent le télescope vers la Terre : la surface est incandescente. Ils regardent ensuite Alpha du Centaure. Donald fronce les sourcils, met le spectroscope en place.

La vitesse du STARK n'est pas du tout ce qu'elle devrait être – elle n'est que le tiers.

Donald et Wanda se regardent, abasourdis. Donald dit avec amertume :

— C'est l'Ordre du Service. Ils ont délibérément réduit l'accélération. Ils ne veulent pas atteindre Alpha du Centaure…

Les astronomes reviennent. Donald et Wanda se trouvent pris au piège. Ils transmettent un signal au STARK pour l'informer de ce qu'ils ont découvert.

Les Socratiques leur envoient un vaisseau. L'Ordre du Service est nerveux. Ils se rendent compte qu'ils sont sur le point d'être discrédités – et qu'ils auront de la chance si les populations en colère ne les réduisent pas en charpie.

X

La chute de l'Ordre

L'Ordre du Service a été discrédité, mais, sans qu'on sache très bien pourquoi, la population du STARK continue de tolérer sa tyrannie.

Il y a un certain nombre d'autres symptômes étranges au sein des populations – lassitude, névrose, travestisme.

Guido Zarcone, un psychologue, s'en inquiète suffisamment pour abandonner ses autres recherches et tenter de découvrir la source de ces troubles.

Ses investigations le mènent à travers le vaisseau. En Mandchourie, il trouve une population relativement peu perturbée, et qui organise en secret des combats de gladiateurs.

Il étudie leur alimentation, et découvre qu'elle n'inclut pas un certain composé glucidique qui est devenu un aliment de base dans le reste du vaisseau. Zarcone enquête sur ce produit et surprend un membre de l'Ordre du Service en train d'y injecter des œstrogènes et des anti-testostérone.

Pour éliminer les preuves, l'homme avale le produit et meurt dans d'horribles convulsions.

Zarcone fait son rapport, et les régimes sont ajustés. L'Ordre du Service a maintenant une réputation exécrable.

XI

Projet N^n

L'Ordre du Service a disparu, il a été absorbé. Les Socratiques se sont vu confier la lourde responsabilité de gouverner le STARK, ce qu'ils ont accepté à contrecœur. Ils gouvernent aussi peu que possible, en établissant seulement de grandes lignes politiques. Les groupes nationaux se gouvernent eux-mêmes à travers des organisations locales, avec très peu d'interférence de la part des Socratiques.

Les bulles externes sont allouées à des Héros de l'Accomplissement – des personnes qui ont contribué au bien de l'Humanité.

* * *

Les Socratiques s'embarquent dans une tâche monumentale sous la direction de Martin Waber, qui est devenu un homme d'une extraordinaire érudition doté d'une puissance visionnaire. Ils ont l'intention de rassembler et de cataloguer l'intégralité du savoir humain.

C'est un travail gigantesque, qui implique d'abord une nouvelle théorie des catégories et de l'évaluation des informations, une nouvelle logique des arrangements, une nouvelle symbologie pour systématiser l'enregistrement de domaines de connaissance disparates. On attend du projet qu'il permette une fabuleuse moisson de connaissances nouvelles, afin de conduire les recherches dans une centaine de directions encore insoupçonnées. Le programme est baptisé Projet N^n pour symboliser la vaste étendue du champ d'étude et l'immensité des bénéfices attendus.

Le Projet N^n est lancé. Les années passent. Les progrès sont lents – plus lents qu'estimé au départ.

Le groupe d'étoiles du Centaure est de plus en plus brillant. S'il y a des planètes habitables là-bas, les problèmes liés à la colonisation obligeront un report du Projet N^n pour une durée indéterminée.

Après de longues réflexions, Martin Waber donne en secret l'ordre de décélérer, afin d'augmenter de quelques années le temps nécessaire pour atteindre Proxima du Centaure.

C'est véritablement de la dynamite sur le plan social. C'est précisément pour une action de ce genre que l'Ordre du Service est tombé dans le discrédit.

Ferdinand Sabroth est le neveu de Waber, un membre associé des Socratiques. C'est un jeune opportuniste amoral, qui possède une bonne part de l'intelligence de son oncle et un formidable désir de puissance. Dans son esprit, la réticence des Socratiques à gouverner a créé un vide dans la structure du pouvoir, et il a bien l'intention de l'occuper.

Il apprend la décision de Waber de ralentir le STARK, et il tente un chantage pur et simple. Il veut devenir membre à part entière des Socratiques, et qu'on lui attribue un globe d'habitation externe.

Waber tente de le raisonner, en évoquant les bénéfices attendus de la Nouvelle Synthèse.

Sabroth s'esclaffe.

— Les Socratiques ne valent pas mieux que le vieil Ordre du Service – vous jouez à être des dieux !

Waber sort une arme avec l'intention de tuer Sabroth. Celui-ci parvient à s'en emparer.

Waber semble brisé. Il se laisse tomber dans son fauteuil. Il reconnaît le paternalisme des Socratiques et concède que, quelles que soient les conséquences, chaque homme doit pouvoir décider lui-même de son destin.

Sabroth le menace.

— Bon, maintenant – fais ce que je demande, ou je dirai tout sur les Socratiques.

Waber réfléchit un instant, puis il tend la main vers un micro.

— Qu'est-ce que tu vas faire ? demande Sabroth.

— Je m'apprête à faire une déclaration au vaisseau, pour reconnaître mon erreur – et te faire mettre en prison pour chantage.

— Espèce d'imbécile ! Tu vas tout gâcher !

Waber répond :

— Ferdinand, je n'ai pas le don de clairvoyance – mais j'ai le sentiment que toute concession que je te ferais pour satisfaire à tes exigences serait pire pour l'espèce humaine que la fin des Socratiques.

Il tend la main vers le micro.

— Attends ! dit Ferdinand Sabroth. Tu as gagné. Restons-en là, et oublie que je t'ai parlé.

— Non, dit Waber. Je dois accomplir mon devoir.

Sabroth voit tout son avenir s'écrouler. Dans une tentative désespérée, il demande à Waber de ne pas se montrer égoïste, et de ne pas sacrifier les Socratiques pour une simple question d'amour-propre.

— Le moins que je puisse faire, insiste Waber, est de te faire mettre sous les verrous, pour chantage.

Sabroth soupèse tristement les pour et les contre de la situation. S'il révélait tout ce qu'il sait sur les Socratiques, il irait quand même en prison, mais quand il en sortirait, le vide du pouvoir pourrait bien être rempli… C'est dans son intérêt de préserver le statu quo jusqu'à ce qu'il ait une autre chance de tenter une prise de pouvoir. Il est bien obligé d'avaler la pilule, et il se rend.

Les gardes emmènent Sabroth. Waber donne l'ordre de renoncer à la décélération du STARK jusqu'à ce que le Projet N^n puisse reprendre.

XII

Le Héros

Ferdinand reçoit en prison la visite d'une femme remarquablement complexe du nom d'Ariel Angiello – qui inspire la fascination tant par sa beauté que par l'infrangibilité de ses émotions. Par certains aspects, elle est semblable à Sabroth. Ils sont conscients de cette similarité, et se méfient d'autant plus l'un de l'autre.

Ariel veut quelque chose de Sabroth – peut-être le moyen de chantage que Sabroth avait sur Waber. Elle tente de lui soutirer cette information, mais il refuse de parler.

Sabroth lui demande pourquoi elle veut cette information. Elle explique qu'elle est motivée par un désir de vivre une existence intense – qui pourrait être dure, ou courte, mais en aucune façon monotone. La Société Socratique est sur le déclin, pense-t-elle. Sa force et son austérité l'ont enfermée dans une tour d'ivoire. Elle a l'intention d'exploiter ce qu'elle analyse comme une faiblesse.

Sabroth voit qu'elle serait plus dangereuse comme alliée que comme ennemie, et il essaie de lui causer des ennuis.

Elle déjoue ses plans et tente à plusieurs reprises de l'assassiner.

Sabroth est libéré. Il va voir Waber, qui l'accueille sans animosité. Sabroth se propose de prendre un globe externe et de partir en avant pour faire une reconnaissance de Proxima et d'Alpha du Centaure. Elles sont à dix années de distance du STARK, mais un petit vaisseau opérant sous une forte accélération pourrait faire l'aller-retour en un an seulement.

Waber l'informe qu'une telle expédition est déjà en préparation : une douzaine de scientifiques avec leurs épouses. Sabroth remarque que l'un des noms est Ariel Yare.

— Qui est Yare ? demande-t-il.

Waber éclate de rire.

— C'est un vieillard qui a épousé une ravissante jeune femme.

Sabroth rend visite à Ariel et lui demande ce qu'elle mijote.

Elle lui dit très franchement que quand le globe reviendra d'Alpha du Centaure, il n'y aura qu'un seul survivant de l'expédition : Ariel Angiello.

— Ariel Yare, n'est-ce pas ?

Elle rit.

— C'est une bonne blague.

* * *

Le globe est sur le point de partir. Sabroth tente de se joindre à l'expédition, sans succès.

L'expédition va bientôt partir.

Sabroth, vêtu d'une combinaison spatiale, sort sur la coque du STARK et laisse la force tangentielle le propulser vers le vaisseau d'exploration.

Il se glisse à l'intérieur et se cache dans un endroit d'où il pourra observer la suite des événements.

L'expédition commence.

Il déjoue une tentative d'Ariel d'empoisonner tout le monde à bord, mais il est découvert et dénoncé. Il accuse Ariel, mais personne ne le croit. On l'enferme. Ariel vient le voir. Sabroth comprend qu'elle réfléchit à la meilleure façon de se servir de lui, et qu'elle ne sait pas encore si elle va le tuer ou non.

Le vaisseau atteint Proxima du Centaure : rien, pas de planètes. Il poursuit sa route vers Alpha, une étoile double. L'expédition repère plusieurs planètes et se pose sur l'une d'elles.

Sabroth s'évade de sa cellule pendant que les autres sont à la surface de la planète.

Ariel revient précipitamment. Sabroth se cache. Ariel va dans sa cellule avec apparemment l'intention de le tuer : Sabroth la prend par surprise, la désarme et l'enferme.

— Où sont les autres ?

— Oublie-les. Toi et moi – nous serons associés. Nous retournerons au STARK…

Sabroth la regarde avec une fascination horrifiée, puis il va voir ce qui est arrivé au reste de l'expédition.

Ils sont tous morts – victimes d'un aspect particulier de la planète. Sabroth pense qu'Ariel est responsable.

Il retourne au vaisseau, puis il dépose des stocks de nourriture et d'oxygène à la surface de la planète. Ariel l'observe avec appréhension.

— Qu'est-ce que tu as l'intention de faire ?

— Je n'ose vraiment pas te ramener à bord du STARK. Je suis le criminel, le passager clandestin. Je serais exécuté sur ta seule parole. C'est ta vie ou la mienne.

Elle le supplie de ne pas l'abandonner sur la planète, elle gémit, elle sanglote… Sabroth lui dit que s'il pouvait la voir comme une femme, comme un être humain, il aurait peut-être pitié… mais ça lui est impossible.

Ariel dit qu'elle n'a pas tué les autres, et qu'au contraire, elle a tenté de les sauver.

Sabroth éclate de rire.

— Je peux le prouver ! dit-elle.

— Comment ?

— Viens, je vais te montrer.

Ils se rendent tous les deux sur la scène du désastre. Ariel essaie de tuer Sabroth par la même méthode qui a causé la mort des autres. Elle croit avoir réussi, et se moque de lui en le traitant d'imbécile.

Sabroth s'y était attendu, et il s'en sort. Il la rattrape avant qu'elle n'ait rejoint le vaisseau. Ariel meurt dans une sorte d'accident spécifique de la planète.

Sabroth est seul. Il reprend pensivement le chemin vers le STARK. Il se rend compte qu'il est dans un sacré pétrin… Il est enfin maître d'un globe, un héros légitime qui devrait en recevoir un en récompense… sauf que les circonstances sont contre lui.

* * *

À bord du STARK. Le vaisseau d'exploration apparaît de nulle part et se glisse discrètement au milieu des autres globes externes.

Pendant une heure ou deux, personne ne le remarque. Quand Martin Waber s'y rend, il trouve le vaisseau désert. Le journal de bord contient des données concernant les étoiles du Centaure – un environnement défavorable.

Le mystère du vaisseau d'exploration fait sensation à bord du STARK.

Sabroth rend visite à Martin Waber et lui raconte l'histoire en prenant certaines précautions nécessaires. Waber le croit et applaudit son courage. Il donne l'ordre de changer de cap et de se diriger vers Sirius, et d'accélérer.

Sabroth a économisé au STARK dix à vingt ans de décélération puis à nouveau d'accélération. Waber lui propose une récompense. Sabroth la refuse.

— Ce que j'ai appris sur moi-même constitue une récompense largement suffisante…

XIII

Une question de justice

Gouverner n'intéresse pas les Socratiques. Ils partent du principe que moins il y a de gouvernement, mieux on se porte. Ils n'ont aucun goût pour ce travail, et s'intéressent beaucoup plus aux avancées intellectuelles de l'époque. Le résultat est que des criminels tirent parti des failles dans la mécanique judiciaire, et s'en portent très bien.

Gordon Guerard est l'un de ceux-là, et il rêve de posséder un globe externe.

Paul Hunter, un physicien canadien, a mis au point un test expérimental de l'hypothèse Force-Temps de Leon Rakozny, qui fait du champ gravitationnel, ou la courbure du continuum, une fonction du spin des particules atomiques. Chaque vortex agit comme un minuscule batteur à œuf. Leur agrégat génère un champ gravitationnel proportionnel à leur nombre.

Paul Hunter élève le spin d'un proton à la puissance 10. Une lueur brille un instant sur l'oscillographe, indiquant une fraction de dyne.

Hunter exulte – il est le premier à avoir créé la gravité artificielle !

Il expose à la Société Socratique les implications de son travail. Pour l'instant, il ne voit aucune façon de manipuler le phénomène pour en tirer un quelconque avantage pratique. Il utilise comme analogie un bouchon flottant au milieu d'un étang. Un homme qui se tient sur la rive peut agiter un bâton dans l'eau pour faire bouger le bouchon, mais il n'a pratiquement aucun contrôle sur ses déplacements.

Cela étant, cette expérience débouche sur un domaine de recherche entièrement nouveau.

La Société Socratique acclame Hunter comme un héros, et lui attribue par vote un globe externe. Hunter est très content : il a l'intention d'aménager sa bulle pour en faire un Institut de Recherche Avancée.

Alors qu'il retourne à son laboratoire, Hunter est tabassé par des voyous.

Gordon Guerard est derrière cette attaque. Le premier globe disponible depuis des années… et il va à un scientifique ?

Maintenant qu'il s'est bien fait comprendre, il va voir Hunter et exige que celui-ci lui transfère la propriété de la bulle. Si Hunter refuse... il sera tabassé encore deux ou trois fois, et puis mis en orbite.

Hunter accepte sans protester – à la grande surprise de Guerard.

Hunter dit à ses amis :

— La situation va bien au-delà de mon simple amour-propre. Il y a là un problème auquel je dois réfléchir. Un sujet de recherche aussi important que la gravitation synthétique. Ces bosses... (il se frotte le crâne)... sont l'équivalent de l'hypothèse de Force-Temps de Rakozny, qui m'a mis sur la voie dans l'autre problème.

— Que vas-tu faire ? lui demandent ses amis.

— J'ai un cerveau que j'ai consacré à la recherche. Qu'est-ce que faire de la recherche, sinon être au service de l'humanité ? Toute autre motivation ne serait que de la satisfaction égoïste. Pour servir l'homme, il faut résoudre un nouveau problème – et ce, de façon urgente.

Hunter étudie l'Histoire. Il fait un pèlerinage à travers le vaisseau. Il parle à toutes sortes de gens, visite l'Asie sous un déguisement.

Il prépare enfin un rapport pour la Société Socratique, dont il annonce qu'il sera plus important que sa communication précédente.

Il pose le problème : Comment gouverner l'humanité ? Comment garantir la liberté, le plein déploiement de l'individualité, les récompenses aux vertueux et les châtiments aux méchants, sans le déclin qui semble inévitable vers la décadence et la licence ?

Il présente sa thèse : les Socratiques ont mené une politique incorrecte basée sur des idéaux anachroniques.

— Au risque de simplifier grandement, divisons l'humanité entre les Bons, les Moyens et les Mauvais. Les Socratiques font indiscutablement partie des Bons. Ce sont des hommes honnêtes, qui mènent des vies austères et qui récompensent les personnes qui leur semblent le mériter avec ce qu'ils peuvent offrir de mieux – une bulle externe. Leur théorie est que le Héros doit être récompensé.

« J'estime que cette théorie est irréaliste. Le gouverneur honnête qui mène une existence spartiate ne fait que protéger des parasites.

Les Socratiques protestent.

— Vous voulez donc que nous devenions des tyrans dépravés ?

— Non, absolument pas. Je suggère que ceux qui bénéficient des fruits de la justice et de l'ordre soient obligés de veiller au maintien de la justice et de l'ordre. Les Socratiques ne sont guère faits pour être des dirigeants : leur fonction est d'être des gardiens, de servir de tribuns. Ceux qui sont les plus riches, qui ont le plus de biens à protéger, voilà ceux qui doivent être responsables. Un individu moyen qui subit une perte du fait d'un criminel doit pouvoir être dédommagé par celui qui maintient l'ordre.

Les Socratiques sont sceptiques.

— Et les Héros ? Comment récompenserons-nous les grands accomplissements ?

— C'est dans ce qu'il a accompli que le Héros trouve sa récompense. Je propose… (et là, Hunter a un large sourire)… que nous nommions Gordon Guerard le premier Gardien en Chef de l'Ordre.

— Mais – c'est un criminel ! Il n'est pas question de légitimer des criminels ! Le crime ne paie pas !

— Laissons Guerard se préoccuper de cet aspect. Si vous l'éliminez, il y en aura un millier comme lui pour prendre sa place. Eux, ils savent déjà qu'en fait, le crime paie bel et bien. Ils vont avoir un choc quand ils verront le criminel obligé de rembourser, obligé de servir ses victimes au lieu de les exploiter.

— Ma foi, nous allons essayer. À vous d'informer Guerard.

— Avec plaisir.

Guerard reçoit la nouvelle avec un petit sourire ironique.

— Hunter, dit-il, j'ai commis une erreur quand je me suis frotté à vous. Vous êtes beaucoup trop intelligent. Mais je ne suis pas complètement idiot non plus. Tenez, reprenez votre globe. Je renverse les rôles. Vous êtes maintenant le Gardien en Chef de l'Ordre. Je sais m'avouer vaincu.

Hunter, à son grand mécontentement, se voit obligé d'assumer ce rôle.

XIV

La théorie socratique encourage le régionalisme, partant de la conviction que le développement humain est mieux servi par une approche multilatérale.

Cette politique contient en germe certains aspects néfastes : chauvinisme et esprit de clocher. Par exemple, les petits Brésiliens apprennent dans les mêmes manuels scolaires que ceux utilisés autrefois sur Terre, avec une carte de l'ancien Brésil affichée au mur. Il en va de même pour la plupart des autres groupes nationaux.

L'observatoire signale une augmentation de la densité de matière dans l'espace, avec pour conséquence une certaine érosion de la coque du vaisseau. On met au point un bouclier anti-météorites : un globe de toile plastique ancré uniquement à la proue et à la poupe, et qui se déploie sous l'effet de la force centrifuge.

On suggère de peindre ce globe afin qu'il représente la vieille Terre, à l'échelle 1/350ᵉ.

On commence à travailler sur le projet. On trace les latitudes et les méridiens, le contour des continents, les océans sont teintés en bleu-vert avec une projection d'ions métalliques.

Un différend éclate entre le Honduras et le Nicaragua à propos d'une province frontalière qu'ils revendiquent tous les deux. Il en résulte d'abord des échauffourées, puis des morts, des émeutes, et enfin une guerre qui se propage à travers l'Amérique latine et une grande partie du STARK.

Une coalition formée de l'Inde, de l'Indonésie et de la Chine remporte une victoire de principe. L'Ordre Socratique est déclaré subversif. En réaction aux idées socratiques, une politique d'uniformité et de synthèse est mise en place.

XV

Les nouveaux dirigeants se sont donné le nom de Transcendentalistes. Leur système de croyances repose sur le mysticisme et la métaphysique orientale.

On commence à s'intéresser à la parapsychologie, qui avait été éclipsée jusque-là par le biais matérialiste des Socratiques.

XVI

Pas de planètes habitables autour de Sirius. Le STARK met le cap vers Procyon. Les philologues se réunissent pour formuler un nouveau langage universel, basé sur l'environnement et les réalités du STARK.

XVII

Les Transcendentalistes mènent une action implacable pour tout standardiser à bord du vaisseau. Les Socratiques se sont réfugiés dans la clandestinité. Une nouvelle atmosphère de violence et de peur règne à bord du STARK.

On ordonne aux scientifiques d'abandonner leurs recherches. Le niveau actuel de technologie est figé, parce que des innovations pourraient perturber le processus de standardisation.

La recherche fondamentale devient un crime. Les outils et le matériel de recherche sont détruits. Les Transcendentalistes réfléchissent à ce qu'ils doivent faire de la Banque du Savoir – la formidable systématisation des connaissances entamée du temps de Martin Waber.

Un groupe clandestin conçoit un moyen de préserver la Banque – un réenregistrement en miniature ? Un processus pour détourner l'attention ?

L'enregistrement est caché quelque part – peut-être dans un cerveau humain, ou dans une série de cerveaux maintenus dans un environnement artificiel.

XVIII

Dans leurs efforts pour parvenir à l'uniformité, les Transcendentalistes ordonnent la synthèse et la fusion de toutes les différences raciales, culturelles, linguistiques et psychologiques. Ils dissolvent les groupements nationaux, mélangent les races et encouragent les mariages interraciaux.

Les guildes d'artisans et les associations commerciales prennent plus d'importance. Au bout de quelques générations, ces groupes occupent les mêmes positions que les anciennes divisions nationales. Les Transcendentalistes ont simplement remplacé une forme d'organisation par une autre.

XIX

Afin de réaliser une fusion harmonieuse des races, la procréation interraciale est encouragée et récompensée. Il en résulte une surpopulation du STARK. On décrète une limitation des naissances – sans succès. Un agent contraceptif est administré à la population entière. Elle a un effet imprévu : tout le monde à bord devient stérile de façon permanente. Apparemment, l'espèce humaine s'est suicidée.

Une exception – les fœtus en gestation au moment de la stérilisation universelle ne sont pas affectés. Ces quelques bébés incarnent maintenant l'espoir de la race.

Ils sont soigneusement rassemblés dans une série de crèches aseptisées, nourris et élevés avec amour – mais totalement abrités et protégés de tout contact avec la réalité. Ces enfants ne sont pas très nombreux, et pour chacun, un futur partenaire a été scientifiquement choisi.

L'un de ces enfants, une fille, déteste son futur partenaire. Elle le dit, mais ses idées ne lui attirent aucune sympathie.

Elle parvient à s'évader. Elle s'enfuit et se cache. Une récompense est offerte pour sa capture. Quiconque lui portera assistance sera puni.

Elle se met en ménage avec un jeune mécanicien. Ils vivent discrètement ensemble, enfreignant parfois la loi, esquivant la police. Et puis un jour – alors que des policiers patrouillent –, on entend un bébé pleurer !

Un son surprenant – cela fait dix-sept ans qu'il n'y a pas eu de bébés.

On trouve la jeune fille. À l'évidence, les mâles ne sont pas stériles quand ils ont des rapports avec des femmes normales.

XX

Après deux ou trois générations, le STARK est presque désert. Il y a très peu de jeunes gens et d'enfants – le gros de la population a soixante, soixante-dix, quatre-vingts ans et plus.

Les lois, règles et règlements reflètent les goûts, les intérêts, les préoccupations et la sécurité des personnes âgées. Les jeunes sont l'objet d'une discrimination.

Des bandes de jeunes se forment et se rebellent. Il y a quelques combats animés – Jeunes contre Vieux. Les Vieux acceptent de se rendre.

XXI

Une autre génération passe. Le STARK est déserté dans sa plus grande partie. La nouvelle population vit à l'avant. L'arrière est une sorte de territoire sauvage habité par des criminels, des fugitifs et des desperados.

Une nouvelle frontière. L'Aventure !

XXII

Les criminels se regroupent et lancent un raid dans la Proue pour y enlever des femmes. Ils commencent à se reproduire. Le STARK est divisé en deux factions antagonistes, irréconciliables et incapables de se comprendre. La population de la Proue est plus nombreuse, avec un niveau de civilisation plus élevé que les barbares de la Poupe.

La Proue a établi des défenses contre les habitants de la Poupe – mais un petit groupe de barbares parvient à les surmonter. Ils tuent les dirigeants de la Proue et forment le nouvel Empire.

Les dirigeants de la Poupe envoient leurs salutations à leurs anciens camarades, qui dirigent à présent la Proue.

— Maintenant, disent-ils, nous pouvons tous profiter des richesses de la Proue.

Les nouveaux dirigeants de la Proue ne l'entendent pas de cette oreille. Ils ne veulent pas partager les fruits de leur conquête.

Une guerre éclate entre la Proue et la Poupe.

XXIII

Une étoile est repérée droit devant, avec des planètes qui semblent habitables. Grande excitation à bord du STARK. On envoie des appareils de reconnaissance. Ces mondes sont prometteurs. Le moment de la décision est venu. Tout le monde est mal à l'aise.

Une planète apparait au-dessous du vaisseau.

Alors – qui veut y aller ?

Il y a des tergiversations considérables – mais il en ressort que personne n'a envie de quitter le STARK, qui est devenu le foyer de l'humanité. Un appareil de reconnaissance découvre que, malgré les apparences, cette planète ne se prête pas à la vie humaine.

Aucune colonisation n'est possible. Et la population du STARK reconsidère soudain sa position émotionnelle. Maintenant qu'ils ne peuvent pas s'y poser, la planète semble infiniment désirable.

On en profite pour reconstituer les stocks de matières premières à bord du STARK, et le voyage se poursuit dans un espace à présent plus vaste, plus sombre et plus lugubre que jamais.

XXIV

Un empereur fou règne sur le STARK. Il s'adonne à des pratiques particulièrement déplaisantes. Certains groupes protestent, en invoquant la tradition et les lois anciennes. L'empereur les tue tous, et décide de modifier les archives afin d'empêcher qu'on l'ennuie à l'avenir avec ce genre de détails.

Il ordonne qu'on détruise toutes les archives et qu'on les remplace par un nouveau jeu dans lequel il sera écrit que lui, l'Empereur, est le *Deus Progenetrix* – qu'il a construit le vaisseau et qu'il a donné naissance à l'espèce humaine, etc.

Le Musée refuse et barricade les couloirs. En vain – les Myrmidons lancent l'assaut, tuent les conservateurs, pillent les trésors et les artéfacts, brûlent les livres, les documents, les films.

Toute référence au passé est expurgée. L'image de la Terre sur le bouclier anti-météorites est recouverte d'une couche de peinture.

XXV
Le temps des Monstres

L'Empereur Fou ordonne des expériences biologiques afin d'adapter l'homme à l'habitat qu'il a choisi : le vide de l'espace.

Un nouveau type d'humain est mis au point, avec une température corporelle abaissée à 15 °C (la tension de vapeur dans le sang tombe alors à 13 mm de mercure, que les parois veineuses peuvent supporter). Un réservoir de H_2O_2 est installé à la place des poumons.

Le premier homme à marcher dans l'espace sans protection survit – mais il ne peut pas supporter la pression dans la boîte crânienne et meurt dans d'horribles souffrances.

D'autres humains sont conçus avec des crânes plus épais, une meilleure résistance à la douleur, un Facteur de Vitalité plus élevé. Il en résulte quelques créatures étranges : les Monstres. Ils s'accrochent à la vie avec une telle énergie qu'il est presque impossible de les tuer. Ils s'échappent, massacrent les scientifiques, étranglent l'Empereur, s'emparent du STARK. Les hommes normaux deviennent des esclaves. Les Monstres sont aussi extravagants mentalement qu'ils le sont physiquement. Le STARK devient une caricature méconnaissable du vaisseau d'origine.

Un système binaire rouge et bleu apparaît, doté de planètes. Elles ne sont pas habitables par des humains ordinaires, mais conviennent parfaitement aux Monstres. Ils se ruent hors du vaisseau dans un tumulte effréné, en se battant et en hurlant.

Le calme règne à bord du STARK. Des hommes rampent hors de leurs trous et sont heureux de pouvoir accélérer le STARK loin de cette planète autour des deux étoiles.

XXVI

Il reste des Monstres à bord. La plupart sont tués pour assouvir la soif de vengeance après des années de tourments.

Quelques-uns survivent – ceux qui ont la chance de ressembler à des humains normaux. Ils n'osent pas reconnaître qu'ils sont des Monstres, mais leurs enfants en montrent parfois certains stigmates, et ils sont persécutés.

Les hybrides Monstre-Humain sont robustes, avec une forte vitalité et une grande intelligence. Les persécutions n'ont désormais plus de raison d'être.

L'un de ces Hybrides rend un grand service en sauvant la vie de nombreux humains. Le résultat : les Monstres sont légitimés – mais il n'en reste plus aucun. Ils ont été absorbés dans l'espèce humaine.

XXVII

Orthodoxie à bord du STARK – en réaction contre la folie et la licence des Monstres. Les prêtres du culte de Deus Progenetrix (l'Empereur Fou) règnent sur le vaisseau. La version des événements donnée par l'Empereur est considérée comme étant la vérité – il ne reste plus aucune tradition de la vieille Terre.

Dans les écoles, des cellules de jeunes étudiants commencent à remettre en question l'Orthodoxie. Ils sont persécutés en tant qu'athées. Des historiens tentent des recherches. Un certain nombre d'hypothèses sont échafaudées pour expliquer l'existence du STARK – dont certaines assez proches de la vérité.

Un groupe de scientifiques, qui formulent l'hypothèse d'une planète d'origine, en calculent la masse et la densité à partir de la pression de l'air et de la gravité artificielle, ses composants à partir de l'analyse de ceux du STARK, et le moment du départ en mesurant le niveau de radioactivité.

Quelqu'un découvre la représentation de la Terre sous la couche de peinture, qui est retirée en secret. Voilà une image de la Terre !

Tollé des prêtres contre l'hérésie. Ils mettent la populace de leur côté en proférant de fausses prophéties. Les scientifiques sont dans une situation périlleuse. Ils découvrent des archives qui avaient été cachées il y a très longtemps, quand les Transcendentalistes avaient pris le pouvoir aux Socratiques. L'immensité des connaissances et des traditions humaines est intégralement restaurée.

XXVIII

Devant le STARK flotte une naine rouge avec des planètes. L'une d'elles est habitable. L'équipe de reconnaissance du STARK y trouve un certain nombre de cités, reliques d'une civilisation avancée – mais aucune espèce intelligente. Très étrange. Les habitants ne peuvent pas être partis depuis très longtemps – quelques mois ou années, tout au plus. Où sont-ils allés ? Pourquoi ? Un mystère du genre de celui de la *Marie Céleste*.

Ce monde est sombre, froid, déplaisant. Personne n'a envie d'y aller, sauf les Orthodoxistes Fondamentalistes. Ils veulent quitter le STARK et son nouveau libéralisme haïssable.

Les Orthodoxistes débarquent. Le STARK repart, et finit par rejoindre un vaste vaisseau spatial qui lui est très semblable.

Il s'en approche prudemment. Un certain degré de communication est établi. Les occupants du vaisseau sont les habitants du monde abandonné – des créatures adaptées à l'obscurité et au froid de leur planète. Ils fuient la catastrophe qui s'apprête à la dévaster.

À bord du STARK, la controverse fait rage – faut-il faire demi-tour pour sauver les Orthodoxistes ? Finalement, la décision est prise et le STARK y retourne. Un groupe d'hommes obstinés sabote l'opération de sauvetage et provoque un délai supplémentaire. Ils sont appréhendés, et comme châtiment, on leur promet le même sort qu'aux Orthodoxistes. Si la catastrophe est une chaleur intense – ils seront brûlés vifs. Si c'est un froid polaire, ils seront congelés, etc.

Le STARK arrive trop tard. La naine rouge entre dans un nuage de poussière. Apparemment, les Orthodoxistes sont condamnés à l'extinction par le froid.

Mais l'étoile perturbe l'équilibre : le nuage est aspiré dans l'héliosphère, apportant une nouvelle provision d'hydrogène, une nouvelle énergie. L'étoile se transforme en soleil orange et brillant. Quand le STARK arrive, il trouve les Orthodoxistes confortablement installés. La planète est à présent un monde agréable, bien que trop chaud et trop brillant pour ses habitants d'origine.

Comme promis, les saboteurs subissent le même sort que les Orthodoxistes – on les dépose sur la planète. Et une fois de plus, le STARK reprend sa route.

XXIX

Le STARK s'approche d'une magnifique planète de type terrestre – ensoleillée, avec des montagnes vertes, des océans bleus, des plaines et des prairies. Pas d'habitants intelligents. Ses protéines caractéristiques ne sont pas incompatibles avec les humains. En bref – un monde idéal.

Un certain nombre d'hommes et de femmes – à peu près un tiers de la population – veut s'y installer. La planète est baptisée Terre.

Le reste des occupants du STARK est hésitant. Ils ont tous différentes raisons de ne pas aimer cette planète. Certains la trouvent trop chaude, d'autres trop froide. Trop humide – trop sèche. Trop petite – trop grosse. Tous ceux-là veulent rester à bord du STARK et continuer de se déplacer dans l'espace.

Ils restent en orbite pendant un an, le temps de refaire le plein de matières premières et d'aider les colons à s'établir. Et puis le STARK reprend son voyage à travers l'espace – et apparemment, telle sera sa fonction : ensemencer l'univers avec l'espèce humaine.

CONTENU

Le téléphone sonnait dans le noir

Chapitre I

Le téléphone sonnait dans le noir. Une sonnerie insistante. Un homme sortit de son lit et traversa la pièce en claudiquant pour décrocher.

— Allô ?

De joyeux sons lointains se firent entendre faiblement dans l'écouteur : de la musique, des rires, des voix.

— Allô ? répéta Marsh.

Quelque part près du téléphone, une voix de baryton insouciante fit :

— Pour l'amour du ciel, non, non et non ! Laissez-la s'asseoir.

— Allô ! lança Marsh. Allô !

Il y eut des marmonnements incompréhensibles, puis le baryton reprit d'un ton semi-amusé :

— C'est déjà assez le bazar comme ça… (La voix était forte à l'oreille de Marsh.) Boko ? Passez-moi Boko.

— Vous avez fait un faux numéro, dit sèchement Marsh.

Il raccrocha et retourna se coucher. Sa hanche était très douloureuse.

Le téléphone sonna de nouveau. Marsh resta allongé, attendant qu'il s'arrête. Au bout de six sonneries, il se hissa péniblement hors du lit et traversa la pièce.

— Allô.

La voix de baryton pleine d'assurance dit :

— Passez-moi Boko.

— Il n'y a personne de ce nom ici, répondit Marsh. Vous vous trompez de numéro.

Il retourna se coucher, mais il avait à peine atteint son lit que le téléphone se remit à sonner. Furieux, il fit demi-tour et décrocha.

— Allô !

La voix de baryton avait été occupée à une autre conversation, mais
elle s'adressa presque immédiatement à Marsh :

— Bon, OK. Passez-moi Boko.

Marsh aboya :

— Vous êtes sourd, ou complètement stupide ? Ça fait trois fois que
vous appelez ce numéro. J'essaie de dormir, moi.

Il y eut un bref silence. La voix de baryton reprit, sans plus aucune
trace d'amusement :

— Ne me traitez pas de stupide.

— Mais bien sûr que vous êtes stupide ! Quel numéro essayez-vous
de joindre ?

Pas de réponse. On entendait des voix et de la musique en bruit de
fond. Puis on raccrocha à l'autre bout.

Avec une grimace amère, Marsh retourna se coucher. Mais maintenant, il n'arrivait plus à se rendormir. Le matelas était trop dur,
l'oreiller trop chaud, sa hanche lui faisait mal comme toujours après
une contrariété. Ce n'était pas à proprement parler une douleur psy-
chosomatique : à l'origine, la blessure avait été bien réelle. Marsh resta
allongé les yeux grands ouverts dans le noir. Ses paupières finirent par
s'abaisser et il s'endormit.

Le téléphone sonna : un bruit strident. Réveillé en sursaut, Marsh
sauta de son lit et traversa la pièce en boitillant. Il décrocha le combiné.

— Allô ?

La joyeuse voix de baryton, très légèrement pâteuse mais dégoulinante de malice, dit :

— Salut, stupide. Alors, tu dors ?

Marsh attendit deux secondes avant de répondre :

— Non, bien sûr. Je suis réveillé. Qui est à l'appareil ?

— C'est la voix de ta conscience. Bon, retourne te coucher. Repose-
toi bien.

Marsh tendit l'oreille. Il y avait encore de la musique en bruit
de fond, mais plus douce. Les voix étaient moins fortes, ou moins

nombreuses. Son interlocuteur raccrocha, et Marsh n'entendit plus que le bourdonnement de la ligne. Il retourna près de son lit et regarda le cadran lumineux de son réveil. 1 h 15, un samedi soir. Enfin, dimanche matin, 16 janvier, pour être précis. Avant de retourner se coucher, il s'arrêta un instant à la fenêtre. Une série de toits descendaient jusqu'au lac Merritt, une étendue sur laquelle se reflétaient un millier de lumières vacillantes. Au-delà se découpait la silhouette des immeubles d'Oakland… Marsh poussa un profond soupir, et réussit à se détendre malgré tout. En général, il arrivait à prendre les blagues du bon côté – à condition qu'elles soient inspirées par des motifs sympathiques. Il retourna dans son lit, mais il se rendit compte qu'il avait oublié sa hanche, qui était à présent parcourue d'élancements presque insupportables. En marmonnant un juron, il se rendit dans la salle de bain et ouvrit l'armoire à pharmacie pour y prendre une bonne dose d'aspirine. Le miroir lui montra un visage sombre et assez dur. Les pommettes étaient plates, le nez mince, les lèvres serrées. Les cheveux étaient courts, d'une couleur indéterminée, avec déjà du gris au-dessus des oreilles. (Dix ans plus tôt, alors qu'il avait vingt-et-un ans, Marsh avait presque été embauché par une étudiante en beaux-arts qui lui trouvait une forte ressemblance avec le Cavalier polonais de Rembrandt. Elle avait évoqué une sorte de destinée intérieure, mystique et innocente, commune aux deux visages : une opinion que Marsh avait considérée comme exagérément romanesque.) Délaissant le miroir et son message plutôt déprimant, Marsh se passa de l'eau tiède sur la figure et retourna lentement se coucher.

Le sommeil tardait à venir. Ses yeux contemplaient fixement l'obscurité. Le temps passa. Une demi-heure. Quand le téléphone sonna, il était très tendu et se redressa plus brusquement qu'il ne l'aurait voulu. Il s'obligea à s'approcher lentement de l'appareil, et répondit d'une voix douce :

— Allô.

— Hé, stupide, chantonna la voix de baryton désormais familière. On a eu une discussion pour savoir si tu dormais. Si tu étais réveillé, je gagne un dollar… Hé là !

Apparemment, quelqu'un lui avait arraché le combiné des mains. Une voix de jeune femme se fit entendre :

— S'il vous plaît, dites que vous dormiez, et je partagerai le dollar avec vous !

— Oui, bien sûr, fit Marsh. Où est-ce que je peux venir chercher mes cinquante *cents* ?

Mais la voix de baryton revint.

— Non, le pari ne tient plus. Allez, fais tes prières encore une fois et retourne au plumard. Un gentil gars comme toi a droit au repos.

La ligne fut coupée. Marsh resta assis à contempler le cadran de son téléphone, les doigts crispés. Au bout d'une minute, il retourna se coucher.

Quelque temps après, le téléphone sonna de nouveau. Marsh ne répondit pas. Au bout d'une période interminable, la sonnerie s'arrêta. Dans l'appartement à côté du sien, Marsh entendit du mouvement. Apparemment, les occupants, Mr et Mrs Stillwater, qui étaient également ses locataires, avaient été dérangés.

Marsh glissa lentement dans un demi-sommeil agité. Une heure plus tard, le téléphone se remit à sonner. Cette fois, par égard pour les Stillwater, Marsh alla répondre, en gardant une voix douce et posée.

— Allô.

— Il est temps d'aller te coucher, stupide. Qu'est-ce que tu fais encore debout à cette heure ?

— Pas grand-chose, répondit Marsh.

Il écouta. La musique et les conversations n'étaient plus qu'un murmure. La petite fête touchait sans doute à sa fin.

— Tu peux aller dormir, maintenant, dit la voix. Je voulais juste te donner une bonne leçon. Évite à l'avenir de traiter les gens de stupides.

Marsh maîtrisa soigneusement sa voix. Ce qu'il ressentait était trop fort pour être gâché par des invectives indisciplinées. Il éprouvait presque de la sollicitude pour l'homme qui s'exprimait avec une telle suffisance. En fait, ce type lui rendait un service : pour la première fois depuis un an, il ressentait une émotion.

— Comment avez-vous dit que vous vous appeliez, déjà ?

— Je suis la voix de ta conscience. La prochaine fois que tu voudras te montrer insolent avec quelqu'un, pense à moi.

— C'est une bonne idée, dit Marsh d'une voix distante.

Mais encore une fois, il se retrouva seul sur la ligne. Il retourna se coucher. Quatre heures moins le quart.

Il n'y eut plus d'appels – et pourtant, il aurait été content d'en recevoir. Il resta éveillé avec sa hanche très douloureuse, mais imprégné d'une nouvelle mission. Un but, pour ainsi dire.

Il éprouvait presque de la pitié pour l'homme à la voix de baryton.

* * *

À 9 h 30, Marsh se leva. Il prit une douche, se rasa et se massa la hanche. La balle du Viêt-cong lui avait entièrement traversé le bassin, fracassant et pulvérisant l'os. Au moins, il était encore vivant, ce qui n'était pas le cas de huit de ses camarades – même s'il n'y avait jamais trouvé une raison de se réjouir. Bien au contraire, en fait. Il se prépara un petit déjeuner qu'il mangea en surveillant le téléphone, craignant à moitié qu'il ne sonne et qu'une voix de baryton s'excuse en plaidant un excès d'alcool – auquel cas l'émotion de Marsh, à présent lourde et bien solidifiée, aurait nécessairement été frustrée.

L'appareil resta silencieux. Marsh fit méthodiquement la vaisselle et se versa une tasse de café avant d'aller s'installer à côté du téléphone. Il regarda son numéro : Clinton 4-2658. Un numéro sans structure particulière, facile à confondre avec un autre.

Il ouvrit l'annuaire et consulta la liste des indicatifs. En plus de Clinton 4, il y avait également Clinton 1 et Clinton 9. Marsh établit une liste des numéros :

CL 1-2658	CL 4-6528	CL 4-5628	CL 4-8526
CL 9-2658	CL 4-6582	CL 4-5682	CL 4-8562
CL 4-2568	CL 4-6258	CL 4-5862	CL 4-8652
CL 4-2586	CL 4-6285	CL 4-5826	CL 4-8625
CL 4-2685	CL 4-6852	CL 4-5286	CL 4-8265
CL 4-2865	CL 4-6825	CL 4-5268	CL 4-8256
CL 4-2856			

Il étudia la liste. Les deux premiers numéros représentaient une erreur d'indicatif, les suivants étaient ceux dans lesquels les chiffres étaient intervertis ou combinés différemment. Tout cela était plus ou moins une question de probabilité, songea Marsh. Il réfléchit un instant et ajouta quelques numéros :

CL 4-1658	CL 4-2668
CL 4-3658	CL 4-2648
CL 4-2758	CL 4-2657
CL 4-2558	CL 4-2659

Voilà les numéros qu'un doigt négligent, tremblant ou distrait aurait pu composer, avec un chiffre du numéro correct remplacé par un autre proche – un peu moins probables que ceux de la première liste, parce que la personne aurait difficilement pu commettre la même erreur trois fois de suite.

Marsh compta les numéros : il y en avait 33. Parmi eux se trouvait vraisemblablement celui que Baryton avait essayé de joindre au départ.

Une nouvelle idée vint à l'esprit de Marsh : toute la logique de sa démarche était menacée. Il ouvrit son agenda à la page C et balaya la liste des yeux :

Joseph J. Cody, 280 Henry Street, Oakland, Clinton 5–9690

Cody, le gérant de l'immeuble, occupait l'Appartement 1. (Marsh n'avait pas la moindre envie de s'occuper des détails de la gestion.) Marsh composa le numéro, et une sonnerie retentit deux appartements plus loin, une vibration presque inaudible qui traversait les murs. La vibration cessa. Une voix que Marsh reconnut comme étant celle de Mrs Cody répondit.

— C'est Roy Marsh, Mrs Cody.

Son « Ah, oui ? » était vague et dépourvu de toute curiosité.

— Je me demandais qui occupait l'Appartement 3, avant que j'emménage.

— Ah, laissez-moi réfléchir... (Il y eut un silence.) Ça devait être Mr et Mrs Finch. Ils sont retournés dans l'Ohio. Il travaille à la General Foods, et il a été muté à Cleveland. Ou était-ce Cincinnati ? En tout cas, quelque part là-bas.

— Quel était le prénom de Mr Finch ?

— Joseph, exactement comme Mr Cody. Et elle, c'était Evelyn. De très bons locataires, des gens tranquilles et respectables.

— Savez-vous s'il avait des amis – de jeunes amis – qui l'appelaient « Boko » ?

— Ma foi, je ne saurais trop vous dire. Je ne pense pas. Ils n'étaient pas très sociables. Je ne crois pas qu'ils aient reçu une seule fois pendant les deux ans qu'ils ont passé ici.

— Merci beaucoup, Mrs Cody.

La curiosité de Mrs Cody était à présent éveillée.

— Il y a un problème ?

— Non, non. Juste un appel téléphonique pour quelqu'un, et j'ai pensé que ça pouvait être Mr Finch.

— Ma foi, ce n'était probablement pas lui.

— Non, effectivement. Un faux numéro, sans aucun doute.

— C'est plus que probable.

Marsh retourna à sa liste de numéros. Baryton n'avait pas appelé le CL 4–2658 en espérant tirer Mr Finch de son sommeil.

Il s'installa plus confortablement à la table et composa le premier numéro : CL 1–2658. Une femme répondit.

— Allô ?

— Boko est-il là ? demanda Marsh.

— Qui ça ?

— Boko.

— Personne de ce nom ici.

Marsh barra le numéro CL 1–2658 et composa le CL 9–2658. La sonnerie retentit.

— Allô ? fit une voix d'homme bourrue.

— Boko ? demanda Marsh.

Cette voix semblait coller très bien avec un Boko.

— Qui vous dites ? grommela l'homme.

— Boko.

— Vous avez pas le bon numéro, mon pote.

Marsh composa le CL 4–2568. La ligne sonna occupée. Il essaya le CL 4–2586. Pas de réponse.

CL 4–2865.

— Boko ? Vous avez dit Boko ? Comment vous épelez ça ? (Marsh n'en était pas sûr, et c'est ce qu'il dit.) Bon, il n'y a personne ici qui s'appelle comme ça.

CL 4–2856.

— Faux numéro.

(Sec et déterminé.)

Il essaya encore le CL 4–2568. Toujours occupé.

Il continua avec les six numéros commençant par CL 4–6. Il y eut quatre faux numéros, un qui ne répondit pas, et un qui aboutit à un répondeur l'informant que le numéro qu'il demandait n'était plus attribué.

Marsh se fit un autre pot de café, et essaya une fois de plus le CL 4–2568. Une voix de Noire richement timbrée répondit :

— Résidence Binkins.

Marsh demanda à parler à Boko.

— Qui ça ?

— Boko.

— Boko ? Vous voulez dire Mr Binkins ? Il n'est pas là pour l'instant. Il est parti à son bureau.

Marsh poussa un profond soupir et se pencha plus près du téléphone.

— Quel est son numéro ?

Une autre voix se fit entendre, calme, maîtrisée, avec des intonations cultivées.

— Mrs Binkins, à l'appareil.

— J'aimerais parler à Mr Binkins, mais je crois comprendre qu'il n'est pas là.

— Effectivement, il est sorti pour la journée. Vous pouvez probablement le joindre au Valley 2–3611. C'est VA 2–3611.

Marsh nota le numéro.

— Merci infiniment.

Il raccrocha et se cala dans son fauteuil en souriant. Bingo ! Il ouvrit l'annuaire à la page des B.

Binkins, B.K. 59 Mowbray Court, Piedmont CL 4–2568

Et le voilà donc : B.K. Binkins. Boko.

Chapitre II

Bernard Binkins avait épousé une femme de huit ans son aînée, même si, lorsqu'on les voyait côte à côte, la différence n'était guère évidente. À 44 ans, Eleanor Binkins était une femme mince, de taille moyenne. Elle avait un teint parfait et une silhouette bien conservée. Ses cheveux avaient été teints en blanc par quelqu'un de manifestement compétent, et coiffés dans un style qui, tout en étant très digne, ne la vieillissait absolument pas. Son visage était assez mince, ses yeux étroits et vifs, sa bouche hautaine, son nez long mais bien formé.

En matière de vêtements, Eleanor Binkins avait un goût très sûr, et personne, en aucune circonstance, ne l'avait jamais vue autrement qu'élégante, à la mode, gracieuse et irréprochable. Son premier mariage, avec le Dr Wilmuth Gerke, avait été une épreuve, et avait fini par s'avérer impossible. Le Dr Gerke, un homme trapu et très brun, d'une masculinité vigoureuse, l'avait intriguée par son accent viennois, son regard perçant, le prestige de sa position de neurochirurgien le plus réputé de toute la région de la Baie. Au hasard de ses lectures, Eleanor avait acquis la conviction qu'un chirurgien, si intimement familier avec le corps humain, manifesterait moins d'enthousiasme dans la chambre à coucher. Elle refusait également de s'intéresser aux échecs, à l'alpinisme, à la voile, à la gymnastique, aux discussions absconses et aux reliques hindoues. De son côté, le Dr Gerke n'arrivait pas à s'adapter au programme social très strict qu'Eleanor maintenait. Avec une certaine réticence, elle avait conçu trois enfants – Nancy, Amy et Maile –, et quand le Dr Gerke avait insisté pour en avoir au moins trois autres, Eleanor avait décidé de faire chambre à part. Un divorce fut organisé et, après un intervalle décent, Eleanor épousa Bernard Kelvin Binkins. Ses amis, le gratin de Piedmont et de Berkeley, furent légèrement étonnés, et quelque peu sceptiques quant aux mérites sociaux de B.K. Binkins. Il s'était acquis une certaine réputation d'entrepreneur audacieux et imaginatif, après avoir assuré la promotion du magnifique Hôtel Pan-Pacifique sur les rives du lac Merritt. Il était également le principal acteur derrière le Projet En Avant, qui avait converti dix hectares de taudis dans West Oakland en un complexe d'habitations à loyer modéré. Le Projet En Avant avait valu à B.K. Binkins la couverture du *Time*. Son visage était apparu sur un fond à la Artzybasheff de bulldozers rouges et jaunes s'attaquant à une armée de vieilles maisons grises décrépites. Cela étant, le Projet En Avant lui avait rapporté plus de gloire que d'argent. En fait, il avait absorbé la plus grande partie des bénéfices réalisés dans son opération de l'Hôtel Pan-Pacifique. Le neveu d'Eleanor, Craig Maitland, les avait présentés l'un à l'autre lors d'un déjeuner en ville. BK avait été impressionné par l'apparence d'Eleanor, sa fortune et son statut social. Eleanor l'avait examiné attentivement. Sous bien des aspects, B.K. Binkins constituait un candidat idéal pour être son deuxième mari. Il avait une belle prestance, et de fait, il était même séduisant : grand, un peu dégingandé, des cheveux châtain clair coiffés en brosse et qui se dégarnissaient légèrement à l'arrière. Il avait un grand nez busqué, des yeux enfoncés dans les orbites. Il portait de lourdes lunettes à monture d'écaille, mais le plus souvent, il les tenait à la main et les brandissait pour ponctuer ses discours.

Le deuxième facteur – sans doute le plus décisif – en faveur de BK fut sa profession. Eleanor était elle-même une femme d'affaires rusée et entreprenante, même si elle dénigrait un peu son activité en disant qu'elle ne faisait que « bricoler ». Par le biais de son neveu, elle avait pris goût à la spéculation immobilière : pourquoi ne pas atteler son argent à l'entreprise de B.K. Binkins, à ses contacts et à ses informations privilégiées ?

Bien sûr, il y avait un ou deux autres aspects en défaveur de BK. Il passait son temps à reluquer les filles, et peut-être même, comme le soupçonnait Eleanor, était-il un don Juan. Et puis il était natif du Texas, et bien que transplanté en Californie alors qu'il était encore très jeune, il avait apporté avec lui certaines habitudes flamboyantes. Ses vêtements étaient toujours un peu trop « sport », ses cravates dans des tons trop vifs, sa voiture, une Pontiac décapotable rouge, plus que prétentieuse.

Le verdict final d'Eleanor fut favorable. Quand B.K. Binkins sentit que la riche et attirante Mrs Eleanor Gerke ne serait pas hostile à un mariage, il décida de tenter sa chance. Qu'avait-il à y perdre ? Les enfants d'Eleanor n'étaient pas déplaisants, même si le garçon, Maile, semblait un peu « tordu », comme disait BK. Nancy, l'aînée, était brune et élancée, avec le visage mince de sa mère. Et comme sa mère, elle était à la fois gracieuse et distante, vive et froide, comme de la crème de menthe frappée. Amy, la plus jeune, était plus calme, introvertie, et dans un genre détaché et mélancolique, presque belle.

B.K. Binkins épousa Eleanor Hodgson Gerke et emménagea à Piedmont dans la grande demeure construite par le grand-père d'Eleanor, l'un des premiers milliardaires du pétrole de Californie.

Dans l'ensemble, le mariage s'avéra un succès – en tout cas, pas le fiasco que certains des amis d'Eleanor avaient prédit. Ni l'un ni l'autre n'avait été obligé d'adopter un mode de vie radicalement différent. Chacun évitait soigneusement des situations qui auraient pu mener à des choses déplaisantes. Naturellement, il y avait eu quelques ajustements et réévaluations. BK avait découvert qu'Eleanor était plus indépendante, plus subtile, plus sceptique et plus secrète qu'il ne l'avait envisagé. À sa grande déception – qu'il dissimulait avec soin –, Eleanor ne lui avait laissé aucune latitude pour gérer son argent – ce qui, pour elle, aurait été aussi impensable que de le laisser réguler sa respiration.

De son côté, Eleanor s'était attendue à plus de fantaisie et de brillant dans sa vie, mais ces deux qualités ne se manifestèrent pas. Le magnétisme et la flamboyance de BK se révélèrent superficiels. Le point culminant de sa carrière avait été la couverture du *Time*. La suite des événements fut tout à fait décevante. Eleanor était tombée un jour sur l'expression « Chevalier en fer-blanc », et elle y pensait souvent. Cela étant, elle n'avait pas vraiment lieu de se plaindre. BK se pliait docilement aux activités incessantes de la bonne société de Piedmont. Eleanor n'aurait jamais toléré des aventures extraconjugales flagrantes, mais si elle soupçonnait BK de se livrer parfois à certaines galanteries excessives, elle faisait semblant de ne rien remarquer. En fait, cela l'arrangeait peut-être qu'il dépense son surplus d'énergie ailleurs, car elle-même était bien suffisamment occupée comme ça. Elle était la présidente du Cotillon des Highlands et du Bal Allegro, membre du conseil d'administration du Club Ayrton, mécène de la Société de Musique de Chambre de Piedmont et de l'orchestre symphonique de San Francisco. Et puis il y avait la gestion de sa fortune. Eleanor ne pouvait se contenter de laisser son argent dormir tranquillement : elle se sentait obligée de le manipuler et de le faire fructifier. Bien sûr, les investissements pétroliers étaient sacrosaints. Eleanor aurait encore préféré faire sauter le Vatican que de « bricoler » avec ses actions pétrolières. Il lui arrivait de participer à l'une des opérations de BK, mais seulement après avoir consulté son neveu Craig Maitland, dont l'argent provenait de la même source que le sien. BK contenait son irritation, car les opérations auxquelles Eleanor participait s'avéraient toutes uniformément profitables. Eleanor et Craig avaient tous deux investi dans son tout récent projet : le Domaine du Country Club de High Oaks, un vaste lotissement de résidences haut de gamme dans les Collines d'Orinda, destinées à satisfaire les goûts des cadres fortunés. Eleanor n'avait rien voulu entendre jusqu'à ce que Craig approuve, et BK fulminait à l'idée que sa femme faisait plus confiance à l'intuition d'un dilettante qu'au jugement professionnel de son mari. Eleanor, qui en avait parfaitement conscience, lui riait au nez : un charmant rire argentin sans une once de malice ni d'humour.

Les enfants d'Eleanor, Nancy, Amy et Maile, réagissaient de façons différentes à BK. Nancy préférait « Nancy Binkins » à « Nancy Gerke », et avait procédé au changement. Amy avait fait de même, mais Maile s'accrochait à son patronyme. Dans l'ensemble, Nancy et Amy aimaient bien BK. Elles pouvaient compter sur lui pour qu'il défende leur cause contre Eleanor. Quand les circonstances le permettaient, il leur offrait des cadeaux – ce qui faisait ricaner Maile, et également Eleanor, mais de façon plus discrète.

Eleanor avait 44 ans, BK 36, Nancy 22 et Amy 17 : une situation propice à certaines complexités émotionnelles. Eleanor restait vigilante, et BK maintenait un équilibre subtil entre affabilité et détachement. Nancy ressemblait suffisamment à Eleanor pour qu'il n'y ait pas de souci à se faire de son côté, mais Amy était pensive et rêveuse, portée à des excès romantiques, et belle de surcroît.

Eleanor aurait pu s'inquiéter plus à propos de ses filles, s'il n'y avait eu Maile… Maile était un vrai problème. Ses attitudes l'interloquaient et l'irritaient, parfois au point de la consterner. Comme cette fois où elle avait trouvé dans son tiroir une boîte de sparadraps remplie de joints de marijuana. La marijuana était une substance très injustement critiquée, l'avait assuré Maile – beaucoup plus saine que l'alcool (pas de gueule de bois) et bien moins dangereuse que le tabac. Des affirmations à l'appui desquelles il proposait de fournir toute la documentation nécessaire. L'indignation d'Eleanor avait été renforcée par l'absence totale de culpabilité ou de remords chez son fils. La marijuana était illégale, avait-elle déclaré, un symbole de la délinquance juvénile et autres formes de dépravation morale. Elle voulait que cela cesse immédiatement.

Maile accepta trop facilement, et Eleanor commença à surveiller ses activités avec une vigilance accrue. L'indifférence de Maile se transforma en ressentiment. BK ne fut pas d'une grande aide à son épouse en la matière. Il fit observer que Maile ne ferait que ricaner s'il le sermonnait, et de fait, il se lava les mains de toute responsabilité.

L'épisode de la marijuana remontait maintenant à plusieurs mois, et le matin du dimanche 16 juin, la famille descendit prendre le petit déjeuner dans une atmosphère de grande cordialité apparente.

Le petit déjeuner était toujours servi dans le petit salon, une pièce lambrissée de peuplier vert clair, avec un haut plafond blanc et un tapis de Chine vert pâle. Le soleil y entrait par de larges portes-fenêtres, dont les innombrables panneaux vitrés étaient consciencieusement nettoyés une fois par semaine par Clara la bonne et Sam le jardinier. Eleanor avait meublé la pièce avec soin. Il y avait une antiquité française, une table de style « Provincial » couleur ivoire, avec des volutes et des ornements bleus, verts et or. Des marbres italiens et des fougères en pot remplissaient la niche de la fenêtre. L'éclairage était assuré par de pittoresques chandeliers français anciens.

Eleanor, qui était une lève-tôt, apparut la première. Elle jeta un coup d'œil à la table, puis elle entra dans la cuisine pour dire quelques mots à Marlene la cuisinière, l'épouse de Sam le jardinier.

Nancy descendit, puis Amy, qui semblait étonnamment pâle et triste. Puis ce fut au tour de BK d'apparaître, aimable et jovial dans sa robe de chambre noire et exhalant des senteurs de dentifrice, de talc, de savon et d'eau de Cologne. Maile entra enfin d'une démarche nonchalante, vêtu d'un chino beige et d'une chemise marron – une tenue qui jurait terriblement avec le décor de la pièce. Maile était un jeune homme mince à l'expression maussade, avec des cheveux brun foncé beaucoup trop longs au goût de BK comme d'Eleanor.

Ils insistaient fréquemment pour qu'il adopte une coupe en brosse plus conventionnelle, ce à quoi Maile répondait par un rictus cynique très caractéristique. Il avait des yeux noisette, très écartés, et qui, par malchance, semblaient toujours regarder de côté, ce qui faisait paraître Maile au moins vingt pour cent plus sournois et arrogant qu'il ne l'était vraiment. Il s'assit en murmurant un « Bonjour ». BK, en dépliant le *Tribune*, lui répondit : « Bonjour, Maile ». Les filles l'ignorèrent. Nancy était occupée à lire le *San Francisco Chronicle*, tandis qu'Amy regardait fixement ses couverts en argent.

— Bonjour, mon chéri, dit Eleanor.

Le petit déjeuner fut servi : assortiment de jus de fruits, pample-mousses sur glace pilée, un grand plat d'œufs brouillés, un autre de bacon, jambon et saucisses, toasts, muffins, marmelade d'orange et confitures, café et chocolat servis dans de grands récipients en argent.

BK lisait son journal en mangeant, commentant parfois un aspect des nouvelles qu'il jugeait significatif. BK avait tendance à être un isolationniste, et il était profondément hostile aux Nations Unies, où il considérait que les États-Unis « nourrissaient de leur mamelle toute une bande de métèques et de chinetoques ». Eleanor, apolitique mais qui possédait des instincts de Républicaine, ne voyait pas d'objection particulière aux opinions de BK. Nancy, en dernière année à Stanford, réagissait fréquemment et elle avait avec BK des discussions interminables. Amy avait très peu à dire – tellement peu, en fait, qu'Eleanor se demandait souvent si elle n'était pas un peu retardée. Pourtant, ses notes à l'École de Miss Prince étaient honorables, et elle lisait beaucoup trop de livres. La réaction de Maile aux discussions politiques était un léger plissement méprisant des lèvres. Il fréquentait le lycée de Piedmont, où il refusait de s'intéresser au football, au théâtre, aux publications, ainsi qu'à toute autre activité. Mais il se donnait la peine d'obtenir de bonnes notes, parce qu'il avait l'intention d'entrer à l'université de Californie.

Amy ne faisait que jouer avec le contenu de son assiette. Eleanor lui lança un regard perçant.

— Tu ne te sens pas bien ?

— Non, sans doute, répondit Amy. Pas très bien, en tout cas.

— Elle a la gueule de bois, dit Maile d'un air nonchalant.

— La gueule de bois ? s'exclama Eleanor.

Amy jeta un petit regard interrogateur à Maile : on y lisait de l'étonnement plutôt que du reproche ou du ressentiment.

— À quelle heure es-tu rentrée ? demanda sèchement Eleanor.

La veille au soir, elle était allée à une réunion du conseil scolaire à San Francisco, et n'était rentrée qu'au petit matin.

— Je ne sais pas, répondit Amy. Il n'était pas très tard.

— Avec qui étais-tu ? Randy ?

— Non.

Nancy intervint assez précipitamment.

— Elle était avec moi. Nous sommes allées à une soirée. Chez Craig. Elle a peut-être bu un verre de whisky, mais certainement pas de quoi avoir la gueule de bois.

Elle lança un regard furieux à Maile, qui haussa les épaules avant de se détourner, un petit sourire narquois aux lèvres.

BK froissa son journal.

— Par tous les diables ! grommela-t-il. Écoutez donc ça ! « De nouvelles précipitations prévues pour aujourd'hui et demain. Un dernier épisode des pluies anormalement fortes de la semaine dernière semble probable, car le bureau météorologique a annoncé un front d'orage venant du golfe d'Alaska. » (Il se calma un peu.) Bon, ce n'est peut-être pas aussi grave que je le craignais. Encore une pluie comme la semaine dernière, et je suis fichu. Tant que le nouveau mur de rétention ne sera pas en place… Rien ne va comme il faut sur ce fichu chantier.

Eleanor plissa les lèvres – un tic qui indiquait que le sujet en cours concernait l'argent. Elle dit doucement :

— Vraiment navrée.

BK reprit avec un enjouement forcé :

— Mais on va s'en tirer, et brillamment encore ! Ne t'inquiète pas pour ça. La chance va tourner, et en comparaison du nôtre, tous les centres commerciaux du monde auront l'air minables … N'empêche, j'aimerais bien que quelques-uns de ces contractants me lâchent un peu… Ah, pour ça, oui !

Les lèvres d'Eleanor se plissèrent encore plus, jusqu'à ce que sa bouche ressemble à un vieux lacet blanc. Le « centre commercial » en question était un nouveau projet de Craig – le plus important dans lequel il se soit jamais lancé : un complexe de vingt-cinq hectares regroupant des grands magasins, des supermarchés, des restaurants, une « Arcade Internationale », une patinoire, un auditorium et un « Salon de l'Automobile » permanent, dans lequel tous les modèles de toutes les marques seraient exposés et vendus sous un seul toit. C'était le genre de projet spectaculaire qui plaisait à Eleanor. Un peu spéculatif et visionnaire, certes, mais Craig avait une intuition infaillible dans ce genre d'affaires. High Oaks, d'un autre côté… Craig avait accordé cinquante mille dollars à Bernard, sur une base temporaire, mais il s'était tenu à l'écart de tout partenariat formel. Sur le papier, High Oaks avait semblé très bien : l'emplacement, les routes, les plans – très moderne et élégant. Mais Craig avait flairé un loup – comment, Eleanor ne le saurait jamais. Clairvoyance ? Instinct ? Et Craig avait eu raison. Il y avait d'abord eu une grève des charpentiers, puis des pluies anormales pour la saison – et le Domaine de High Oaks avait bien failli disparaître sous la boue. Bernard laissait entendre qu'un apport d'argent frais serait le bienvenu, mais il devait s'attendre à ce que cet espoir soit déçu. Eleanor récupérerait sans doute sa modeste mise de départ – seulement vingt-deux mille dollars – mais sans réaliser aucun bénéfice. Bernard aurait de la chance s'il n'y laissait pas des plumes… Pourquoi risquer de l'argent pour rien ? Mais le centre commercial, lui, était une véritable opportunité, avec des possibilités de gains à six ou sept chiffres. Si tout se passait bien, naturellement. Maintenant qu'elle y pensait, Bernard n'aurait jamais dû évoquer cette affaire devant les enfants. La moindre fuite à ce stade pourrait entraîner de gros ennuis et des coûts supplémentaires, si des propriétaires sans scrupules décidaient de faire monter leurs prix à des niveaux stratosphériques. C'était la phase actuelle du projet : Craig et elle négociaient prudemment des achats et des options à bas prix sur les terrains que Craig avait sélectionnés. Même Bernard en ignorait l'emplacement précis.

Eleanor l'examina du coin de l'œil. À sa façon, il n'était pas si mal : sûr de lui, désinvolte, belle prestance… Très belle prestance. Un peu coureur sur les bords, en fait, songea Eleanor sans vraiment éprouver de rancœur. Cela n'avait pas grande importance. Si on espérait se faire de l'argent dans la promotion immobilière, il fallait nécessairement savoir faire quelques concessions. Quelquefois. Le secret de la bonne éducation était de savoir quand il convenait d'en faire. Craig, lui, le savait. Il possédait ce talent à la perfection. Bernard n'était pas aussi adroit, ce n'était pas un aristocrate né. Comme il serait plus agréable d'être mariée avec quelqu'un comme Craig… Eleanor reporta son attention sur Nancy. Il y avait eu une petite romance entre les deux. Ils étaient cousins, bien sûr, et les cousins se mariaient moins couramment qu'autrefois. Toujours est-il que cela n'avait débouché sur rien. Nancy semblait considérer qu'elle était trop bien pour Craig. Bah… Nancy n'était pas une reine de beauté – trop mince, le nez trop long, les yeux trop rapprochés. Elle possédait cependant un certain charme assez piquant. Amy était la beauté de la famille. Si seulement elle n'était pas aussi souvent dans la lune… Que s'était-il donc passé hier soir ? Amy avait dix-sept ans – pas trop jeune pour boire un cocktail de temps en temps –, mais Maile avait peut-être vu juste. Amy semblait non seulement pâle et souffrante, mais également – eh bien, troublée. Était-ce sa période particulière du mois ? Eleanor essaya de se souvenir. Non, sans doute pas… Elle se tourna vers Nancy et demanda d'un air dégagé :

— Qui donnait cette réception hier soir, ma chérie ?

Nancy sembla mal à l'aise.

— Je te l'ai dit : c'était chez Craig.

Maile éclata de rire – un rire brutal et sardonique.

— Craig se croit encore à l'université. Le roi du campus. Sauf qu'il n'y a plus de campus.

Eleanor s'apprêtait à adresser des remontrances à Maile quand le rire explosif de BK l'interrompit.

— Alors ça, c'est la meilleure description de Craig que j'aie jamais entendue !

Maile sourit, très content de lui. Il se leva de table.

— J'ai besoin d'argent.

BK cligna des yeux et se cala dans son fauteuil, pour endosser pesamment son rôle de *pater familias*.

— Et pourquoi diable ?

— Je veux construire un bateau.

— Un bateau, voyez-vous ça. Quel genre de bateau ?

— Un trimaran. Vingt-six pieds de long.

— Tiens, tiens, tiens…

— C'est ridicule, déclara Eleanor.

Mais elle se ravisa. Après tout, un bateau serait pour Maile une distraction plus saine que d'autres qu'elle se refusait soigneusement à définir. Elle poursuivit d'une voix pensive :

— Quelle somme aurais-tu en tête ?

— Oh, quelque chose comme deux mille dollars. Pas d'un seul coup, bien sûr. Ces bateaux ne sont pas vraiment chers à construire.

— Et où le construirais-tu ? demanda BK d'un air sévère.

— Dans l'ancienne remise à voitures.

C'était un vieux bâtiment désaffecté derrière le court de tennis, que Maile avait réquisitionné pour ses propres besoins.

BK se tourna vers Eleanor, comme s'il réfléchissait à cette demande : une pose que tout le monde autour de la table – à l'exception peut-être d'Amy, et de BK lui-même – comprenait fort bien. L'argent, s'il devait être remis, viendrait d'Eleanor. Et la décision aussi, en deux ou trois mots prononcés calmement.

— Nous verrons, dit-elle. Apporte les plans et montre-les à ton père, et nous prendrons une décision.

Maile regarda sombrement BK.

— Maintenant ?

BK se frotta énergiquement les mains et se leva à son tour.

— Non, non. Là, je n'ai pas le temps. Il faut que je file à High Oaks.

Maile s'en alla.

— Les annonces ont commencé à paraître hier, expliqua BK, et nous pourrions bien avoir de nouveaux clients.

Eleanor sembla intriguée.

— Des clients ? Mais tu n'as pas encore fait nettoyer les lieux après les dernières pluies. Tu ne crois pas que tu devrais t'assurer que les gens n'auront pas peur de voir leur maison glisser dans la pente, emportée par une coulée de boue ?

— Bon, fit BK, le plus gros a été déblayé. J'y ai mis deux camions et une pelleteuse pendant toute la semaine. Et nous allons installer ce mur de rétention. Il y en a pour soixante mille dollars, et crois-moi, ça fait mal. Du coup, l'endroit n'a pas trop mauvaise allure. Et puis, pour être tout à fait franc, j'ai besoin d'argent.

Eleanor dit calmement :

— Je ne peux rien contribuer. Pas un *cent*. Je n'ai aucune disponibilité. Cette maison coûte une fortune à entretenir. Tu sais à combien se montaient les factures, le mois dernier ? Sans compter les vêtements et les taxes ? Plus de mille huit cents dollars. Et c'est en faisant toutes les économies de bout de chandelle possibles.

— Ça inclut l'alcool, j'espère ? dit BK avec un sourire facétieux.

— Cent douze dollars.

— De l'argent bien dépensé. (BK fit claquer ses mains sur les pans de sa robe de chambre noire.) Eh bien, ma chérie, si je mène à bien cette affaire de High Oaks – non, pas *si*, *quand* ce sera terminé –, nous serons riches comme Crésus. Ça va forcément marcher. C'est une certitude. Mais là, pour l'instant, il n'y a que de l'argent qui sort, et rien qui rentre. Je ne peux pas emprunter plus à la banque pendant un mois, et en attendant, il y a la paye à assurer, et les contractants qui commencent à réclamer… Un prêt temporaire me rendrait bien service – pas même un investissement, rien de permanent, juste de quoi nous permettre de franchir ce cap.

Eleanor secoua sa tête argentée avec cette détermination calme et irrévocable qui agaçait parfois BK – même s'il se gardait bien de le laisser paraître.

— En fait, dit Eleanor, si je pouvais, j'aimerais bien retirer mon argent de High Oaks maintenant.

BK commença à s'échauffer.

— Pour investir dans cette affaire de centre commercial ?

— Oui.

— Tu as déjà signé quelque chose ?

— Craig a pris une option pour quatre-vingt-dix mille dollars. Aujourd'hui, nous en prenons une autre pour soixante-trois mille.

— « Nous » ? Craig et toi ?

Le ton de BK était délicatement sardonique.

— Naturellement.

— Et c'est pour la totalité des vingt-cinq hectares ?

— Non. Il reste un lot de cinq hectares.

— Hum…

BK se détourna à moitié, et s'apprêtait à dire quelque chose quand il se ravisa. Pas devant Nancy et Amy… Il dit simplement :

— Il me semble que tu aurais pu me consulter d'abord.

Eleanor se contenta de le fixer sans un mot, comme si l'idée dépassait son entendement. BK se pencha au-dessus de la table pour prendre sa tasse de café qu'il vida d'un trait, puis il quitta la pièce.

Nancy dit d'une voix claire :

— Je ne crois pas que BK aime Craig.

— Cela n'a pas la moindre importance qu'il l'aime ou pas, rétorqua Eleanor. Il n'a pas la responsabilité de s'occuper de mon argent.

— Et il ne la veut probablement pas.

Eleanor eut un petit rire.

— Non, bien sûr. Tout ce qu'il veut, c'est pouvoir se servir de cet argent de temps en temps, pour lui tirer les marrons du feu.

— C'est la première fois que j'entends parler d'un centre commercial, dit Nancy.

— Je ne peux absolument rien te dire à ce sujet. Pas tant que nous n'aurons pas acquis le contrôle du terrain tout entier, ce qui est une opération extrêmement délicate.

— J'imagine très bien.

— C'est un emplacement formidable. J'ai vu les plans de Craig. Il y aura toutes sortes d'excellentes attractions : de beaux magasins, un théâtre, un terrain de jeux sous surveillance pour les enfants, de bons restaurants, un ou deux bars à cocktails. Et nous avons aussi cette merveilleuse idée d'un Salon de l'Auto permanent.

— Grands dieux, Maman, Craig et toi n'allez quand même pas construire tout ça à vous tous seuls ? Ça va coûter des millions !

Eleanor sourit en plissant les lèvres.

— C'est juste que nous… non, je ne devrais pas dire « nous », parce que, en réalité, c'est le projet de Craig. Je ne fais que contribuer à l'investissement de départ. Craig va s'occuper des routes d'accès, des adductions d'eau et d'électricité, du plan d'ensemble, et puis il trouvera des locataires, et les banques prêteront l'argent nécessaire. Craig est assuré de devenir millionnaire, si tout marche comme prévu. Naturellement, je gagnerai aussi beaucoup d'argent au passage.

Amy leva le nez des pages illustrées du journal, qu'elle avait lues avec une grande attention.

— Où est-ce que vous allez construire tout ça ?

— C'est encore top secret, répondit Eleanor.

— Une information hautement classifiée, enchérit Nancy.

— Ah…

Amy se leva et quitta la pièce à pas lents.

Eleanor la suivit pensivement des yeux, puis elle se tourna vers Nancy.

— Que s'est-il passé la nuit dernière ?

Nancy secoua la tête d'un air maussade.

— Je n'en ai aucune idée. Craig nous a invitées à une soirée chez lui, et nous y sommes allées. Au bout d'un moment, je suis partie avec Dick Jensen. Je n'ai pas vu Amy. J'ai pensé qu'elle était rentrée à la maison.

— Allons, Nancy… Ce n'est pas vrai. Tu l'as tout simplement oubliée.

— Bon, et quand bien même ? Elle est assez grande pour se débrouiller toute seule.

— Oui, elle est assez grande, mais tu sais comme elle a la tête dans les nuages.

— Ma foi, elle ferait mieux de redescendre sur terre.

— J'imagine qu'elle a bu ?

— Oui, probablement. Craig servait des French 75.

Eleanor soupira.

— Je ferais mieux d'aller lui parler.

Elle monta à l'étage et parcourut le couloir tapissé de vert jusqu'à la chambre d'Amy. C'était une chambre assez agréable, quoique un peu en désordre, décorée en rose et bleu, et qui donnait sur le court de tennis. Sur un mur, des étagères étaient chargées de dizaines de poupées et de peluches, et d'autres contenaient tous les livres qu'Amy avait aimés et dont elle ne pouvait supporter de se séparer : la série d'Oz, les aventures d'Alice, différents recueils de contes de fées. Amy était allongée à plat ventre sur son lit. Eleanor lui demanda :

— Comment te sens-tu ?

— Oh… ça va aller mieux.

— Que s'est-il passé ?

— Je crois que j'ai un peu trop bu, répondit Amy d'une voix étouffée. Je n'ai pas été très prudente.

— Comment es-tu rentrée à la maison ?

Amy hésita un instant avant de répondre.

— Je ne sais pas. Quelqu'un m'a ramenée.

— Hum… J'espère que tu as su te tenir. (Eleanor se détourna.) Prends de l'aspirine et essaie de dormir. Tu te sentiras mieux dans un moment.

Eleanor retourna dans sa chambre et sortit sur le balcon qui surplombait une vaste étendue de gazon, avec la piscine un peu plus loin. Elle resta ainsi un moment en clignant des yeux dans la forte lumière du soleil, et en remuant lentement les mâchoires. Amy, bien que d'une beauté sombre et dotée de jolies formes, n'avait jamais manifesté un grand intérêt pour les garçons. Nancy, en revanche, en avait été franchement folle pendant l'adolescence, mais paradoxalement, Eleanor ne s'en était jamais inquiétée un seul instant. Nancy lui ressemblait beaucoup trop : prudente et sûre d'elle. Nancy savait toujours précisément ce qu'elle faisait. Eleanor haussa les épaules et retourna à l'intérieur. Elle se changea : une jupe de tweed gris et un cardigan rose, une confortable paire de chaussures à talons plats en croco. En redescendant, elle entendit le téléphone sonner. Clara, sa domestique noire, décrocha.

— Résidence Binkins… Qui ça ? … Boko ? Vous voulez dire Mr Binkins ? Il n'est pas là pour l'instant. Il est parti à son bureau.

Eleanor s'approcha.

— Je m'en occupe, Clara. (Elle prit le combiné.) Mrs Binkins, à l'appareil.

Une voix d'homme, très posée.

— J'aimerais parler à Mr Binkins, mais je crois comprendre qu'il n'est pas là.

— Effectivement, il est sorti pour la journée. Vous pouvez probablement le joindre au Valley 2-3611. C'est VA 2-3611.

— Merci infiniment.

La communication fut coupée. Eleanor raccrocha en se demandant qui ça pouvait bien être. Très peu des relations de Bernard l'appelaient « Boko ». Elle n'en connaissait qu'une, en fait. Bernard était généralement connu sous le diminutif de BK… Sans plus y penser, elle retourna dans le petit salon pour prendre une autre tasse de café, et jeta un coup d'œil aux journaux avant de réfléchir sérieusement au programme de sa journée.

Chapitre III

BK sortit de chez lui vêtu d'un pantalon beige, veste pied-de-poule marron, chemise blanche en soie et cravate en dacron grège. Il s'arrêta un instant sur la terrasse, presque prêt à retourner à l'intérieur pour avoir une confrontation. Mais il renonça en imaginant le visage d'Eleanor, vaguement interrogateur, calme et indifférent. Il lança un regard furieux à la fontaine du xviiie siècle – que le grand-père d'Eleanor avait récupérée dans un palais en ruine près de Würzburg –, puis il jeta un coup d'œil à la façade de la maison et à la vaste pelouse menant au court de tennis. Il était bien obligé de reconnaître que les avantages de la situation valaient bien de supporter quelques contrariétés. N'empêche : il était B.K. Binkins ! L'homme dont le visage avait orné la couverture de *Time*, et qui avait droit à plus de respect que ça ! En marmonnant entre ses dents, il tourna des talons et s'engagea dans l'allée. Il passa devant la Continental noire d'Eleanor et la Corvair décapotable vert pâle de Nancy, pour s'installer dans sa Pontiac rouge. Il sortit dans Mowbray Court et, toujours fulminant, il traversa les collines de Piedmont par une série de virages pour atteindre Highland Avenue, puis il prit l'autoroute en direction d'Orinda, à l'est. Non, se dit-il, ce n'était franchement pas correct. Franchement pas normal qu'une épouse s'implique avec un neveu quand son mari avait besoin d'aide. Fondamentalement, c'était en quelque sorte déloyal. Jamais il ne serait allé jusqu'à le reconnaître, mais le Projet de High Oaks était mal parti… Si les contractants décidaient de se montrer revendicatifs – alors gare !

Il descendit lentement la longue pente menant à Orinda, puis il tourna à gauche et traversa les collines vallonnées jusqu'au Domaine du Country Club de High Oaks. Après s'être garé devant la maison témoin qui lui servait de bureau, il examina un moment les alentours, avec un mélange à parts égales d'espoir, de doute et de pessimisme. Quatre autre maisons témoin étaient prêtes pour les visiteurs. Une douzaine d'autres, à différents stades d'avancement, occupaient des espaces dégagés au bulldozer sur le flanc de la colline. Pour le moment, la scène évoquait difficilement l'opulence et le confort d'une résidence de banlieue chic. Sous l'effet des pluies torrentielles, une terrasse de remblai non encore compacté s'était effondrée dans Windsor Way. BK secoua tristement la tête. Il pourrait toujours mentionner autant qu'il voudrait le mur de rétention à soixante mille dollars, l'acheteur potentiel serait inévitablement plus impressionné par cette horrible coulée de boue…

Il ne put supporter plus longtemps ce spectacle. C'était le moment le plus pénible de toute sa carrière. Il était B.K. Binkins, l'entrepreneur à poigne dont le visage et les exploits avaient été révélés à la nation tout entière, mais voilà qu'il se trouvait maintenant bien en peine de trouver quelques milliers de dollars pour amadouer ses créanciers… BK secoua encore la tête, résigné devant les mystères insondables de la Destinée. Il entra dans la maison témoin.

Iola Bunning, la réceptionniste convoquée pour faire des heures supplémentaires, était assise à son bureau et buvait du café. Elle incarnait à la perfection un des principes fondamentaux de BK, à savoir que lorsqu'on a à sa disposition des chiens et des tomates, seul un imbécile embauche des chiens.

Iola Bunning avait vingt-trois ans, une silhouette souple et élastique. Elle avait une mignonne frimousse ronde, des cheveux blond doré, une façon d'être à la fois désarmante de timidité et provocante dans son audace. BK s'avança derrière elle et l'embrassa sur la joue. Iola Bunning sourit vaguement et but une gorgée de café. BK poussa un profond soupir, tandis que ses soucis lui revenaient à l'esprit. Il tapota à regret les cheveux de Miss Bunning et se laissa tomber dans son fauteuil.

— Il y a déjà eu des visiteurs ?

— Non, pas un chat.

— Il est encore tôt.

BK tapota des doigts sur son bureau. Miss Bunning s'étira avec grâce, en faisant pointer ses seins. Elle bâilla.

— Oh, je suis vraiment fatiguée, ce matin…

BK la toisa d'un air sévère.

— Trop de réceptions, et pas assez de sommeil ! Je vais devoir te reprendre en main.

— Ah, ciel, murmura Miss Bunning. Je suis terriblement inquiète…

— Et à juste titre. Je peux me montrer très dur.

Miss Bunning but une gorgée de café.

— Il y a intérêt à ce que quelqu'un se présente bientôt, ou sinon, je vais m'endormir.

— Il y a intérêt à ce que quelqu'un se présente bientôt, dit BK, ou sinon, je suis fichu.

— Mrs Binkins n'a pas voulu mettre la main à la poche ?

Miss Bunning semblait parfaitement au courant des affaires de BK.

— Pas un sou. Heureusement, je ne me faisais aucune illusion. Si des clients ne se présentent pas bientôt, nous sommes cuits.

— Allons, fit Iola Bunning avec un grand sourire, ce n'est quand même pas si grave que ça !

— Au moins, nous n'aurons pas à nous inquiéter pour l'impôt sur le revenu.

Le téléphone sonna, et Miss Bunning répondit :

— Domaine du Country Club de High Oaks... Mr Binkins ? Qui le demande, je vous prie ? (Elle écouta un instant, puis elle couvrit le combiné avec la main pour dire à BK :) C'est un certain Mr Marsh.

— Marsh ? Je connais un Marsh ? (BK hésita, puis il décrocha.) B.K. Binkins à l'appareil.

— Vous ne me connaissez pas, Mr Binkins, dit une voix polie, mais nous avons ce qu'on pourrait appeler une relation commune.

— Ah oui ? Qui donc ?

— La nuit dernière, quelqu'un vous a appelé, depuis une réception.

BK fronça les sourcils et se frotta le menton.

— Oui ?

La voix hésita.

— Je me demande si vous pourriez m'indiquer comment contacter cette personne.

Une hypothèse jaillit soudain dans l'esprit de BK...

— Je ne suis pas vraiment sûr de comprendre.

— Quelqu'un vous a bien appelé la nuit dernière ? Vers minuit ?

BK dit pensivement :

— La nuit dernière, je ne suis rentré chez moi qu'assez tard. Il est bien possible que quelqu'un ait appelé pendant mon absence. (D'un air innocent, il demanda :) Comment s'appelle cette « relation commune » ?

— À vous dire franchement, répondit la voix, c'est ce que j'essaie de découvrir.

BK se cala dans son fauteuil et leva les yeux vers le plafond en souriant. Il ouvrit la bouche pour dire quelque chose, mais la referma aussitôt. Cette situation était diablement compliquée... Il décida de gagner du temps.

— Je vais me renseigner. Voulez-vous me rappeler ? Ou mieux encore, laissez-moi vous rappeler, parce que je ne sais pas très bien où je serai dans les prochaines heures.

Après une légère hésitation, la voix dit :

— Très bien. Je suis au CL 4–2658.

BK hocha solennellement la tête, enchanté de sa propre astuce.

— Je vous rappellerai, Mr Marsh, dès que j'aurai des informations.

Il raccrocha et se balança dans son fauteuil. Son regard s'arrêta sur la silhouette de Miss Bunning assise à son bureau, ce qui troubla aussitôt le cours de ses pensées. Il fit pivoter son siège et jeta un coup d'œil par la fenêtre, mais la vue de la coulée de boue eut le même effet qu'auparavant. BK pivota dans la direction opposée, face au mur nu... Il était arrivé à la réception en question – pour la seconde fois – vers trois heures du matin. Il connaissait à présent – plus ou moins – l'identité de Mr Marsh, et le motif de son appel. Globalement, il souhaitait bonne chasse à Mr Marsh – mais il restait le délicat sujet de ses propres activités avant trois heures du matin. La tolérance d'Eleanor avait ses limites... Un couple d'une cinquantaine d'années, bien habillé et apparemment prospère, entra dans la pièce. Miss Bunning les accueillit avec un large sourire.

— Nous avons vu votre publicité, dit l'homme. Nous aimerions jeter un coup d'œil à quelques maisons.

BK se leva péniblement. Une situation bien peu glorieuse ! Lui, B.K. Binkins, obligé de faire visiter des maisons comme un vulgaire camelot ! Mais bon, il n'avait pas le choix, et il se devait de faire bonne figure.

— On dirait qu'il a pas mal plu, par ici, fit l'homme.

— Oui, répondit BK avec beaucoup d'assurance, c'est vrai. C'est tombé avant que nous n'ayons pu terminer le mur de rétention. Bien sûr, ça ne pourra plus jamais se reproduire.

L'homme fit une moue dubitative.

— On dirait que ça a fait de sacrés dégâts…

* * *

Plusieurs heures s'écoulèrent, pendant lesquelles BK et Miss Bunning furent très occupés. Vers 13 heures, le flot de visiteurs se tarit. Dans Windsor Way, BK se demanda s'il devrait se sentir encouragé. Il y avait eu un certain nombre de « nous reviendrons », mais seulement trois couples avaient manifesté plus qu'un intérêt poli. Aucun n'avait signé de papiers. C'eut été sans doute un peu trop demander, songea BK, étant donné cette affreuse étendue de boue. Il n'avait cessé de s'esclaffer joyeusement devant les craintes des acheteurs potentiels. Est-ce que ça ne risquait pas de se reproduire chaque année ? Bien sûr que non, bien sûr que non ! Il y aurait tous les aménagements paysagers, et des revêtements de bitume. Regardez donc ce nouveau mur de rétention à soixante mille dollars ! « Avec ce mur, on pourra bloquer toute la boue du comté ! » BK avait fini par se sentir fatigué et grincheux, et sa mâchoire était douloureuse à force d'arborer ce sourire plein d'assurance. Une fois la boue évacuée, les soupçons des prospects s'atténueraient sans doute… Ah, maudite Eleanor, songea BK. Et doublement maudit soit Craig Maitland et ses combines. Si son besoin d'argent n'avait pas été aussi pressant, il n'aurait pas essayé de vendre aussi tôt. Prématuré, voilà le mot. Tous ces excellents clients potentiels qui venaient, qui regardaient et qui repartaient avec une impression défavorable – simplement parce que BK avait besoin de quelques milliers de dollars. Une Thunderbird blanche à la carrosserie étincelante s'engagea dans Windsor Way et s'arrêta. Craig Maitland en sortit d'un bond avec cet air m'as-tu-vu que BK trouvait parfois exaspérant. BK le salua en levant la main, un peu comme un témoin qui prête serment.

— Salut, mon garçon. Tu m'as l'air bien joyeux et en pleine forme. Ta soirée s'est terminée à quelle heure ?

— Ah, comment veux-tu que je le sache ? Le temps ne signifie rien. Je me suis levé il y a tout juste une heure. Eleanor m'a dit que je te trouverais ici.

BK se frotta le menton.

— Tu lui as dit que j'ai fait la noce la nuit dernière ?

— Non. J'aurais dû ?

BK réfléchit.

— Ce n'est pas un secret… mais mieux vaut ne pas réveiller le chat qui dort.

Craig hocha la tête avec indifférence. Il était large d'épaules, le teint bronzé, et faisait plus jeune que ses trente-deux ans. Il portait un bermuda noir, un polo gris et des tennis blanches. Son visage était carré, très légèrement empâté, avec un menton proéminent et un nez droit assez épais. Ses yeux étaient d'un bleu clair innocent, son front était large et sans une ride. Il jeta un coup d'œil en coin à la Thunderbird dont il tapota affectueusement le capot brillant.

— Alors, qu'est-ce que tu en dis ?

— Elle est toute neuve ? demanda BK.

— Je l'ai prise hier chez le concessionnaire.

— Elle est magnifique. Une vraie fusée.

— Oui, c'est une bombe.

Craig regarda au bout de Windsor Way et vit l'ignoble étendue de boue. Il éclata de rire. BK fit la grimace.

— Tu en as vendu combien ? demanda Craig.

— Pas encore de signatures, mais toutes sortes de gens intéressés. C'est extrêmement encourageant.

Craig fronça brusquement les sourcils et son visage s'assombrit.

— C'est vraiment embêtant. J'étais venu pour te demander un peu d'argent.

— Hé là, comme tu y vas, mon gars ! Je ne peux quand même pas leur pointer un pistolet sur la tempe. (BK sortit son portefeuille en souriant.) Si tu es vraiment à court, je peux t'en prêter cinq…

Craig ricana.

— Cinq quoi ? Cinq dollars ? C'est plutôt cinq mille qu'il me faudrait.

— Cinq mille, non, désolé.

Craig marmonna :

— En fait, je comptais plus ou moins récupérer mon investissement dans ton projet, Boko.

— Et tu l'auras, mon garçon, ne te fais pas de bile pour ça. Ton argent est aussi en sécurité qu'à Fort Knox.

— Peut-être bien… mais c'est maintenant que je veux cet or. Aujourd'hui. Cet après-midi.

— Mais qu'est-ce qui presse autant ? Donne-moi encore quatre ou cinq semaines, et je serai tiré d'affaire. Ces foutues pluies…

Craig l'interrompit.

— Oui, oui, je sais. Mais j'ai un truc sur le feu qui ne peut pas attendre.

— Ton grand projet de centre commercial, j'imagine.

Craig se tourna vers le sud – sans doute dans le direction de ce fameux futur centre commercial.

— Ce coup va faire ma fortune, ou bien il va me ruiner, dit-il. Je m'y suis impliqué à fond, ce qui veut dire que j'ai besoin d'un peu de cash disponible.

BK secoua la tête d'un air désolé.

— Je n'ai pas cette somme, mon gars. Je suis cent pour cent avec toi, et si je pouvais te les donner, je le ferais, tu peux me croire.

Craig se tourna lentement vers lui.

— Je vais te dire exactement comment se présente la situation. Je joue cette partie avec l'intention de gagner, et de gagner gros. J'ai acheté un lot aujourd'hui. Le plus important. Appelons-le le Lot A. J'ai dû débourser quatre-vingt-quinze mille dollars. Les terrains coûtent cher, du côté de Peralta, il y a des lotissements un peu partout. J'ai dû puiser à fond dans mes réserves, crois-moi – j'ai vendu mes bons municipaux et les actions d'AT&T que mon grand-père m'a léguées. Tout sauf les actions pétrolières, auxquelles je n'ose pas toucher. J'ai une option sur le Lot B, qui expire aujourd'hui. Eleanor y a un peu contribué, mais pas beaucoup. Tu sais comment elle est.

— Elle est prudente, acquiesça BK.

— Voilà donc la situation. Je t'ai filé de l'argent quand tu en as eu besoin, un prêt à court terme remboursable le mois dernier. Je ne t'ai pas bousculé…

— C'est vrai, Craig, tu as été rudement sympa. Vraiment très chic.

— … mais maintenant, je suis coincé. Je veux mon argent. J'en ai besoin, et il faut que tu me le donnes.

— Ces pluies, Craig… Elles m'ont vraiment fait mal, tu sais. Mais c'est du passé, maintenant, et les choses se présentent formidablement bien. Dans une semaine ou deux, j'aurai l'argent – j'ai toute confiance. Il me faut une ou deux ventes, c'est tout. J'ai eu une bonne demi-douzaine de touches intéressantes, aujourd'hui, des gens vraiment accrochés. J'aurai vendu la totalité dans…

— Boko, j'espère que tu auras tout vendu demain et que tu gagneras une fortune. C'est formidable, absolument formidable. Mais j'ai besoin de cet argent aujourd'hui. Tu m'as promis, tu as signé un papier. Légalement, je pourrais récupérer le projet tout entier, si je voulais être méchant, ce qui n'est pas le cas. Mais…

— Allons, mon garçon, sois raisonnable. Si je n'ai pas l'argent, je ne peux tout simplement pas.

— Tu peux le trouver. Tu n'as qu'à demander à Eleanor.

BK éclata de rire.

— Vas-y, toi, demande-lui. Tu aurais ton argent plus vite que moi. En ce qui me concerne, Eleanor est radine comme un pou.

Craig secoua la tête.

— Il faut être réaliste, Boko. Je joue ce jeu pour gagner. Je ne peux pas emprunter à Eleanor. Tout ce que je pourrais faire, ce serait de lui accorder une plus grosse part du gâteau, mais je ne veux pas. Eleanor a tout l'argent qu'il lui faut. Elle aime l'argent, bien sûr – qui ne l'aime pas ? –, mais elle n'en pas besoin. Moi, si. C'est idiot. Cet argent, je l'ai. Pourquoi lui donnerais-je plus que ce à quoi elle a droit ?

— Je t'assure, mon garçon, si seulement je pouvais…

Craig donna un léger coup de poing dans le sternum de BK pour ponctuer son propos :

— Moi, je vais te dire ce que tu peux faire. Puisque tu as tous ces acheteurs qui se bousculent, choisis-en deux et dis-leur que tu veux bien leur vendre un lot à quarante mille dollars pour vingt-cinq mille seulement – à des fins promotionnelles –, à condition qu'ils se décident tout de suite.

BK s'écria d'un ton plaintif :

— Et je perdrais trente mille dollars ?

— Boko, je me fiche pas mal combien tu perds. Ou bien c'est moi qui suis refait, ou bien c'est toi. Puisque c'est de mon argent qu'il s'agit, je préfère tout autant que ce soit toi.

— Ma foi, ce n'est pas très gentil de parler comme ça.

— Je suis réaliste, voilà tout. Et tu n'as pas besoin de perdre trente mille dollars. Fixe ton prix au niveau du marché. Bon, tu y perdras un petit peu, mais c'est obligé, il faut voir les choses en face. Ce que je veux, c'est ton chèque, maintenant, pour cinquante mille dollars, et pas un chèque en bois. Tout de suite. (Craig consulta sa montre.) Parce que cette option part en fumée à cinq heures. Il faut que je file chez moi, que je me change, que je voie Eleanor, et que je conclue l'affaire.

BK poussa un profond soupir.

— Bon, d'accord, d'accord.

Il retourna à son bureau, avec Craig sur ses talons. Il s'assit tandis que Craig examinait soigneusement Miss Bunning. Celle-ci, après un rapide coup d'œil à travers ses cils, l'ignora complètement.

BK écrivit, puis il se leva et les deux hommes ressortirent. BK tendit le chèque à Craig, qui l'examina, le mit dans sa poche et recouvra toute sa jovialité.

— Merci, Boko. Sans rancune, hein ? C'est juste que j'en avais absolument besoin aujourd'hui.

— Sans rancune, mon garçon. Les affaires sont les affaires.

— Tu me garantis que le chèque est provisionné ?

— Il est bon. Je n'ai jamais signé un chèque en bois de ma vie, et j'ai toujours tenu ma parole.

— C'est très bien. Bon, je te suis vraiment reconnaissant, Boko. Et maintenant, il faut que je file.

— Hé, au fait, il s'est passé un drôle de truc, ce matin. J'ai failli oublier de t'en parler.

— Quel truc ?

— Quelqu'un a téléphoné, un type que je ne connais pas. Il m'a dit que tu l'avais appelé la nuit dernière, et il voulait ton adresse.

Craig sembla interloqué. Il fronça les sourcils, cligna des yeux, se frotta le menton… et puis, sur un ton agressif, il demanda :

— Qu'est-ce que tu lui as dit ?

BK haussa les épaules et prit un air innocent.

— J'ai pensé que c'était un ami à toi. J'avais complètement oublié ce type que tu as asticoté…

— Tu lui as donné mon nom ? dit Craig avec une rage froide.

— Eh bien, oui, comme je t'ai dit, j'ai pensé que c'était un ami…

Craig fit demi-tour et retourna à grands pas vers sa Thunderbird. Le moteur rugit, les roues mordirent dans le gravier et la voiture s'élança telle une bombe volante.

BK la regarda s'éloigner, le visage inexpressif. Puis il se passa la langue sur les lèvres et regarda sa montre. Cinquante mille dollars, qu'il n'avait pas. Il poussa un grand soupir.

— Bon, marmonna-t-il. C'est comme ça, c'est comme ça…

Il retourna sur le seuil de la porte.

— Iola, ma toute belle, il faut que je m'en aille. Je te confie les opérations. Je te rappellerai plus tard dans l'après-midi. Vends des tas de maisons !

— Oh, BK… à moi toute seule ?

— Oui, à toi toute seule.

BK fit rapidement le tour de la maison pour reprendre sa Pontiac, et repartit dans Windsor Way.

Il s'arrêta à un supermarché où il acheta deux bombes de peinture laquée, une rouge et une noire, et puis, après réflexion, il y ajouta un flacon de sirop d'érable. Il repartit à toute allure vers Oakland.

Craig Maitland louait une petite maison luxueuse dans les collines de Berkeley. BK s'engagea dans les étroites allées bordées d'arbres et se gara prudemment à une vingtaine de mètres, pour faire le reste du chemin à pied.

Le garage de Craig était un simple toit de tuiles posé sur quatre poteaux, à flanc de colline, avec des marches qui descendaient vers la maison. Au-delà, sous un ciel bleu foncé, avec le soleil qui brillait comme un bouton de porte en cuivre, s'étalait dans la brume la vue immense de neuf cités entourant la surface de mercure de la baie.

La Thunderbird blanche semblait observer l'approche de BK telle une pouliche apeurée. Et à juste titre. BK dévissa le bouchon du réservoir, et après un rapide coup d'œil à droite et à gauche, puis vers la maison en bas, il versa le sirop d'érable. Il referma soigneusement le bouchon, puis avec la bombe de peinture rouge, il écrivit un message sur la peinture blanche immaculée : SALUT, STUPIDE ! De l'autre côté, il écrivit : ÇA TE PLAÎT, STUPIDE ? Avec la peinture noire, il traça des volutes et des taches sur toute la longueur du capot, sur le coffre et sur les flancs. Il ouvrit son canif et se mit à déchirer et lacérer les sièges en cuir.

Soudain inquiet, il rassembla les bombes de peinture et le flacon de sirop d'érable, et se retira. Il retourna à la Pontiac et s'éloigna.

Vingt minutes plus tard, Craig sortit de la maison, vêtu d'un costume léger en tweed. Il monta les marches quatre à quatre, entra dans le garage et s'arrêta net, complètement abasourdi. Il se pencha lentement en avant, les yeux exorbités, pour contempler l'abominable spectacle. Il lut les deux messages tracés à la peinture rouge dégoulinante. Des mots sortirent d'eux-mêmes entre ses dents :

— Putain de salopard… Bon sang, quel putain de salopard…

Il répéta la phrase en boucle, inlassablement. Quand il découvrit les sièges lacérés, il se tut brusquement. Il poussa un soupir qui était presque un gémissement, et il regarda sa montre. Il ouvrit délicatement la portière et s'installa derrière le volant. Il démarra, fit une marche arrière pour s'engager dans la rue, et redescendit la colline.

Une cinquantaine de mètres plus loin, le moteur commença à toussoter et crachoter. Craig appuya sur l'accélérateur pour le relancer. Les crachotements ne firent qu'empirer. Il y eut un bourdonnement qui se transforma rapidement en un sifflement aigu, et le moteur ne fonctionna plus que par à-coups. Une épaisse fumée noire se dégagea du pot d'échappement. Craig coupa le contact et roula encore un moment au point mort. Sous l'effet de la rage, il avait les yeux exorbités et son col le serrait tellement qu'il en étouffait presque.

La voiture finit par s'arrêter. Craig en descendit et, sans un regard derrière lui, s'éloigna à pied de cette malheureuse carcasse blanche humiliée.

Dix minutes plus tard, il trouva une station-service. Il téléphona à la résidence Binkins et on lui passa Eleanor, qui lui demanda sèchement :

— Où donc es-tu, Craig ? Tu sais l'heure qu'il est ?

— Oui, je sais quelle heure il est. Je suis à Berkeley. Il faut que tu viennes me chercher.

— Nous ne pourrons jamais être à Peralta à 5 heures. Nous avons perdu l'option.

— On n'y peut rien.

— Que se passe-t-il ? Tu vas bien ? Tu as eu un accident ?

— Non, pas un accident. Je te raconterai quand je te verrai. Je suis à la station Shell, au coin d'Euclid et de Hearst. Juste au nord du campus.

— Très bien. J'arrive.

Craig téléphona à son agent d'assurances, qui exprima sa sympathie tout en restant très réservé.

— Ah, ma parole, Mr Maitland, c'est une honte… Malheureusement – eh bien, la voiture n'a pas été volée, ou sinon, il n'y aurait aucun problème…

Craig rugit :

— Vous voulez dire que l'assurance ne va pas me couvrir ?

— Je sais, Mr Maitland, fit la voix apaisante, c'est malheureux. Vraiment malheureux. Mais vous n'êtes pas assuré contre les actes de malveillance, et ça résume la situation. Votre seul recours sera contre la personne qui a commis ces actes. Je suis navré. Je vais faire tout mon possible pour vous aider, mais j'ai bien peur que la compagnie ne puisse vous donner satisfaction.

Craig rugit, tempêta. L'agent d'assurances l'écouta patiemment, et promit de présenter son cas aux évaluateurs dans les termes les plus vigoureux.

Craig raccrocha brutalement. Il appela le concessionnaire Ford et donna des instructions, puis il retourna sur le trottoir où il fit les cent pas.

Eleanor finit par arriver dans son élégante Continental noire. Craig s'avança, ouvrit la portière et se laissa tomber sur la banquette. Eleanor le regarda d'un air interrogateur.

— Qu'est-ce qui t'est arrivé ?

— Quelqu'un s'en est pris à ma voiture. Il l'a massacrée. De la peinture. Je ne sais quelle saleté dans l'essence. Pas d'assurance. Ça va me coûter mille dollars. Deux mille.

Eleanor le regarda plus attentivement.

— Qui a bien pu faire une chose pareille ?

— Je sais qui.

Eleanor posa sa main impeccablement gantée sur le levier de vitesse… La voiture repartit lentement. Elle jeta un coup d'œil à Craig.

— Et pour Mr Rosso ?

Craig grogna.

— Boko m'a donné un chèque, mais c'est trop tard. Nous ne serons jamais à Peralta à temps.

— Tu n'aurais pas dû attendre aussi longtemps, fit remarquer Eleanor d'une voix qui tintait comme des glaçons dans un verre.

— Avant, je n'avais pas l'argent.

— J'aurais pu te l'avancer.

Craig se redressa sur son siège et s'éclaircit la gorge.

— Je n'ai pas estimé que c'était nécessaire, dit-il d'un air très digne.

— Ma foi, dit Eleanor avec philosophie, nous ferions mieux de nous dépêcher.

Craig fronça les sourcils.

— Ça ne sert à rien de nous précipiter, maintenant. Si nous arrivons tout essoufflés après l'expiration de l'option, le vieux Rosso ne va pas nous rater. Il va penser que nous sommes pressés d'acheter, et il va augmenter son prix.

Eleanor réfléchit un instant.

— Tu as sans doute raison. Mais il pourrait aussi vendre à quelqu'un d'autre.

Craig ricana.

— Qui d'autre paierait soixante-cinq mille dollars pour ce vieux pâturage ?

— J'espère que tu as raison. (Eleanor le regarda d'un air dubitatif.) Qu'est-ce que tu veux faire, alors ?

Craig réfléchit.

— Ramène-moi à la maison, dit-il enfin. J'ai quelques petites affaires personnelles à régler.

En remontant la colline, ils passèrent à côté de la voiture de Craig.

— Quelle horreur, dit Eleanor.

— Oui, dit Craig, c'est une horreur.

— Si tu sais qui a fait le coup…

— Je ne connais pas son nom, mais j'ai son numéro de téléphone. Je peux le trouver.

* * *

De retour chez lui, Craig se prépara un whisky-soda bien tassé. Il s'installa dans un fauteuil pour réfléchir, en se tapotant les dents avec son crayon. Au bout d'un moment, il décrocha le combiné et composa un numéro. Une voix d'homme très discrète répondit :

— Allô.

— Virgil ?

— C'est moi. On dirait Craig Maitland. Vous appelez trop tard. Tout ce qui devait courir aujourd'hui a déjà couru.

— Ce n'est pas pour parier. J'ai juste besoin d'informations.

— OK, je vous écoute.

— Vous fréquentez toutes sortes de gens dans votre profession.

— Ça, c'est vrai. Un de mes meilleurs clients est professeur à l'université.

— Des clodos, des voyous, des escrocs…

Virgil protesta mollement :

— Attendez un peu, là. Je n'ai rien à voir avec le milieu. Je suis un honnête bookmaker respectueux des lois – si seulement les lois étaient un peu différentes.

— Bon, voilà de quoi il retourne : il y a un type qui m'embête, ces temps-ci – il m'a causé toutes sortes d'ennuis. Vous voyez ce que je veux dire ?

— Des gars comme ça, ça existe, dit Virgil d'une voix douce.

— J'aimerais louer les services de deux costauds pour lui faire passer l'envie de continuer.

Virgil resta silencieux un moment, puis il dit :

— Ma foi, Mr Maitland, je vais vous donner un conseil. Ne vous lancez pas dans ce genre de combine. C'est du poison. Imaginez que je connaisse un malfrat – ce qui n'est pas le cas. Imaginez ensuite que je vous l'envoie, et qu'il fasse passer un sale quart d'heure à ce type. Imaginez qu'il fasse un faux mouvement, et qu'il blesse le gars gravement. Imaginez que le gars en question meure. Le malfrat serait un assassin, et vous aussi. C'est terriblement dangereux, Mr Maitland. Ne vous engagez pas là-dedans.

Craig dit d'une voix glaciale.

— Ne vous inquiétez pas pour moi, j'en fais mon affaire.

— En ce qui me concerne, Mr Maitland, je ne vais pas m'inquiéter du tout – parce que je ne peux pas vous aider.

Craig raccrocha. Après réflexion, il appela un autre numéro. Une voix de femme répondit :

— Résidence Binkins.

— Passez-moi Maile, dit Craig.

La voix de Maile finit par se faire entendre, calme et prudente.

— Allô.

— Maile, c'est Craig.

— Oui ?

— L'autre jour, tu me parlais de ces types que tu connais – des gars prêts à tout pour gagner quelques dollars.

— Oui, et alors ?

— J'aurais peut-être un petit boulot pour deux ou trois gars comme ça.

— Quel boulot, et combien ?

Craig réussit tout juste à contenir l'agacement dans sa voix.

— Je préférerais traiter directement avec eux.

— Je ne crois pas que ce soit une très bonne idée, répondit Maile.

Craig commença à s'énerver.

— Et pourquoi ça ?

— Il y a deux ou trois raisons.

— Avec qui je dois traiter, alors ?

— Comme je t'ai dit, quel est le boulot et combien ça paye ?

Il y eut un silence, puis Craig dit :

— Bon, d'accord. Voilà ce que je veux…

Chapitre IV

Royal Garnet Marsh était assis dans sa kitchenette et regardait distraitement par la fenêtre. B.K. Binkins n'avait pas rappelé, mais il ne s'était pas vraiment attendu à ce qu'il le fasse. Sa rage de la nuit précédente était retombée et n'était plus qu'une simple indignation, d'ailleurs mitigée : dans une certaine mesure, il ne pouvait s'en prendre qu'à lui-même d'avoir commencé cet échange d'insultes avec un type ivre. L'épisode semblait donc terminé. Même si B.K. Binkins lui avait fourni le nom de son persécuteur, Marsh aurait sans doute laissé tomber l'affaire. Exercer des représailles ne semblait pas justifier un effort. Rien ne semblait justifier d'efforts… Marsh se força à penser à autre chose.

Des voitures passaient en contrebas, de longues créatures métalliques qui n'étaient ni des oiseaux ni des bêtes, ni des poissons ni des insectes, et dont le polype humain à l'intérieur était le cerveau. Au loin, des sirènes de midi mugirent et rugirent. Sur un chantier de construction voisin, les marteaux-piqueurs s'arrêtèrent de percer et de marteler. Marsh ouvrit son réfrigérateur. Il se coupa une tranche de jambon, se fit un sandwich et ouvrit une cannette de bière.

Après avoir mangé, il se rendit dans le salon où il se laissa tomber dans un fauteuil, pour contempler la perspective du reste de sa journée. Il ferait mieux d'aller faire un tour à pied. Le médecin avait recommandé de l'exercice physique modéré, et de toute façon, il n'y avait rien d'autre dont il ait envie... Il s'assoupit.

Le téléphone sonna. Encore à moitié endormi, il décrocha le combiné. Une voix familière se fit entendre, avec cette fois une intonation qui lui déclencha des frissons dans le dos.

— Salut, stupide.

Marsh fut incapable de répondre.

— Salut, stupide, répéta l'inconnu. Bon, tu t'es bien amusé, mais tu sais quoi ? Ça va te coûter très cher.

Marsh trouva enfin sa voix. Les mots lui firent mal à la gorge.

— Vous êtes en train de créer des tas d'ennuis – aussi bien pour vous que pour moi.

Un rire bref retentit à l'autre bout de la ligne.

— Je vais te montrer ce que c'est, des ennuis...

Marsh raccrocha et réfléchit. Il serait peut-être plus raisonnable de prévenir la police. Lui-même n'avait aucune envie de se colleter avec un fou.

Il regarda son téléphone. Que diable pourrait-il dire à la police ? On le prendrait pour un cinglé... Bon, et s'il essayait d'appeler encore une fois chez B.K. Binkins ? Il tendit la main vers le combiné, mais il hésita. Il essaya d'imaginer la conversation, qui n'aboutirait à rien. Il renonça à l'idée. Il resta simplement assis un long moment, puis il se leva et arpenta la pièce. En passant devant le miroir, il regarda ce visage au teint pâle et sans âge. Qu'allait-il devenir ? Il n'avait pas d'amis ni d'amies. Il avait un bon bagage de connaissances, mais aucune motivation pour s'en servir. Des talents, mais nulle part où les appliquer. Il n'avait même pas l'aiguillon de la pauvreté. Soudain, il comprit comment un homme pouvait en arriver à se suicider, sans raison aucune. L'ennui, le dégoût de soi… Marsh se détourna précipitamment. Il enfila une veste et quitta l'appartement.

Une fois dans la rue, il s'arrêta un instant. Dans le chantier voisin, on entendait le bruit saccadé des marteaux-piqueurs et le sifflement des scies mécaniques. Les fondations avaient été coulées, et quelques murs en béton commençaient à s'élever : encore un immeuble d'habitation, très certainement. Marsh prit la direction du lac. Sa hanche, qui de l'avis des experts était presque guérie, l'élançait à chaque pas.

Il regarda un moment une partie d'échec dans le parc. À la bibliothèque municipale, il rendit un livre qui l'intéressait très peu. Le tribunal du comté n'était pas loin. Marsh entra dans l'une des salles d'audience et observa la sélection d'un jury. Quand l'audience fut ajournée, il repartit à l'ouest, vers Broadway. Un film, peut-être ? Non, il rejeta l'idée. Dans une cafétéria, il déjeuna rapidement, pour s'éviter de devoir faire la cuisine chez lui. De retour dans la rue, il prit un bus, descendit près du lac et monta sur le flanc de la colline. C'était la fin de l'après-midi, le soleil se couchait presque. Le ciel diffusait une lumière marron pâle dans Henry Street. Là, devant lui, se dressait la propriété héritée d'un père qu'il n'avait plus vu depuis douze ans. C'était un immeuble semblable à tous les autres dans la rue : trois étages, avec une façade respectable mais banale. Comme toujours, le bâtiment ne comportait pas de graves défauts apparents, et Marsh était bien obligé de conclure qu'il possédait une propriété solide et de valeur.

Il entra dans le foyer pavé de dalles rouges et prit le couloir jusqu'à l'Appartement 3. Un jeune homme brun et mince qui descendait l'escalier s'arrêta un instant pour le regarder. L'attention de Marsh fut attirée. Le visage du jeune homme était éclairé par une applique. C'était un visage étrange, poétique, comme celui d'un faune. Voyant qu'il l'observait d'un air concentré, Marsh lui demanda calmement :

— Vous cherchez quelqu'un ?

Le jeune homme secoua la tête. Il traversa le hall et sortit de l'immeuble. Marsh le regarda descendre les marches d'un pas alerte, puis il entra dans son appartement, où il jeta un coup d'œil par la fenêtre. Le jeune homme – il devait avoir dans les dix-sept ans – s'éloigna lentement, la tête baissée comme plongé dans ses réflexions. Il portait un jean noir, une chemise de flanelle noire et grise, des chaussures noires. Marsh le vit poser les mains sur ses hanches et redresser les épaules.

Il traversa la rue. Marsh aperçut brièvement son visage alors qu'il regardait par-dessus son épaule. Il s'arrêta près d'une berline noire, une Ford qui devait bien avoir cinq ou six ans, et il s'installa sur la banquette arrière. Une minute s'écoula, puis la Ford démarra, accéléra brutalement et s'engagea dans la circulation de Lakeshore Boulevard, où elle disparut.

Marsh se détourna de la fenêtre et s'installa dans son gros fauteuil de cuir rouge. Le crépuscule tombait lentement. C'est à ce moment de la journée qu'il se sentait particulièrement seul et isolé. Un jour, se dit-il, on trouverait son cadavre jauni et ratatiné, dans un appartement rempli de vieux journaux et de bouts de ficelle récupérés…

Il finit par se lever et retourna à la fenêtre. La nuit était tombée. Une voiture arriva dans la rue : la berline noire. Apparemment, le jeune homme habitait dans le coin, songea Marsh. Une centaine de mètres plus loin, la Ford se gara le long du trottoir. Personne n'en sortit. Bizarre… Marsh alla dans la cuisine et mit la cafetière en marche. Il resta là à regarder les bulles monter dans le liquide chaud, éclater contre le couvercle de verre et prendre une couleur plus foncée… On sonna à la porte. Marsh se retourna. Personne n'avait appuyé sur le bouton de sonnette à côté de son nom dans le hall. Un des locataires ? Pourquoi viendrait-il le déranger ? Mr et Mrs Cody géraient l'appartement. S'ils voulaient lui parler, ils téléphoneraient. Un démarcheur ? Marsh traversa lentement le salon et posa la main sur la poignée de la porte. Une image lui vint soudain à l'esprit : celle de la berline noire. Il repensa à l'intérêt que lui avait porté ce jeune homme, à la fois tendu et impersonnel… Marsh ressentit soudain une crispation à l'estomac. Il retira lentement la main de la poignée. La sonnette retentit à nouveau. Marsh posa l'oreille contre le battant de la porte et crut entendre un murmure de voix. Il attendit. Les visiteurs inconnus s'en allèrent. Les genoux tremblants, Marsh retourna s'asseoir dans son fauteuil rouge… Manifestement, il aurait dû ouvrir la porte toute grande pour affronter – qui donc ? Le jeune homme brun au regard impersonnel ? Et alors ? Mais ils devaient être au moins deux, et qu'est-ce que deux personnes, ou plus, pouvaient bien lui vouloir à cette heure de la soirée ? Marsh soupira tristement. Il y a un an, il aurait ouvert, prêt à tout.

Saisi d'une idée soudaine, il se leva et retourna à la fenêtre. La berline noire était toujours garée au même endroit. Mais alors qu'il la regardait, ses feux s'allumèrent et la voiture s'éloigna dans la pénombre.

Marsh retourna s'asseoir. Il prit un magazine, mais n'y trouvant rien d'intéressant, il le jeta de côté et resta prostré dans son fauteuil, à moitié endormi…

Toc toc toc à la porte. Marsh se réveilla et se redressa. *Toc toc toc…* Une série de coups très doux, comme frappés par une main féminine. Marsh se leva lentement et s'approcha de la porte. De nouveau des coups, séducteurs, intimes. Il ressentit une envie presque irrésistible d'ouvrir, mais il se contenta d'attendre, immobile, les coins de sa bouche plissés en une légère grimace.

Il n'y eut plus d'autres coups. Marsh se réinstalla dans son fauteuil, où il resta jusqu'à une heure du matin, puis il alla se coucher.

Le lendemain, le soleil se leva dans un ciel encore parcouru de quelques traînées de brouillard, qui finirent par se dissiper. À 9 heures, le ciel était dégagé et le soleil répandait une douce chaleur. Marsh se rendit à l'hôpital pour sa visite du mardi. Il se soumit aux examens et aux traitements, et répondit comme il le faisait toujours aux questions habituelles. Le médecin l'encouragea à conserver le même programme, et l'assura que tôt ou tard, sa hanche serait réparée.

En quittant l'hôpital, Marsh alla jusqu'à l'arrêt de bus où il s'assit avec précaution sur le banc. Comme chaque fois, la visite médicale avait exacerbé la douleur dans sa jambe. Deux lycéennes s'approchèrent, le teint clair et les yeux brillants. Avec à peine un regard pour Marsh, elles s'assirent à coté de lui et se mirent à discuter de leurs petites affaires, indifférentes à sa présence. Marsh fronça les sourcils et leur lança un regard perçant. Leur manque d'intérêt était vexant et bien réel.

Marsh se tassa sur le banc. Il était jeune, il n'était pas vilain… Ses vêtements – il y jeta un coup d'œil : pantalon gris foncé, chemise en lainage à manches longues à carreaux bleus et verts. Pas très élégant… Son attitude, son aura personnelle ? Marsh hocha sombrement la tête.

— J'ai l'impression d'être un vieillard malade. Je me sens et j'agis comme un vieux gérant d'appartements malade…

Il se leva d'un bond. Les jeunes filles sursautèrent et interrompirent brièvement leur conversation pour le regarder. Marsh s'éloigna rapidement dans la rue, d'un pas si vigoureux que sa hanche protesta. Fichue hanche... Il fallait faire quelque chose. Un taxi passa à côté de lui, et Marsh lui fit signe. Après tout, pourquoi pas ? Il possédait un pécule de quatorze mille dollars, l'accumulation de sa pension d'invalidité et des loyers d'appartements. Il en aurait encore plus une fois qu'il aurait vendu l'immeuble. Et ensuite ? Qui pouvait le dire ? Peut-être la Bourse. Ou bien il partirait en voiture jusqu'au sud du Mexique. Le chauffeur de taxi le regarda d'un air interrogateur.

— Centre-ville, dit Marsh. N'importe où. À l'angle de Broadway et de la 14ᵉ.

Chez Barclay Brothers, un tailleur très chic, Marsh acheta trois costumes, deux pantalons, deux vestes, une douzaine de chemises, un pull-over, six cravates, trois paires de chaussures, des chaussettes et des sous-vêtements. La facture se monta à huit cent vingt dollars. Marsh fit un chèque.

Quelques retouches étant nécessaires, il ne lui fut pas possible de se débarrasser tout de suite de ses vieux vêtements.

Il remonta Broadway vers le nord, jusqu'aux différentes concessions automobiles. Les prix étaient conséquents, malgré le fait que la saison touchait à sa fin. Marsh ne prit aucun engagement. Ce serait vraiment stupide d'acheter une voiture par pure bravade. Ou à cause de deux lycéennes à un arrêt d'autobus...

Sa hanche ne le gênait pas du tout.

— Au diable ma hanche ! dit Marsh.

Il dîna dans un restaurant voisin. Quand il en sortit, il n'était pas encore très tard. Bon, maintenant, que faire ? Il se sentait plein d'énergie. Il était beaucoup trop tôt pour rentrer chez lui. Il vibrait de vitalité. Il avait envie d'une femme. Mais pas n'importe quelle femme : pas de sténodactylo au visage bovin et mâchonnant du chewing-gum. Son imagination n'avait pas été aussi enflammée depuis son adolescence. Il voulait une femme qui soit belle, aventureuse, joyeuse – quelqu'un qui l'aide à explorer ce nouveau monde qui s'ouvrait soudain à lui. Cela étant, il était bien incapable d'imaginer un moyen de dénicher une telle perle rare. Il pouvait difficilement aborder une femme comme ça dans la rue... Bon, tout cela n'était que des détails. Plus tard dans la soirée, il irait dans un bar pour boire quelques verres... Marsh prit un bus et descendit à Lakeshore Avenue. Il fit le tour du lac et remonta Henry Street. Le soleil s'était couché depuis une demi-heure, et le ciel était d'un bleu-gris strié de quelques minces nuages orangés. Devant lui se dressait sa propriété, un immeuble pâle teinté de bleu lavande, avec trois étages, seize appartements et trente-neuf occupants qui payaient leur loyer. Il s'arrêta à hauteur de la nouvelle construction, pour mesurer les progrès. Sur le devant, les charpentiers avaient installé une palissade. Sur le côté s'élevaient des murs de béton. Une jeune fille de seize ans déboucha soudain sur le trottoir en courant. Elle regarda à droite et à gauche, et s'approcha de Marsh. Elle semblait en proie à une forte émotion, et elle dit tout essoufflée :

— Monsieur, s'il vous plaît, aidez-moi ! Il y a des garçons qui font du mal à ma sœur !

Marsh s'arrêta pour l'examiner. C'était une jolie fille, dans un genre un peu particulier. Ses cheveux plaqués sur son crâne formaient comme un casque. Elle avait des joues creuses, des lèvres épaisses, de grands yeux très écartés : dans la pénombre du crépuscule, on aurait dit deux taches noires.

Marsh était méfiant. La nuit dernière, il y avait eu ces coups légers frappés à sa porte par une main féminine...

La fille l'observait attentivement. Marsh lut dans son regard des idées et des défis qui n'y étaient peut-être pas vraiment.

— Bon, bien sûr, pourquoi pas ? dit-il.

Il jeta un coup d'œil dans la rue. Là-bas, à une trentaine de mètres, une berline noire. Mais il ne pouvait en être sûr.

— S'il vous plaît ! soupira la fille. Dépêchez-vous ! (Elle lui fit signe.) Vite !

Elle s'engagea aussitôt dans le chantier de construction.

Avisant au passage une pile de barres d'acier d'un demi-pouce, Marsh en sélectionna une d'une soixantaine de centimètres de long. La fille s'arrêta, regarda par-dessus son épaule. Marsh tint la barre le long de sa jambe.

— Par ici. *Vite !* fit la voix douce.

Elle courut devant lui telle une gazelle, et disparut derrière une pile de blocs de béton.

Marsh obliqua aussitôt vers la gauche et contourna la pile dans la direction opposée. Il vit la fille. Elle avait la tête tournée et regardait dans la direction d'où elle était venue. Trois silhouettes sombres étaient adossées à la rangée de blocs. Marsh s'approcha en silence. La fille l'aperçut et poussa un cri d'alarme. Les trois silhouettes s'élancèrent. Il y avait un Noir trapu au crâne étroit, un jeune Blanc avec un faciès d'ours, et le mince jeune homme que Marsh avait vu la veille. La fille se tenait sur le côté, le visage brillant d'excitation.

Le jeune homme mince dit :

— Salut, stupide.

Le ton était neutre et les mots soigneusement détachés : il avait mémorisé la phrase. Ses deux compagnons s'avancèrent, armés chacun d'une chaîne de vélo. Marsh bondit à côté des blocs de béton. Le Noir leva le bras et la chaîne siffla. Marsh l'intercepta avec sa barre d'acier et l'arracha du poing de son agresseur, et dans un même mouvement, il lui asséna un coup sur le crâne. Le Noir poussa un cri plaintif. Marsh se baissa pour esquiver l'attaque de son autre adversaire, dont la chaîne frappa le mur. Le jeune Blanc l'empoigna et tenta de l'étouffer dans une puissante étreinte. En titubant, le Noir s'approcha en gémissant : « Il m'a amoché… Il m'a salement amoché… » Marsh donna un coup sec avec sa barre dans la bouche du Blanc. Les dents crissèrent contre l'acier. L'homme poussa un cri étouffé. Marsh le précipita à terre devant le Noir et enfonça sa barre de toutes ses forces dans son visage. L'acier brisa des os et déchira des cartilages. Le Blanc relâcha sa prise. Marsh frappa le Noir qui leva le bras pour se protéger. Le coup brisa le poignet. Marsh le frappa encore une fois sur le côté du crâne. Le jeune homme mince n'était nulle part en vue. La fille se tenait en retrait et riait de plaisir. Le Blanc était à genoux, les bras tendus vers Marsh, qui le frappa de toutes ses forces : un bras retomba, ballant. Le Noir se déplaçait lentement à quatre pattes, manifestement perdu… Marsh lui asséna un dernier coup. Le Noir s'écroula face contre terre.

Marsh était absolument fou de rage. Ce soudain relâchement de tension lui procurait presque un orgasme. Il frappa le Blanc au tibia, et puis, avec un sens aigu de la justice, il se tourna vers le Noir et lui brisa un coude. Il retourna auprès du Blanc, dont le visage n'était plus qu'une masse de chairs sanguinolentes. Marsh leva sa barre : l'homme tenta de se protéger avec l'avant-bras. Marsh frappa, et le Blanc s'évanouit.

Marsh resta immobile un instant, un peu consterné. Où était le troisième larron ? Nulle part en vue. Le regard de la fille était braqué sur un point au-dessus de sa tête. Il s'écarta, se retourna et leva les yeux : au sommet de la pile, le jeune homme essayait de déloger des blocs avec une planche. Quelques-uns commençaient à bouger. Marsh trébucha, se plaqua contre le mur et se protégea la tête avec les mains... Un grondement de tonnerre, un choc terrible, puis une série de coups, une sensation de poids et d'étouffement... Aux trois-quarts assommé, il entendit des voix, comme venant du fond d'un abîme.

— Je ne le vois pas, dit la fille. Tu crois qu'il est mort ?

— Je ne sais pas, répondit le garçon. Tirons-nous d'ici.

— Et Dick ? Et Lundy ?

— Il faut qu'on les transporte jusqu'à la voiture avant l'arrivée des flics.

— Je ne pourrai jamais les toucher ! s'écria la fille d'une voix tremblante.

— Il faudra bien. (La voix du garçon s'enfonça dans les profondeurs du gouffre.) Il faudra bien...

SYNOPSIS

Chapitre V

À l'hôpital, le sergent Glen Wilson interroge Marsh, qui lui relate tout ce qu'il sait. Wilson reste réservé. Sceptique ? Indifférent ? C'est ce que soupçonne Marsh.

Lors de sa deuxième visite, Wilson lui déclare que B.K. Binkins a nié toute connaissance de l'affaire, et qu'aucun individu correspondant à la description des deux agresseurs n'a été admis dans un hôpital local. S'ils ont été blessés aussi grièvement que Marsh l'a décrit – et Wilson est poliment dubitatif –, ils peuvent avoir été soignés par un médecin du privé.

Les semaines passent. La hanche de Marsh a de nouveau été fracturée, mais il a néanmoins hâte de quitter l'hôpital. Le médecin est sardonique.

— Vous avez ménagé cette hanche pendant un an. Et maintenant, après une nouvelle fracture, vous ne pensez qu'à sortir faire des cabrioles ?

— J'y arriverai, en faisant attention, insiste Marsh.

— Encore deux ou trois semaines, et même là… Enfin, nous verrons.

Marsh finit par être autorisé à sortir. Il prend un taxi pour retourner à son appartement, et entre en boitillant dans le salon. Des paquets et des cartons sur le canapé, par terre à côté de la porte. Il les ouvre – ses nouveaux vêtements.

Mars s'assied pour réfléchir. De l'autre côté du couloir, Mr et Mrs William Stillwater ont récemment déménagé. Marsh transfère ses affaires dans leur appartement, laisse leur carte de visite en place sur la plaque d'entrée, retire la sienne, et colle une affichette : « Appartement à louer ». Ensuite, il donne tous ses vieux vêtements à l'Armée du Salut.

Il s'achète une Buick Special noire, qu'il paye en liquide. Il s'habille d'un pantalon marron, une veste à carreaux noirs, blanc et gris assez voyante, une paire de chaussures marron, une chemise beige foncé, une cravate étroite à rayures marron et noires. Il se regarde dans la glace et se reconnaît à peine. Il est plus mince, ses joues sont creusées, sa mâchoire prononcée, sa bouche un mince trait pâle. Ses cheveux sont plus longs : il les rabat en arrière, ce qui lui donne une expression différente.

Il prend sa voiture pour se rendre au Domaine de High Oaks. Tout est vendu. Aucun signe de B.K. Binkins. Dans un annuaire, Marsh trouve l'adresse de la résidence Binkins à Piedmont : 59 Mowbray Court.

Il se rend à Piedmont, trouve Mowbray Court et se gare. Il s'engage dans l'allée et examine la maison, puis il retourne s'asseoir dans sa voiture. Au bout d'un moment, il ressort, avance dans la rue, tourne au coin et trouve l'endroit où une ligne électrique et une ligne téléphonique vont vers la maison, à travers un bosquet de cèdres, de pins et de séquoias.

Il retourne à sa voiture et va dans un magasin de fournitures électroniques au centre d'Oakland. Il effectue un certain nombre d'achats et retourne à la résidence des Binkins… Il est 15 heures, les rues sont désertes. Marsh enjambe le muret de pierre, grimpe à l'arbre, dénude le câble téléphonique et installe sur l'un des fils une dérivation qu'il relie à une bobine de détection. Il attache la bobine à une branche et fait descendre deux fils jusqu'à terre. Il les connecte à un petit amplificateur récupéré sur un talkie-walkie. Il remonte dans l'arbre, et à l'aide de pinces-crocodile, il se branche au câble électrique, ce qui lui permet d'alimenter son appareillage. Il l'allume, enveloppe le tout dans une feuille de plastique et le cache dans un buisson de lauriers. De retour dans sa voiture, il allume l'autre récepteur et attend. Une heure s'écoule. Il entend des cliquetis, des bourdonnements, puis une voix :

— Allô ?

— Alma, c'est Eleanor.

— Eleanor, ma chérie, comment vas-tu ?

— En pleine forme, comme d'habitude. Je t'appelais pour te dire que nous nous sommes merveilleusement amusés à ta petite soirée.

— Oui, j'ai pensé que tout s'était admirablement bien passé.

La conversation se poursuit. Marsh écoute, fasciné. Son interception téléphonique marche à la perfection. La beauté de la chose, c'est que personne ne peut remonter jusqu'à lui. C'est illégal, il le sait. Un crime ? Ou un simple délit ? En réalité, il s'en fiche.

Marsh retourne chez lui. Le son diminue, et devient presque inaudible quand il atteint son appartement. Il installe une antenne, et la réception s'améliore.

Pendant toute la soirée, il reste assis à côté du téléphone et écoute les différentes conversations des Binkins. BK téléphone pour prévenir qu'il sera en retard pour le dîner. Eleanor lui demande si Craig et lui se sont vus. BK répond simplement :

— Si je voulais commettre un suicide financier, je ferais ce que Craig voudrait que je fasse.

Eleanor lui rappelle sèchement qu'elle a investi près de cinquante mille dollars dans le projet de Craig. BK, toujours très calmement, fait remarquer qu'il le lui a déconseillé.

— High Oaks était un projet bien plus prometteur. C'est vrai qu'il y a eu un moment difficile avec ces pluies, mais en fin de compte, ça a payé. Malgré Craig et son centre commercial !

Eleanor, d'un air dégagé :

— Tout projet exige de la patience. Cette terrible histoire avec la voiture de Craig nous a coûté beaucoup d'argent.

BK éclate de rire.

— C'est à ça que servent les options. Si on les laisse expirer, et si on essaie d'acheter ensuite, il ne faut pas s'attendre à réaliser une bonne affaire. On se fait forcément plumer.

Un appel. Nancy et une amie. Bavardages, ragots.

Un appel de Mrs Grover Brisbane pour Eleanor. Elles parlent de la réception d'Alma la veille au soir.

— Nancy était absolument à croquer. Quelle jolie robe. Il existe vraiment des tissus comme ça ? Ou je ne devrais peut-être pas poser la question ?

— Oui, ça existe vraiment. Nous l'avons trouvé à Rome. En fait, c'est un Mancini. Il a réussi à mettre la main sur des tapisseries anciennes d'une valeur inestimable. J'imagine que, d'une certaine façon, c'est un peu criminel de les découper pour en faire des vêtements, mais ça donne des robes tellement ravissantes…

— Oh, je suis bien d'accord ! Pourquoi avoir de belles choses si on ne peut pas les utiliser et en profiter ?

— C'est vrai. Nous organisons une réception pour Barbara dans une semaine ou deux…

— Barbara ? De quelle Barbara parles-tu ?

— Barbara Tyburn, ma jeune nièce, qui vient juste d'obtenir son diplôme à Radcliffe, et qui possède toute l'ambition et l'énergie qu'on peut imaginer. Elle revient nous rendre visite cette année. Elle est vraiment adorable. Ils ont tellement bien accueilli Bernard quand il s'est retrouvé dans l'Est cet hiver. J'ai donc pensé qu'une garden-party serait une bonne idée.

— Oh, oui ! Sur ta magnifique pelouse !

Un jeune homme invite Nancy à une soirée.

— Ta sœur pourrait venir aussi. J'ai un ami qui…

— Amy est trop jeune pour des réceptions de ce genre, dit Nancy d'un ton décidé.

— Allons, ne le prends pas comme ça. Tu l'as bien emmenée à la soirée de Craig, et elle était sacrément pompette…

— Je sais. Je l'ai regretté, et Amy aussi. Elle n'a même pas bu une goutte de vin depuis, et elle n'est pratiquement allée nulle part.

— Quel dommage. C'est une mignonne petite. Pourquoi la protéger comme ça ?

— La protéger ? Quelle blague. Elle fait absolument tout ce qu'elle veut.

Le lendemain, Marsh achète un magnétophone à transistors et divers relais, et il installe un système pour que le magnétophone se déclenche dès que quelqu'un parle au téléphone.

* * *

Mercredi

Un appel d'Amy à une certaine Christina, pour lui proposer d'aller au cinéma.

Christina ne peut pas.

— J'ai une partie de tennis. Pourquoi ne viendrais-tu pas, toi aussi ? On peut toujours trouver un autre garçon.

Amy décline la proposition.

— Je me remets tout juste d'un rhume, ou de la grippe, quelque chose comme ça. Je n'ai pas trop envie de jouer au tennis… Je vais demander à Cynthia.

— Elle est au Mexique.

— Elle a bien de la chance. Elle est partie quand ?

— La semaine dernière. Avec ses parents. Ils logent dans une immense hacienda qui appartient à son grand-père. C'est quelqu'un d'important dans les chemins de fer. Bon, toujours est-il que la maison a cinq cents ans et qu'elle couvre un demi-hectare, avec une grande cour au milieu. Cynthia dit que c'est absolument magnifique. Bien sûr, il y a tout ce qu'on peut imaginer – des fontaines, des salles de bain carrelées, des tapis, une grande volière…

— Ça a l'air génial. J'adorerais voyager – toute seule, ou juste avec une amie.

— Moi aussi. En Europe, les filles peuvent voyager partout et personne n'y trouve à redire. Elles logent dans des auberges de jeunesse et des vieux hôtels – quelquefois, c'est assez sordide, bien sûr.

— Ça ne me gênerait pas du tout.

— Du moment que ce n'est pas en Italie. Là-bas, les hommes ne vous laissent jamais tranquilles. Tu es déjà allée à Rome, je crois ?

— On y est allés en avion l'année dernière. On est restés six semaines, et on a visité Rome, Venise, Taormina. Aucun homme n'a vraiment fait attention à moi, je dois dire.

— Qui est cette fille avec qui Maile sort en ce moment ? Je les ai vus hier dans Highland Avenue. Elle a l'air tellement *bizarre* !

— Felice. Oui, elle est étrange. Ils sont dans la vieille resserre à voitures, en ce moment.

— Ah bon ?

— Ils construisent un bateau. Elle l'aide. Enfin, c'est ce qu'il dit. J'espère – j'espère…

Elle se tait.

— Tu espères quoi ?

— Oh, rien… Il faut que je raccroche. Maman vient de rentrer.

* * *

Eleanor compose un numéro. Une femme répond.

— Agence de détectives McGill.

— Pourrais-je parler à Mr McGill ?

— C'est de la part de qui ?

— Mon nom ne lui dirait rien. J'aimerais le consulter à propos d'une éventuelle enquête.

— Très bien, madame.

— McGill, à l'appareil.

— Mr McGill, j'aimerais que vous meniez une enquête pour moi.

— Je suis là pour ça. Pourrais-je savoir votre nom ?

— Mon nom ne vous dirait rien. Je ne peux pas vous parler au téléphone.

— Voulez-vous que je vienne vous voir ?

— Je préférerais vous rencontrer – disons, dans le hall du Claremont. Pouvez-vous vous libérer aujourd'hui ?

— Je suis disponible pendant les deux heures qui viennent.

— Disons dans une heure, alors. Le hall du Claremont.

— Ça me convient tout à fait.

— Je porterai un tailleur gris clair, des chaussures blanches, et autres accessoires.

— Cela m'aiderait beaucoup de connaître votre nom.

— Mrs Binkins.

— Très bien, Mrs Binkins. Je saurai vous trouver. À dans une heure.

* * *

Maile reçoit un appel. Une voix rauque, un accent traînant.

— Salut, Maile.

— Ouais. Comment tu vas ?

— Pas terrible.

— Désolé.

— Il me faut un peu plus de fric. J'en ai besoin.

— C'est pas à moi qu'il faut demander ça. Je t'ai dit qui il fallait voir.

— Pas moyen d'approcher de ce type.

— Comment ça ?

— Oh, tu sais – il esquive, c'est tout.

— Pas de chance. Mais je ne peux rien faire pour toi.

— Je crois qu'on devrait avoir un peu plus, Dick et moi. C'est ce qu'on pense tous les deux.

— Voyez avec le gars.

— Il dit qu'il ne sait pas de quoi je parle.

— Oui, bien sûr. C'est la vie. On a rarement ce qu'on veut.

— Peut-être bien, mais ça ne me plaît pas du tout.

— Prends ça comme une bonne expérience.

— Ha ! ha ! Des expériences comme ça, tu peux te les garder.

— Il faut que je retourne à mon boulot.

— Ton « boulot » ? Tu travailles ?

— Oui, je travaille.

— À quoi ?

— Allez, à une autre fois, Lundy.

* * *

BK à Nancy :

— Hello, ma chérie. Ta mère est là ?

— Non. Je rentre à l'instant, et je ne sais pas où elle est. Il n'y a personne à la maison. À moins que Maile ne soit dans la resserre. Avec sa – beurk – petite amie. Franchement, BK, j'aimerais que tu lui dises deux mots. Il a le goût le plus atroce qui soit – dans tout ! Les vêtements, les manières, les amis – et cette fille !

— Elle est bizarre, aucun doute là-dessus.

— Elle vient d'une lointaine planète ! C'est une extraterrestre !

— Ma foi, on ne peut pas être tous pareils.

— Je le sais bien. Je ne demande pas que Maile se *conforme.* Je voudrais juste qu'il soit normal. Qu'il se fasse couper les cheveux, qu'il joue au football et qu'il boive de la bière, et – bon, qu'il se comporte comme les autres garçons de son âge. Là, c'est un vrai marginal.

— Oui, peut-être – mais nous sommes tous des marginaux, d'une façon ou d'une autre. Dans notre famille, nous sommes tous des individualistes forcenés.

— Je le sais, ça, et j'y crois. Ah, voyons, BK, tu sais bien que je crois beaucoup à l'individualisme ! Mais ça ne veut pas dire pousser les choses à l'extrême !

— Je vais avoir une petite conversation avec Maile. Un de ces jours. Le bateau semble l'occuper à plein temps. En tout cas, il coûte pas mal d'argent… Où ta mère est-elle allée ? Elle est avec Craig ?

— Je n'en ai pas la moindre idée, mais non, je ne crois pas. Craig n'est pas à Portland ? À la poursuite de l'insaisissable Cazzaro ? À moins que ce ne soit à Reno ?

Rire.

— Reno… J'espère, pour ta mère comme pour Craig, qu'ils vont le trouver. Il y a beaucoup d'argent en jeu, dans cette affaire.

— Mais où est donc ce centre commercial ? Tu le sais, toi ?

— Non, et je ne veux pas le savoir. Quelque part au sud du comté, à ce que je crois comprendre. Il y a des tas de projets immobiliers dans ce secteur – de nouvelles industries, des subdivisions. S'ils arrivent à mettre la main sur Cazzaro, ça pourrait se révéler un bon pari. Apparemment, Craig a un certain flair dans ce genre d'affaires.

— Il suffit qu'il se trompe une fois.

— C'est exactement pour cette raison que je ne veux rien avoir à faire avec ce projet. Je ne suis pas joueur, sauf quand je suis sûr de gagner. Craig est un joueur, lui, et ta mère aussi, j'en ai bien peur.

— Elle se fait du souci pour quelque chose. C'est peut-être le centre commercial.

— Je ne vois pas ce que ça pourrait être d'autre !

— Ma foi, moi aussi, je m'inquiète. Il va falloir que je m'occupe de Barbara et que je la trimballe un peu partout, et elle est si jolie que je me sentirai un vrai laideron à côté.

— Allons, allons, ma chérie. Tu vaux largement le coup d'œil.

— Non, pas vraiment, BK. Je le sais, et ça ne me gêne pas. Bon, elle ne va rester ici qu'un mois. Tu sais quoi ? Je ne me sens jamais à l'aise avec elle. Elle a toujours l'air focalisée sur quelque chose.

— Barbara ? (BK semble étonné.) Je l'ai toujours trouvée – eh bien, très agréable.

— Tu es un homme, BK.

— Ça, je dois le reconnaître. Bon, je serai à la maison dans une heure ou deux. J'ai d'abord quelques coups de fil à donner. Tu comptes sortir ?

— Je vais à une réunion du comité pour le grand pique-nique annuel. Il ne reste plus beaucoup de temps.

* * *

Deux autres appels, tous deux pour Eleanor, de la part de relations concernant des mondanités.

* * *

Un appel de BK à un homme qu'il appelle simplement « Doc », pour organiser une partie de golf le dimanche suivant.

* * *

Un appel pour Amy d'un garçon qui voudrait l'accompagner à une fête organisée dans une piscine d'Orinda. Après de longues hésitations, Amy finit par accepter.

* * *

Un appel pour Maile de la part d'un garçon qui dit s'appeler « Yoke ». C'est Amy qui répond, Elle dit que Maile n'est pas là, et qu'elle ne sait absolument pas quand il rentrera. Yoke dit : « Qui est à l'appareil ? C'est la mignonne petite sœur de Maile ? », et Amy raccroche.

* * *

Jeudi

Maile téléphone à Abe Schuster, pour se renseigner sur les prix de la fibre de verre et de la résine.

Un homme appelle Eleanor. (Marsh se penche brusquement vers son appareil. La voix lui semble familière – mais il ne peut en être certain. Il a déjà entendu tant de voix au téléphone, et cela fait maintenant deux mois qu'il écoute.)

L'homme : Bon, me voilà de retour. (Le ton est pesant, mécontent.)

Eleanor : Et ?

L'homme : Une perte de temps. Personne n'a jamais entendu parler de lui. J'ai pratiquement fait du porte-à-porte.

Eleanor : C'est décourageant. As-tu appelé à Peralta ?

L'homme : Il n'y est toujours pas, et ils ne savent toujours pas quand il rentrera. Pas un mot.

Eleanor : (Pensivement.) J'imagine que nous ne pouvons pas faire grand-chose, à part continuer les recherches.

L'homme : Si seulement je savais où chercher. Pour ce que j'en sais, il a peut-être décidé de retourner au Portugal.

Eleanor : Au Portugal ? « Cazzaro » ? Le nom me semble plutôt italien.

L'homme : Portugal, Italie – quelle différence ?

Eleanor : J'aimerais tant avoir une idée constructive... Tu crois que nous devrions engager un détective privé ?

L'homme : Un détective ? Surtout pas ! Tu peux être sûre qu'il nous ferait chanter.

Eleanor : (Étonnée, songeuse.) Du chantage ? Mais je croyais qu'ils étaient assermentés, quelque chose comme ça ?

L'homme : Ça ne garantit quand même rien. Certains de ces gars sont franchement louches – carrément véreux.

Eleanor : (Lentement, pensivement.) Tiens, tiens…

L'homme : De toute façon, je ne vois pas ce qu'un détective pourrait faire que je n'aie pas déjà fait.

Eleanor : Si c'est comme ça, il ne nous reste donc plus qu'à attendre.

L'homme : « Attendre » ? Avec cent cinquante mille dollars déjà engagés ? Tout repose sur un misérable petit lopin de terre. Et si Cazzaro meurt ? Ou bien s'il disparaît ? Qu'est-ce qu'on fait des vingt hectares de pâturages qu'on a déjà achetés au prix fort ?

Eleanor : Ça n'ira pas jusque-là, Craig. Alors, pourquoi t'énerver comme ça ?

(Marsh sourit. Il s'appelle « Craig ».)

Craig : Je ne m'énerve pas. Je suis juste… disons, perturbé.

Eleanor : Qu'est-ce que tu crois que nous devrions faire, maintenant ?

Craig : Je ne sais pas. Je vais oublier toute cette affaire pendant un jour ou deux. Si j'y arrive. Qu'est-ce que Boko mijote, en ce moment ?

Eleanor : Comme d'habitude. Il se promène un peu partout pour examiner des terrains. Il veut construire un nouveau lotissement.

Craig : High Oaks a fini par lui rapporter un beau paquet.

Eleanor : D'une certaine façon, ce genre d'argent me semble un peu vulgaire. (Elle a un petit rire enfantin.) Quelquefois, je me dis : « Eleanor, à quoi penses-tu donc, à courir après l'argent comme ça ? Quelle vulgarité ! »

Craig : Ça reste quand même de l'argent.

Eleanor : Oui, ça reste de l'argent. De l'argent épouvantablement, délicieusement vulgaire.

Craig : Et Dieu sait que j'en ai besoin. Ma voiture ne marche toujours pas convenablement. J'en changerais si j'en avais les moyens. C'est peut-être ce que je vais faire de toute façon. (Son ton monte.) Tiens, je crois que je vais le faire aujourd'hui. Il n'y a pas de raison que je roule dans une épave.

Eleanor : C'est incroyable d'imaginer que quelqu'un puisse faire une chose pareille, à la voiture d'un autre !

Craig : Il ne recommencera pas. À moins qu'il n'ait des cailloux à la place de la cervelle.

La conversation finit par se tarir. Marsh, fasciné, rembobine le magnétophone et réécoute les conversations. Toutes sortes d'informations – sous une forme fragmentaire et alléchante. Eleanor et Craig sont à la recherche d'un certain Cazzaro, qui les bloque dans un projet impliquant cent cinquante mille dollars. Il repense à une autre conversation : « Centre commercial », « Peralta ». Extrêmement intéressant...

Un autre appel arrive : pour Eleanor.

— C'est Mr McGill, Mrs Binkins.

— Ah, oui. (Ton réservé.)

— J'ai eu un rapport de l'enquêtrice que j'ai mise sur votre affaire. Elle semble n'avoir eu aucune difficulté à obtenir l'information recherchée.

— Je suis heureuse de l'entendre !

— Je ne mentionnerai pas de noms au téléphone. Lors de notre conversation, vous avez évoqué trois possibilités, que vous avez appelées, si vous vous souvenez, A, B et C.

— Oui, je m'en souviens très bien.

— C'est la possibilité C qui s'est révélée la bonne. Peu après minuit, il est parti avec la jeune fille, qui était pratiquement inconsciente.

Un silence.

— Aucun doute là-dessus ?

— C'est l'information que l'enquêtrice a recueillie, et d'après elle, c'était tout à fait explicite.

— Tiens, tiens...

— Si vous le souhaitez, je vous enverrai un rapport écrit avec tous les détails.

— Oui, je vous en prie. Et envoyez-moi également votre facture.

— Très bien, Mrs Binkins. Merci de votre confiance, et si je peux vous être à nouveau utile, n'hésitez pas à m'appeler.

Chapitre VI

Eleanor se détourne du téléphone. Elle porte une robe de soie vert pâle, une veste bleu canard avec un brocart blanc, un collier de perles. Ses cheveux sont ramenés en arrière dans une coiffure assez austère et inhabituelle, qui accentue l'ossature de son visage et semble la rapprocher de la surface.

Elle retourne dans le salon, une longue pièce haute de plafond, avec des poutres massives et des murs de plâtre couverts de tableaux. Il y a deux lourds chandeliers espagnols en fer forgé, quatre tapis persans, des antiquités dans le style californien ancien ou espagnol, dont un coffre de Grenade, deux candélabres en fer forgé de Barcelone, une paire de chaises en cuir et bois d'olivier qu'Eleanor a achetées elle-même à Cordoue.

Devant le feu sont assis BK, Nancy et deux invités pour le dîner : Ralph et Loel Sampson. Loel était autrefois Loel Hardesty, une camarade de classe d'Eleanor à Stanford. Ralph Sampson appartient à une vieille famille californienne, et son arrière-arrière-grand-père avait été le premier shipchandler de San Francisco. Sa société s'était ensuite développée dans le cabotage de bois, puis dans l'exploitation forestière.

Sur une table roulante en teck et argent, fabriquée d'après les spécifications d'Eleanor, sont posées différentes bouteilles, une batterie de verres et une cafetière en argent réchauffée par une bougie.

Amy entre silencieusement et jette un coup d'œil dans le salon. Elle se retourne, prête à partir, quand Eleanor lui lance sèchement :

— Tu as dîné ?

— J'ai mangé un sandwich en ville.

— Où étais-tu, ma poulette ? demande BK.

— Au cinéma avec Christina, répond-elle poliment d'une voix terne.

Amy monte dans sa chambre.

— Cette gamine aurait besoin d'un bon remontant, dit BK.

Eleanor pince les lèvres, sa voix devient métallique.

Le téléphone sonne. Nancy va répondre, et s'assied à la petite table dans le couloir. C'est son amie Jane Rush qui l'invite à venir passer le week-end avec des amis dans sa maison de Lake Tahoe. Nancy hésite.

— J'aimerais bien y aller. Qui il y aura ?

— Oh. Papa et Maman, bien sûr. Joyce, Deedee, Bernice, toi et moi. Richard, Phil, Shaun, Keeler Wilcox et Chip Boggis. Mais je ne crois pas que Chip puisse venir. Il faudra que je trouve un autre garçon… Ross Hannekin, peut-être.

Nancy objecte.

— Il est mortellement ennuyeux. Son seul sujet de conversation est la Bourse. En fait, c'est un simple employé, qui doit noter les cours sur un tableau ou quelque chose d'aussi ridicule.

— Que dirais-tu de Craig ?

— Craig Maitland ? Oh, non, surtout pas. Je préfère encore Ross. Ou même Bill Lukens.

— Pas Bill Lukens. C'est une espèce de gauchiste, ou c'est du moins ce que dit Richard, et il est très pointilleux sur des choses comme ça. Personnellement, je m'en fiche, mais ce serait franchement ennuyeux de passer le week-end à discutailler de médecine socialisée, et tu connais Richard. Bon, de toute façon, pour ce qui est de Craig, je vois ce que tu veux dire. Il est assez « charnel »…

— « Charnel », ha ! Il est carrément libidineux, oui. Nous ne serions pas en sécurité dans nos lits. Surtout quand il a bu quelques verres de trop.

— Je suis entièrement d'accord. Oublions Craig. Je veux bien vivre dangereusement, mais pas sous le nez de mon père. Tu me croiras si tu veux, mais c'est devenu un véritable tyran ! On pourrait penser que maintenant, il se détendrait un peu. Après tout, j'aurai vingt-et-un ans en septembre, et je ne lui ai encore jamais fait honte. Est-ce que tu ris, là ? De *moi* ?

— Dieu m'en préserve. Non, je pense à ma cousine Barbara. Elle arrive samedi, pour passer l'été avec nous. Craig ne l'a jamais rencontrée, il n'a vu que sa photo. Mais il est déjà en train de gratter le sol de ses sabots en soufflant par les naseaux.

— La pauvre fille.

— Elle est d'une très vieille famille de Rhode Island. Ils ont une fabuleuse propriété à Newport. BK y a séjourné l'hiver dernier.

— Pourquoi vient-elle ici ?

— C'est une simple visite. Elle est venue aussi l'année dernière.

— Oui, je me souviens.

— Bon, je vais la mettre en garde contre Craig, et après ça, ce sera à elle de se défendre toute seule. Je suis sûre qu'elle a de l'entraînement… Oh, zut…

— Qu'est-ce qu'il y a ?

— Elle arrive samedi à 14 heures. Il faut que je sois à l'aéroport pour l'accueillir. Je ne peux vraiment pas aller à Lake Tahoe.

— Oh, Nancy ! S'il te plaît, ne dis pas non !

Nancy réfléchit.

— Au fond, ça n'a pas beaucoup d'importance. Je dirai à Maman que ça fait des mois que ce week-end était prévu.

— Et c'est vrai, en plus ! Ça fait des mois que j'y pense ! Vraiment !

— Je ne crois pas qu'elle insistera. À quelle heure partons-nous ?

— Vendredi à midi. Tu peux venir avec nous, si tu veux.

— Je m'en réjouis d'avance.

La conversation prend fin. Nancy retourne au salon. Elle évoque le week-end à Tahoe. Eleanor lui demande froidement si elle a oublié l'arrivée de Barbara.

— Voyons, Maman, dit Nancy, je serai rentrée le lendemain.

— Je comptais sur toi pour aller la chercher à l'aéroport.

— Demande à Craig de s'en occuper à ma place, dit Nancy avec une certaine malice. Il sera ravi.

Le lendemain, Eleanor téléphone à Craig et mentionne l'arrivée de Barbara à l'aéroport de San Francisco le samedi, à 14 h 10, vol TWA 58. Nancy ne peut pas aller l'accueillir, et elle non plus.

Craig se porte galamment volontaire.

— Tu penses pouvoir la reconnaître ? demande Eleanor.

— Certainement. Il n'y aura pas deux filles comme Barbara à bord de cet avion. Ou alors, je les embarquerai toutes les deux.

— Elle est brune, très mignonne et vive, des yeux bleus, pas très grande. Je ne sais pas de qui elle tient ses cheveux, ses parents sont blonds tous les deux.

— J'irai la chercher. Je lui donnerai une vraie réception à la Maitland, la totale. Du caviar, du champagne, de l'amour et des baisers. Elle ne l'oubliera jamais.

Plus tard dans la journée, un appel pour Eleanor.

— Mrs Binkins, vous ne vous souvenez probablement pas de moi. Je suis… (là, une très légère hésitation) … William Stillwater, un ami de Barbara. J'avais l'intention de l'accueillir à l'aéroport, mais j'ai apparemment égaré le numéro de vol et son heure d'arrivée.

Eleanor, distante mais polie, fournit les détails à William Stillwater.

— Quelqu'un d'autre va venir la chercher, évidemment. Mais je suis sûre qu'elle sera heureuse de vous voir. Nous sommes-nous déjà rencontrés ? Êtes-vous un des Stillwater de Hillsborough ?

— Ce sont des cousins au second degré, quelque chose comme ça. Nous nous sommes rencontrés au Bal Allegro l'année dernière. Vous étiez l'une des mécènes. J'étais venu avec les Huysmans.

Ce matin même, « William Stillwater » a épluché les archives de la chronique mondaine du *Oakland Tribune*.

— Ah, oui, oui. Je crois que je me souviens, maintenant. Vous êtes le jeune homme qui compose pour tous ces nouveaux instruments étranges.

— Non, mais je vois de qui vous parlez. David quelque chose. Avez-vous vu les Huysmans, récemment ?

— Non, pas depuis… ah, mon Dieu, je n'arrive plus à me souvenir quand. La saison de l'année dernière, certainement. Mais ne sont-ils pas en Europe, en ce moment ?

— Oui, je crois bien.

— Juste par curiosité, si je peux me permettre, où avez-vous connu Barbara ? Dans l'Est ? Ou quand elle était ici l'été dernier ?

— À l'origine, ici, mais je l'ai revue à l'occasion d'une ou deux réceptions dans l'Est. Comptez-vous aller l'accueillir à l'aéroport demain ?

— Non, je suis bien trop occupée. Un ami de la famille va s'en charger. Je suis sûre que Barbara ne s'en formalisera pas.

— Non, je ne pense pas. Eh bien, nous nous reverrons peut-être prochainement ?

— Oui, ce serait avec plaisir. Passez donc à la maison à l'occasion, maintenant que Barbara est chez nous. Vous avez notre adresse ?

— Je l'ai juste ici, dans l'annuaire : « 59 Mowbray Court ».

Après la conversation, Eleanor téléphone à Craig, qui bougonne en entendant parler de « William Stillwater ».

— Bon, de toute façon, j'y vais. Ce type peut dire bonjour à Barbara si ça lui chante, et aller ensuite voir ailleurs si j'y suis.

Eleanor ne fait pas de commentaire. Ça ne la concerne pas, et elle se fiche de qui va accueillir Barbara, qu'elle n'aime pas particulièrement.

Deux heures plus tard, on l'appelle à nouveau. Une voix de femme un peu hésitante lui dit :

— Western Union. Un télégramme pour Mrs Eleanor Binkins.

— C'est moi.

— Je vous le lis ?

— S'il vous plaît.

— « Je prends le vol suivant, TWA 111, arrivée aéroport S.F. 16 h 53. J'espère que ça ne gêne pas trop. Bises. Signé : Barbara. »

Eleanor note l'information et la relaie à Craig, qui rit avec une satisfaction assez grossière.

— Cet autre rigolo va poireauter un bon moment…

— Je pourrais essayer de le joindre, peut-être par les Huysmans. Mais ils sont en Europe.

— Je ne me ferais pas trop de souci, dit Craig. Si Barbara veut le voir, elle saura bien le lui dire.

Chapitre VII

À 14 heures, Marsh attend à la porte de débarquement. Il a soigneusement choisi sa tenue : pantalon de flanelle grise, veste à chevrons en tweed, cravate à rayures grises et vert foncé. Il éprouve un sentiment d'exaltation comme il n'en a pas connu depuis des années.

L'avion se pose. Marsh regarde les passagers sortir. Elle ? Elle ? Non… Là, c'est *elle*, indiscutablement ! Elle regarde autour d'elle d'un air interrogateur. Marsh s'approche. Elle est encore plus belle qu'il ne s'y attendait. Une jeune femme de vingt-trois ou vingt-quatre ans, impeccablement habillée, cheveux longs d'un beau châtain foncé rassemblés en une coiffure d'une simplicité trompeuse. Son teint est clair, légèrement hâlé, avec le minimum de maquillage. Ses traits sont réguliers : un petit nez mutin, une bouche large et ferme, une mâchoire plutôt délicate. Elle est mince, presque garçonne, et se tient avec beaucoup de naturel. Ses vêtements sont magnifiques : un manteau gris léger avec un col noir boutonné et des sortes de brandebourgs noirs sur le devant.

Marsh s'approche.

— Vous êtes Barbara Tyburn ?

Elle lui fait un sourire poli.

— Oui.

— Je suis… (il hésite.) … ah, William Stillwater. Un ami de Mrs Binkins. Elle avait des obligations auxquelles elle ne pouvait se soustraire, et Nancy est partie chez une amie pour le week-end. Elle m'a donc demandé de venir vous chercher.

Barbara hoche brièvement la tête, manifestement plutôt vexée de cet accueil désinvolte.

— Je vois. Eh bien, c'est très aimable à vous.

— Je vous en prie.

Marsh prend sa valise et l'emmène jusqu'à sa voiture. Elle se montre poliment amicale, avec cette aisance que procure une existence passée dans un milieu fortuné. Toute sa vie, elle a été protégée et traitée avec déférence, et bien qu'elle ne soit pas exactement gâtée, elle a manifestement l'intention que l'on se plie à ses volontés.

Ils s'engagent dans le Bayshore Freeway. Marsh lui demande si elle a déjeuné.

— Oui, répond-elle, dans l'avion.

Ils continuent de rouler en silence. Marsh se dit que, finalement, il n'aime pas beaucoup cette jeune femme. Elle est trop réservée, trop sûre d'elle. Il ne ressent rien pour elle, il est incapable d'essayer de se lier d'amitié. Tout son plan est un fiasco.

En fait, c'est à peine si Barbara l'a remarqué. Elle pense simplement que Marsh est un jeune homme calme, manifestement de bonne éducation, sans signe particulier à part une certaine austérité, une concentration, une intensité. En réalité, elle est irritée par la façon désinvolte dont Eleanor a envoyé un étranger pour l'accueillir. C'est très condescendant, et ça laisse mal présager de son séjour. Ah, ma foi, se dit-elle, ce jeune homme – comment s'appelle-t-il, déjà ? –,

Stillwater, n'y est pour rien. Elle le regarde et remarque qu'il fronce les sourcils. Elle note les tempes grisonnantes – mais il est manifestement jeune. Ses vêtements sont sobres – juste des vêtements –, ce qui est déjà une bonne chose. En fait, son opinion sur Marsh change légèrement. Elle se détend sur son siège et lui sourit.

— Vous êtes un ami de Nancy ?

— Je suis plutôt une connaissance de Mrs Binkins.

Barbara fronce à nouveau les sourcils. Cela semble impliquer que Tante Eleanor a envoyé à l'aéroport le premier homme qu'elle avait sous la main.

— C'est étrange, dit-elle avec raideur, qu'elle vous ait envoyé me chercher. J'aurais aussi bien pu prendre un taxi.

— Ça ne me gêne absolument pas. En fait, je me suis porté volontaire.

— Pourquoi ? demande Barbara qui est de nouveau amusée.

— Oh… comme ça, simplement.

Marsh sourit aussi. Il lui parle en bafouillant très légèrement. Il a du mal à mentir directement à cette jeune femme si maîtresse d'elle. Son regard est limpide, mais aussi sans pitié.

— Vous ne vous souvenez pas de m'avoir déjà rencontré ?

— Non. (Son ton est simple et direct.) Où ça ?

— Vous êtes étudiante à Radcliffe ?

— Plus maintenant. J'ai obtenu mon diplôme. Ne me dites pas que vous êtes un ancien de Harvard. Vous n'avez absolument pas le type.

— Non, je n'ai aucun lien avec Harvard.

— J'en ai par-dessus la tête de ce mot, « Harvard », et de tout ce qui lui est associé.

— J'ai assuré votre tante que je vous avais déjà rencontrée – mais maintenant, je me demande si c'est vraiment le cas.

— Je suis navrée, mais je ne me souviens pas. Vous skiez ?

— Non.

Elle a un sourire malicieux.

— Avez-vous jamais été membre du Congrès, ou diplomate, ou économiste ? J'en ai rencontré des centaines.

— Non.

— Ma foi, ça n'a pas d'importance. Quand je suis venue ici l'année dernière, j'ai été invitée à des dizaines de réceptions. C'est peut-être là que nous nous sommes rencontrés.

Barbara n'est pas vraiment intéressée, mais Marsh est satisfait. Il a réussi à se positionner, et il a fourni une connexion dans le passé à la fois avec Barbara et avec les Binkins.

Marsh l'examine.

— Êtes-vous mariée ?

— Ciel, non, répond Barbara.

— Et vous n'êtes pas non plus fiancée. En tout cas, je ne vois pas de bague.

Barbara sourit.

— Je crois qu'il doit me manquer ce qu'il faut pour ça. Pourquoi cette question ?

— Simple curiosité.

Barbara détourne les yeux. Elle fronce les sourcils. Elle ne semble pas s'ennuyer : elle réfléchit, c'est tout. Elle l'examine d'un air calculateur. Elle pourrait peut-être utiliser ce Mr Stillwater à ses propres fins. C'est injuste, bien sûr – mais elle s'est déjà réconciliée avec l'injustice. En fait, elle a l'intention de se montrer parfaitement implacable.

— Vous allez souvent aux réceptions de Nancy ? demande-t-elle d'une voix très naturelle.

— Non. (Marsh est sur ses gardes.) Je la connais à peine, et ses amis pas plus que ça.

— Hum… Je me demande… Accepteriez-vous de m'aider ?

— Comment ?

Mais Barbara reste silencieuse. Elle soupire, secoue la tête, comme si elle rejetait l'idée qui lui était venue.

— Non, ça ne marcherait pas.

— Pourquoi donc ?

— C'est une idée idiote, n'en parlons plus. J'espère simplement que Nancy n'a pas prévu toute une série de soirées. Je ne suis pas d'humeur à ça.

Elle a prononcé ces mots d'une voix dénuée de passion.

— Je vois, dit Marsh. Vous êtes venue ici pour vous reposer.

Barbara lui jette un regard soupçonneux.

— Non. Je suis venue chercher du travail.

Marsh est surpris.

— Quel genre de travail ?

— Quelque chose d'intéressant. Pas n'importe quel travail.

— Et qu'est-ce qui vous intéresse ?

— Oh – des choses assez extraordinaires. J'adore restaurer des meubles anciens. (Elle rit.) Naturellement, je ne voudrais pas en faire mon métier. Une agence de voyages me propose de servir de guide pour un tour du monde, mais ça peut évidemment être très ennuyeux.

— Vous devez être une globe-trotter très expérimentée.

— Pas vraiment. Pas plus que n'importe qui. Il s'agirait de gens tous plus jeunes et pas trop exigeants, mais ça ne m'intéresse pas vraiment. Je suis diplômée en sciences politiques, et j'aimerais travailler pour le Secrétariat d'État.

— Ma foi, dit Marsh, quelque chose va forcément se présenter.

— Oui, je le crois aussi.

Marsh continue de conduire en silence, mi-amusé, mi-agacé. Cette fille a une immense dignité, elle est incroyablement habile à maintenir leur relation exactement comme elle l'a décidé.

Il quitte l'autoroute.

— Où allons-nous ? demande aussitôt Barbara.

— On va rejoindre l'autoroute côtière. Comme il n'y a personne chez les Binkins, j'ai pensé que nous pourrions prendre la route touristique jusqu'à Piedmont.

Barbara ne dit rien, mais on voit bien qu'elle est habituée à ce qu'on la consulte d'abord sur ses désirs.

Ils longent la côte du Pacifique : des vagues de trois mètres s'abattent sur la plage en rugissant. Dans le ciel bleu flottent des bancs de brume. Arrivé au parc d'attractions, Marsh s'arrête et achète deux sachets de pop-corn. Barbara le remercie poliment et ils vont s'installer sur un banc pour les manger en regardant les passants. Marsh médite sur la distance qu'il y a entre leurs deux existences. Puis il éprouve un accès de colère aussi bien envers Barbara que contre lui-même. Il en a fini avec le défaitisme et les visions négatives. Avec suffisamment d'ingéniosité, d'énergie et de détermination, un homme peut accomplir tout ce qu'il veut. C'est ainsi qu'il se rassure.

Ils franchissent le pont. Barbara fait poliment la conversation, mais toujours de façon impersonnelle. Ils approchent de la résidence des Binkins. Marsh se gare dans la rue, et se lance : il lui propose de dîner ensemble le surlendemain.

Barbara réfléchit, avec un léger sourire.

— Merci beaucoup, mais je ne sais absolument pas ce que Tante Eleanor ou Nancy ont pu organiser. Il vaut mieux que je leur demande avant de m'engager.

C'est plausible, mais Marsh se sent rejeté. Toute l'idée de l'opération d'aujourd'hui était de s'assurer une entrée chez les Binkins et dans leur cercle d'amis. Il ne se laisse pas décourager.

— Je vous appellerai un peu plus tard dans la semaine.

— Bien sûr, dit Barbara. Ce serait préférable.

Marsh s'engage dans l'allée et se gare. Il entre dans la maison, rencontre Eleanor qui fait gracieusement semblant de le reconnaître.

BK accueille Barbara chaleureusement et lui tient la main un peu plus longtemps que nécessaire. Eleanor lui jette un regard glacial. BK devient plus distant.

Eleanor s'excuse auprès de Barbara pour la confusion et le fait que Nancy soit partie en week-end.

— Ce soir, nous avons un engagement avec la mère de Bernard que nous ne pouvons tout simplement pas remettre. Tu peux venir, bien sûr, mais je suis sûre que tu t'y ennuierais.

— Ne vous inquiétez pas pour moi, dit Barbara. Ça me va tout à fait de rester seule.

— Je me demande ce qui retient Craig. Il serait ravi d'aider.

Le téléphone sonne dans le couloir. Amy décroche.

— C'est Craig.

Eleanor va prendre la communication.

Marsh se tourne vers Barbara.

— Dînons ensemble ce soir.

Pour la première fois – pense-t-il –, elle semble le considérer comme un homme, une personne, un individu.

— Non, dit Eleanor dans le couloir, elle a pris le vol prévu à l'origine, je ne sais pour quelle raison… Je ne sais pas pourquoi elle a envoyé ce télégramme, elle a sans doute changé d'avis… Mr Stillwater est allé l'accueillir… Oh, Craig, ne sois pas stupide. (Un choix de mot malheureux. Eleanor est choquée :) Voyons, Craig ! Quel langage !

Barbara éclate de rire, et elle semble soudain plus jeune, beaucoup plus délicate et vulnérable. Elle dit à Marsh :

— Nous ne rentrerons pas tard, n'est-ce pas ?

— Pas plus tard que vous ne le voudrez.

— Très bien.

Eleanor, qui écoute d'une oreille, dit à Craig :

— Non… Je ne pense pas qu'il y aura quelqu'un à la maison. Barbara sort avec Mr Stillwater.

* * *

La soirée est détendue. Barbara, sans effort apparent, crée une atmosphère formelle et un peu désuète, ce qui convient très bien à Marsh. Il n'a aucune envie ni aucun espoir d'une soirée dangereusement chargée en émotions.

Ils vont dans un petit restaurant dans Alameda, qui surplombe l'Estuaire. Marsh reste scrupuleusement non-communicatif, ce qui finit par susciter l'intérêt de Barbara. Un homme qui n'essaie pas de se mettre en valeur est un phénomène presque inconnu dans son expérience. Elle lui demande :

— Qu'est-ce que vous faites comme métier, si je peux poser la question ?

— Aucun, répond Marsh, pour le moment. Un Communiste a suffisamment manqué de considération pour me tirer dessus quand j'avais le dos tourné.

— Ah, vous étiez donc dans l'armée ?

— Non. Je suis une sorte d'inventeur – un chercheur, comme on dit aujourd'hui. On m'a envoyé au Vietnam pour vérifier une de mes idées, un genre de radar portatif. Le système a très bien fonctionné la première fois, et la deuxième aussi. Mais pas la troisième fois – essentiellement parce que j'avais oublié de recharger les batteries. Huit de mes camarades ont été tués. J'ai eu de la chance. Je m'en suis tiré avec le bassin fracassé.

— C'est horrible.

— Oui, dit Marsh – résumant en un mot une année de culpabilité, de souffrances et de démoralisation.

Barbara contemple la baie

— L'existence est si courte... Je veux faire de ma vie quelque chose d'important et de significatif. Je ne veux pas être simplement une épouse et une mère au foyer. Je suis *moi* ! Il n'y a pas d'autre *moi* !

Marsh rit.

— Je ressentais la même chose, autrefois... Mais maintenant, je n'arrive pas à me décider sur ce qui pourrait être important ou significatif.

— Je ne vois pas pourquoi vous dites ça. Au moins, vous avez créé quelque chose. C'est le principal ! Les seuls gens que je respecte sont les créateurs, les visionnaires. Mr Binkins, par exemple, il est célèbre !

Marsh, qui ignore tout de la couverture du *Time*, est surpris.

— Célèbre ?

— Oui, vraiment. Il a une énergie formidable, et une grande confiance en lui. Le vingt-et-unième siècle appartient à des gens comme BK.

Marsh dit d'un air dubitatif :

— La chose que j'ai créée – ou plutôt, mon incapacité à m'en servir – a coûté la vie à huit hommes. Ma confiance en moi est un peu ébranlée.

Barbara dit avec un grand sérieux :

— Oui, je comprends ça...

Elle hausse les épaules comme pour dire, ma foi, c'est votre problème, je ne peux pas le résoudre pour vous, et Marsh a un léger sourire. Elle a raison, bien sûr, et il regrette de lui en avoir parlé. Elle ne semble pas manifester beaucoup de sympathie. C'est peut-être une sorte de fanatique. Mais qu'est-ce que ça peut me faire ? se demande-t-il. Je ne cherche pas à séduire cette fille... Ah, vraiment ? ... Non, je me sers d'elle, dans un but bien précis, et c'est tout ce que je veux d'elle. Il se demande soudain : Qui se sert de qui ?

Il ne fait aucun effort pour prolonger la soirée, et la raccompagne chez elle juste après le dîner. En chemin, elle devient de plus en plus distante. Et Marsh se dit en se méprisant, voilà, j'ai gagné, je l'ai ennuyée à mourir, et elle ne voudra plus jamais sortir avec moi.

Mais alors qu'ils descendent de la voiture, Barbara dit :

— Je suis vraiment désolée d'avoir été aussi ennuyeuse ce soir.

D'habitude, je ne suis pas aussi éteinte – mais la journée a vraiment été très longue. Et il y avait une réception donnée pour mon départ hier soir.

Marsh ressent soudain un élan chaleureux. Il lui prend la main, ce qu'il n'aurait jamais osé faire, pour l'aider à sortir de la voiture… mais encore une fois, il se dit que c'est ridicule. Une jeune femme élevée dans des circonstances manifestement luxueuses, et lui, un homme à moitié invalide physiquement, et moralement au plus bas… Il lui lâche la main, assez maladroitement.

Elle lui lance un regard curieux, puis elle jette un coup d'œil par-dessus son épaule vers la resserre, où il y a de la lumière et de la musique.

— Qu'est-ce qui peut bien se passer ?

Ils s'approchent, et découvrent Maile, Felice et Lundy qui travaillent sur le voilier de Maile. Maile est en train de mettre en place un diaphragme en contreplaqué. Felice, vêtue d'un blue-jean et d'un tee-shirt de garçon, mélange de la colle Weldwood. Lundy, adossé à un mur, boit une cannette de bière.

Barbara dit bonsoir à Maile, qui lui retourne brièvement son salut. Il ne se donne pas la peine de présenter Felice ou Lundy, qui est encore plâtré et dont la tête est entourée d'un gros pansement.

Marsh fait semblant de ne pas les reconnaître, et se demande si eux vont le reconnaître. Maile n'a jamais vraiment pu le voir distinctement, ni Lundy.

Barbara demande à Lundy :

— Qu'est-ce qui vous est arrivé ?

— Un accident de voiture, marmonne Lundy d'une voix morose.

Felice regarde Marsh d'un air perplexe, puis elle détourne les yeux. Apparemment, personne n'a reconnu Marsh dans ce nouveau contexte.

Marsh et Barbara retournent à la maison et se disent bonsoir, un peu gauchement.

Marsh rentre chez lui. Il se dit qu'il doit chasser Barbara de son esprit, l'éliminer entièrement de ses projets. Provisoirement, en tout cas. Au moins jusqu'à ce qu'il ait vérifié Peralta, et le projet de centre commercial dans lequel Craig Maitland est impliqué… Et que faire en ce qui concerne Maile, Felice et Lundy ? Il aimerait beaucoup qu'ils subissent le châtiment qu'ils méritent – mais ils vont devoir attendre encore un peu.

* * *

Barbara prend une douche, se lave les dents, se donne consciencieusement quelques coups de brosse réglementaires. Elle est très soigneuse, très stricte envers elle-même. Peut-être que quand elle sera une vieille dame, ces traits de caractère la feront paraître tatillonne ou maniaque – mais en ce moment, ils lui semblent simplement charmants, comme un chaton qui procède avec diligence à sa toilette.

Elle s'allonge sur son lit avec un soupir de soulagement. Une journée fatigante… Elle repense à Mr Stillwater. Il lui plaît assez, d'une certaine façon. Il a l'air gentil, même s'il est un peu sombre et solitaire. C'est étrange, chez un homme aussi jeune ! Barbara voit tout à fait comment une fille plus vulnérable qu'elle pourrait le trouver séduisant… Ma foi, ça ne la concerne pas vraiment. Même s'il est vrai qu'elle se sent à l'aise avec lui, un homme qui pourrait se détendre et devenir plus facile à connaître… Bon, de toute façon, elle est déjà amoureuse. Amoureuse d'une façon obsessionnelle et perverse. En pensant à son amant, elle s'endort.

Chapitre VIII

Marsh se lève tôt, rumine ses pensées pendant une heure ou deux devant sa tasse de café, puis il saute dans sa voiture et prend la direction du sud, vers Peralta.

Peralta est une construction artificielle : une nouvelle cité englobant des petites villes jusque-là séparées. Elle s'étend sur une large superficie, allant des zones marécageuses le long des rives orientales de la baie jusqu'aux collines. Il y a des dizaines de lotissements, presque tous des constructions bon marché, mais aussi des vergers, des vignobles, des exploitations de maraîchers, des pâturages et de la simple terre aride.

Dans un annuaire téléphonique, Marsh repère Angelo Cazzaro, au 1416 Ramos Road. Il se renseigne auprès d'un passant et se met en route. Il voit du premier coup d'œil pourquoi Craig Maitland envisage de transformer la propriété en centre commercial. D'abord, il n'y a pas de zone commerciale importante plus proche que Hayward ou San Jose. Deux autoroutes charrient des milliers de voitures par heure le long du site. Les trois hectares de Cazzaro sont pauvres : il y pousse une luzerne chétive. Il en est de même pour les deux terrains au nord et au sud – que Maitland possède déjà.

La maison de Cazzaro n'est guère plus qu'une chaumière, peinte en gris avec un toit en composite vert. Il y a des roses trémières fanées sur le devant, un réservoir et une éolienne à l'arrière, avec un bosquet de bambous autour du réservoir. Deux poivriers de part et d'autre de l'allée. La maison est vide – fermée à clé. Personne n'y a habité depuis un bon bout de temps.

Marsh fait demi-tour. De l'autre côté de la route, le paysage s'améliore : cinq ou six hectares de vignes verdoyantes, bien fournies et en bonne santé. La maison est plus grande que celle de Cazzaro, et montre des signes d'une prospérité modeste. Il y a un nom sur la boîte aux lettres : « Manuel Ramos ».

Marsh frappe à la porte. Un homme vient ouvrir : il est très gros, avec un visage aimable aux bajoues impressionnantes, des cheveux gris. C'est Manuel Ramos. Sa chemise contient à peine une bedaine à la Falstaff, et son pantalon semble prêt à tomber faute de pouvoir s'accrocher à quelque chose. Son anglais est hésitant.

March lui demande :

— Où est Mr Cazzaro ?

— Vous le cherchez aussi ? Tout le monde cherche le vieux Cazzaro. Qu'est-ce qu'il a fait ?

— Rien. Vous savez où il est ?

— Ouais, bien sûr. Là où il va chaque été. Dans les montagnes.

— Où ça ?

Ramos ne sait pas.

— Il m'a parlé de Reno. Je crois qu'il blaguait. Le vieux Cazzaro, c'est un radin.

Ramos frotte son pouce contre son index avec un petit sourire.

— Qu'est-ce qu'il fait dans les montagnes ?

— C'est un vieux de la vieille. Ça fait longtemps qu'il est ici. Moi, je suis arrivé plus tard. Il y avait que des pâturages, à l'époque. Et regardez, maintenant. J'ai des belles vignes, non ? Ça fait du bon vin. Qu'est-ce que vous lui voulez, à Cazzaro ? Il a rien fait de mal ?

— Non. Je suis avocat, et Mr Cazzaro a fait un héritage.

— Ah ouais ? C'est bien, ça. Pourquoi ça m'arrive pas à moi ? J'ai besoin d'argent. Cazzaro, il a besoin de rien. Pas de femme, pas de famille. Chaque été, il extrait de l'or.

— Il a une mine ?

— Non, pas en ce moment. Il fait que regarder. Il prospecte, comme on dit. C'est un prospecteur.

— Qui s'occupe de sa propriété, quand il n'est pas là ?

Un haussement d'épaules éloquent.

— Il y a rien à s'occuper. La vigne pousse pas, de l'autre côté. Trop d'alcali dans le sol. Le vieux Cazzaro, il a essayé d'acheter ma propriété, des tas de fois. Mais il veut pas payer mon prix. Il est sacrément radin, Cazzaro.

Marsh réfléchit.

— Vous en voulez combien ?

— Quinze mille, vingt mille. Quatre hectares de vigne. Un bon puits, une belle maison. Moi, je me fais trop vieux pour travailler. J'aimerais retourner au Portugal avant de mourir. Je pourrai pas après, ça c'est sûr.

— Je pourrais vous en donner dix mille.

— Rien à faire. Même pas besoin de réfléchir.

Marsh achète la propriété pour seize mille dollars, avec un acompte de cent dollars et le solde à verser dans les trois mois, ou le contrat est nul. En pratique, c'est une option. Ramos peut continuer d'habiter sur place jusqu'à ce que le paiement total ait été effectué.

Marsh se rend dans plusieurs stations-service des alentours, et trouve finalement la Super Station Viera, dont Cazzaro est un client régulier. Il obtient une description de sa voiture, un vieux break rose et blanc. Viera ne sait pas où Cazzaro prospecte, sauf que c'est quelque part dans la vieille région du Mother Lode.

— Je croyais que tout avait été exploité à fond depuis longtemps, dit Marsh.

— Non, pas du tout, répond Viera. Pour chaque once d'or qu'on en a extrait, il en reste dix, mais ça n'est pas facile à récupérer. Cazzaro, il essaie toutes les méthodes qu'il peut. Une année, il avait ce qu'on appelle un laveur à sec. C'est comme une augette classique, mais sans eau. L'or est censé se déposer par gravité. Celui qui inventera un laveur qui marche bien, il pourra être le gars le plus riche du monde. Pour l'instant, ces machins ne valent pas tripette, ils laissent passer tout ce qui est fin. Cette année, Cazzaro a un autre atout dans sa manche.

Marsh arrive à deviner – ou Viera le lui dit – que Cazzaro a l'intention de récupérer l'or en faisant de la plongée sous-marine.

— Il est un peu vieux pour ça, non ?

— Cazzaro est peut-être vieux, mais il a de l'énergie à revendre.

Marsh consulte l'annuaire et repère les magasins les plus proches qui vendent de l'équipement de plongée. Il s'y rend pour se renseigner sur Cazzaro. Finalement, c'est à Oakland qu'il obtient des informations : Cazzaro est venu avec un gamin d'à peu près dix-huit ans. Ils ont acheté deux combinaisons de plongée.

— A-t-il dit où il comptait aller ?

— Non, pas devant moi. Mais il a parlé de cent quatre-vingts kilomètres. Je crois qu'il a dit au gamin de se dépêcher, parce qu'ils avaient encore cent quatre-vingts kilomètres à faire avant de pouvoir se coucher. Le gamin a demandé s'ils allaient camper, et le vieux Cazzaro a dit, non, l'hôtel est suffisamment bon marché.

Marsh rentre chez lui et allume son magnétophone. Sur la bande, il y a de nouvelles conversations.

Entre Eleanor et des amies, concernant des affaires sans intérêt pour Marsh : activités mondaines, une mise aux enchères de porcelaine ancienne, ragots et rumeurs.

Entre Craig et Eleanor : Craig se plaint d'avoir attendu aussi longtemps pour rien à l'aéroport. Eleanor est indifférente.

— Quoi de neuf du côté de Cazzaro ? demande-t-elle.

— Il est toujours en train de prospecter – quelque part. Les montagnes font treize kilomètres de long sur cent soixante kilomètres de large. Patience !

— Il y a forcément quelqu'un qui sait où il est. Imagine par exemple que sa maison prenne feu ?

— Je n'en sais vraiment rien. Mais j'ai des agents à Peralta. Ils surveillent sa maison, et ils me préviendront dès qu'il montrera sa bobine.

— Et s'il ne la montre pas, sa « bobine » ?

— Alors, nous devrons simplement être patients.

— « Patients » ? Sa propriété est en plein milieu de tout le reste !

— Ne t'inquiète pas, nous le trouverons.

Entre Maile et Felice.

Entre Maile et Lundy.

Entre Nancy et Jane Rush : ragots et potins. Nancy organise une petite soirée de folk-songs. Jane est enthousiaste.

— Je connais une fille merveilleuse. Elle s'est fabriqué son propre luth, et elle chante ces vieilles chansons tragiques, tu sais, dans une langue tellement authentique qu'on n'y comprend rien !

Nancy informe son amie qu'elle va à un dîner dansant avec Tom Feers, Craig et Barbara. Marsh éprouve une pointe de… de quoi ? De jalousie ?

Marsh déploie une carte de la Californie et regarde quelles villes de la vieille région minière se trouvent à cent quatre-vingt kilomètres d'Oakland. Il y en a cinq, qu'on peut atteindre par différentes routes : Alabaster, Dutch Flat, Mica, Dogtown et Jonopa.

Il téléphone aux Renseignements pour joindre l'hôtel dans chaque ville. Cela élimine aussitôt Dogtown et Mica, où il n'y en a pas. Il est mis en relation avec les hôtels d'Alabaster, Jonopa et Dutch Flat. Il apprend que Cazzaro et son petit-fils ont occupé une chambre à l'hôtel de Dutch Flat, mais que depuis, ils campent le long de Rattlesnake Creek.

Chapitre IX

Marsh se met en route tôt le lendemain et se rend à Dutch Flat, où on lui indique comment aller à Rattlesnake Creek. Il apprend également que Cazzaro vient en ville presque tous les soirs pour boire quelques bières et jouer au poker.

Marsh effectue une reconnaissance. Il n'est pas sûr de la meilleure façon d'aborder Cazzaro. Depuis la route, il observe les opérations : Cazzaro a un compresseur d'air alimenté à l'essence, une pompe à eau, et un treuil qui lui sert à déplacer les blocs de roche.

Marsh retourne à l'hôtel et élabore une approche.

Cazzaro entre dans le hall. Marsh se présente, et explique qu'il a acheté la propriété de Ramos, mais que c'est celle de Cazzaro qui l'intéresse, un endroit où élever des pur-sang. Cazzaro refuse de vendre, mais il est d'accord pour faire un troc. Marsh lui fait signer un contrat, et retourne à Peralta où il accroche un grand panneau sur la maison :

— À VENDRE —
Agence Super-Immob
Boîte Postale 3292, Oakland

Il retourne à Oakland et écoute les enregistrements.

Nancy parle à Jane Rush :

— Barbara veut que j'invite ce type, Bill Stillwater.

— Qui est-ce ?

— Je ne sais pas. Quelqu'un que Maman a rencontré au Bal Allegro l'année dernière. C'est un musicien, quelque chose comme ça. Barbara dit qu'il est très respectable, mais plutôt distant. Venant d'elle, ça doit être un compliment, parce que c'est exactement ma Barbara – respectable et distante.

— Oui, elle prend les gens un peu de haut, non ?

— Je n'arrive pas à comprendre pourquoi. Bien sûr, sa famille a des tonnes d'argent. Sa grand-mère possède la moitié de Rhode Island.

— Y compris Newport ?

— Ils ont une maison à Newport, absolument fabuleuse, même si elle est du style victorien. BK y a séjourné l'hiver dernier.

— Ça ne doit pas être très confortable. Je préfère les maisons modernes, parfaitement propres et sans fatras.

— Barbara ne va pas y retourner. Elle veut se trouver un travail ici. Elle vient juste d'être diplômée de Radcliffe, et elle a forcément un sacré cerveau.

Conversation entre Craig et Eleanor :

Craig est très excité. Son agent lui a signalé le panneau « À vendre » sur la maison de Cazzaro.

— J'ai déjà envoyé une lettre de demande de renseignements.

— C'est étrange qu'une agence immobilière se serve d'une boîte postale.

— Ils sont peut-être absents en ce moment. Bon, de toute façon, je me suis bien gardé de donner l'impression que j'étais pressé. J'ai demandé quel était leur prix plancher. Tu connais la routine… Peux-tu me passer Barbara ?

— Elle n'est pas là.

— Ah bon ? Où est-elle, si ce n'est pas indiscret ?

— Nancy et elle sont allées vagabonder je ne sais où… Excuse-moi, Craig, il faut que je file. J'emmène Amy chez le médecin, et nous sommes en retard.

— Elle est malade ?

— Oh, des problèmes d'adolescence, j'imagine, même si elle n'est plus vraiment une adolescente.

Marsh va au bureau de poste pour y prendre son courrier. Il y a deux lettres, qu'il lit. À la première, de Craig Maitland qui lui demande le prix sur un ton très dégagé, Marsh compose une réponse : « Pour toi, stupide, le prix est de 120 000 dollars. »

La deuxième lettre est de B.K. Binkins. « Je vous demande de consi-dérer ce courrier comme confidentiel. Je suis intéressé par la propriété que vous mettez en vente, et serai prêt à m'aligner, ou même dépasser toute autre offre que vous pourriez recevoir. »

Marsh réfléchit, puis il répond : « Mon prix de départ est de 120 000 dollars. Je n'ai encore reçu aucune offre, mais je vous tiendrai informé. »

Chapitre X

Petit déjeuner du dimanche chez les Binkins.

BK est le premier à descendre. Il jette un coup d'œil aux journaux. Eleanor apparaît, puis Nancy et Barbara, ensemble – shorts de tennis et chemisiers blancs. Puis c'est le tour d'Amy – short bleu ciel et che-misier bleu foncé. Elle a les yeux rouges, comme si elle avait pleuré. BK lui lance un regard interrogateur, puis à Eleanor, qui détourne les yeux.

BK dit à Amy.

— Tu as une petite mine, ma poulette. Une partie de tennis te fera tous les biens.

— Je ne crois pas que je vais jouer aujourd'hui. Je ne me sens pas très bien.

— Un de ces virus d'été, hein ?

— Oui, sans doute.

BK se tourne vers Eleanor.

— Qu'est-ce que le médecin t'a dit ?

— Il m'a donné les instructions nécessaires.

Maile entre discrètement. Eleanor suggère, avec une certaine malice, que sa petite amie Felice et lui se joignent à la partie de tennis. Nancy proteste :

— Non, pas cette petite sorcière de Felice.

Maile a son rictus sardonique.

— C'est une nana super cool.

Eleanor dit froidement :

— Tu sais comme j'ai horreur de ce jargon de beatnik, Maile.

— Pourquoi ? C'est juste des mots.

— Oui, mais ton choix de langage te range automatiquement dans une certaine classe sociale.

— De toute façon, ce n'est pas du « jargon de beatnik »...

BK dit :

— Les marginaux sont toujours parmi nous, quel que soit le nom qu'on leur donne. Des gens avec un sens des valeurs déformé.

— Mais ils vivent, rétorque Maile. Ils sont vivants. Ce n'est pas une bande de moutons bêlants...

— Es-tu en train de suggérer que ta mère et moi, et Nancy et Barbara, nous sommes des « moutons bêlants » ?

Maile refuse d'effectuer une retraite stratégique.

— Vous êtes tous là, piégés dans la classe moyenne, et vous regardez autour de vous comme des oisillons blottis dans leur nid.

— Ah, ça alors ! s'esclaffe BK.

Eleanor a un sourire méprisant. Barbara fixe Maile avec curiosité.

— C'est une question de point de vue, dit-elle.

Nancy dit sèchement :

— Maile, quand tu parles comme ça, je te trouve épouvantable. On croirait entendre un... un bolchevique.

Amy dit doucement :

— Maile pense que tout ce qui n'est pas bizarre est ringard.

— C'est juste que je me fiche de tout, dit Maile d'une voix sifflante

— Cette attitude ne te mènera nulle part, dit Eleanor. J'espère que ce n'est qu'une phase que tu traverses – parce que, tôt ou tard, il faudra bien que tu t'intègres à la société. Nous devons tous faire des compromis.

— Ha ! Comme si je ne le savais pas ! s'exclame Maile avec amertume.

BK l'observe à travers ses lunettes à monture d'écaille, qu'il chausse le dimanche matin pour lire le journal. Sa manière joviale cache à peine une certaine rancœur.

— Tu ne sais tout simplement pas apprécier la chance que tu as. En Inde ou en Chine, tu serais en ce moment à quatre pattes dans les champs, ou en train de charrier de la terre dans un panier.

— C'est vrai, on a tous une chance formidable, ici, rétorque Maile.

BK se mord la lèvre et refuse de réagir à cette insolence.

— Maile ! lance sèchement Eleanor. Je t'en prie, un peu de tenue !

— Je ne vois pas ce qu'on peut reprocher à ma tenue.

Craig entre, salue tout le monde gaiement et s'assied à table.

— Pourquoi ces mines renfrognées ? La Bourse est en train de plonger ?

Nancy répond :

— Nous avons une réunion de la Société des Débats Matinaux de Mowbray Court.

— Tiens, tiens… Mettez-moi vite au courant, j'adore une bonne discussion. De quoi s'agit-il ?

— Des mœurs de la classe moyenne, dit Barbara.

— Les mœurs et les incursions de la classe moyenne ! déclame Craig. J'ai écrit une dissertation avec ce titre, autrefois. J'ai eu un B, en plus, ce qui fait de moi une autorité en la matière.

Maile lui lance un regard en coin avec son sourire narquois.

— Qu'est-ce qu'un poisson peut savoir de l'eau ?

Tout le monde est légèrement choqué par cette remarque acerbe. Craig a un petit rire gêné.

— Allons, mon garçon, relax ! Les Démocrates ne peuvent pas remporter chaque élection.

Un autre jeune homme arrive, et le groupe s'en va sur le court de tennis. BK et Eleanor sortent pour les regarder jouer. Craig lève les yeux et fait un signe de la main vers la maison, où l'on voit le pâle visage d'Amy, un peu brouillé derrière la vitre de sa chambre.

Craig est jovial, maintenant qu'il tient une piste pour acquérir la propriété de Cazzaro. BK est discrètement attentif. Il n'a pas de plan bien défini, mais il tirera le meilleur parti des circonstances, s'il arrive à agir de façon anonyme.

Eleanor est impassible, telle une statue de marbre. BK lui demande :

— Ah, au fait, quel est le problème d'Amy ?

— Elle est enceinte.

— Enceinte ? Grands dieux ! Comment ? De qui ?

— Elle semble assez confuse sur ce point. Elle en est au troisième mois. Il semble que ce soit arrivé au moment de la réception de Craig.

BK rougit violemment. Il appelle Craig et lui apprend la nouvelle. Craig devient tout rouge lui aussi.

— Il ne s'est rien passé de ce genre pendant ma réception. Elle a beaucoup bu, ça, oui.

— Comment est-elle rentrée ? demande Eleanor d'une voix douce comme de la soie.

— J'ai téléphoné à Boko. Il est venu la prendre et l'a ramenée à la maison. Elle était ivre quand elle est partie, mais pas enceinte. (Craig regarde BK.) Je ne sais pas ce qui lui est arrivé après.

BK est furieux.

— Attends un peu, là. Tu insinues que je suis responsable ?

— On a vu plus étrange que ça.

— Dis donc, espèce de salopard…

— Ne me traite pas de salopard, ou je t'en balance une !

BK éclate d'un rire moqueur.

— Je l'ai ramenée à la maison. Ce qui a pu lui arriver s'est passé avant que je ne la voie. Ça doit être toi ou un de tes copains.

— Ne lance pas des accusations que tu ne peux pas prouver !

— Toi non plus !

Un cri terrible dans la maison. Clara, la bonne, sort en courant. Amy s'est pendue dans sa chambre avec une paire de bas de soie.

Eleanor reste parfaitement immobile, puis elle se tourne lentement vers BK et le gifle de toutes ses forces.

* * *

Ambulances, médecins, police.

Le soir, Eleanor dit à BK d'une voix métallique :

— Bernard, je pense que tu ferais mieux de partir.

BK hoche lentement la tête.

— Oui, je vais m'en aller, bien sûr. Toutes les deux, vous serez bien contentes d'être débarrassées de moi.

— Que veux-tu dire ? demande Eleanor d'un ton glacial.

— Aucune importance. En ce qui concerne Amy, je n'ai rien à voir dans l'histoire, et si nécessaire, je peux le prouver.

— Comment ?

— J'étais en compagnie de quelqu'un d'autre.

— Vraiment. Occupé à commettre un adultère, naturellement.

Sourire.

— C'est un chef d'inculpation moins grave que de faire la même chose avec Amy.

— Tu es parfaitement ignoble.

BK tourne les talons et s'en va.

Barbara arrive. Apparemment, elle a entendu la conversation, et elle est très mal à l'aise. Elle dit à Eleanor qu'elle pense que cela faciliterait les choses si elle quittait la maison, elle aussi.

— Comme tu voudras, dit Eleanor.

Barbara téléphone à Marsh. Il l'emmène au Claremont Hotel, dans les collines de Berkeley. Elle est mélancolique, déprimée, incertaine. Elle se penche contre l'épaule de Marsh et se met à pleurer.

Marsh sent les événements se précipiter, s'empiler les uns sur les autres. Comme une pression… Il retourne à son appartement et écoute les enregistrements avec un sentiment de dégoût. Maintenant qu'il a accompli son premier objectif, à savoir l'identification de Craig Maitland, l'écoute de ces appels téléphoniques, bien que fascinante d'une façon morbide, lui semble de la simple curiosité malsaine. Il décide de démonter toute son installation le lendemain.

Il écoute différentes conversations qui portent sur le suicide d'Amy, des condoléances, etc.

Craig parle brièvement à Eleanor. Ils s'interrogent sur l'identité du père de l'enfant. Craig dit :

— Je sais que les soupçons vont forcément se porter sur tous les hommes virils dans le voisinage – et je nie farouchement toute complicité. Cette nuit-là, je ne suis pas sorti de chez moi. Boko est venu chercher Amy, et elle était parfaitement intacte quand elle est partie.

* * *

Eleanor parle à l'une de ses amies, qui exprime sa commisération sans grande conviction. Eleanor n'est guère sentimentale.

— Naturellement, c'est une affaire horrible, mais cela étant, nous avons eu de la chance. La police a magnifiquement collaboré, et nous avons pu éviter que cela soit publié dans les journaux.

— Quel soulagement !

— Nancy est complètement brisée, bien sûr. Barbara a l'intention de louer un appartement quelque part.

— Et Maile ?

— Oh, lui... Il boude dans son coin.

* * *

Eleanor appelle un avocat pour prendre rendez-vous.

* * *

Felice appelle Maile. Elle lui parle d'une petite voix.

— Ça me donne la chair de poule. Pourquoi fallait-il qu'elle soit tellement... tellement embarrassée ?

Maile a un rire amer.

— Ils pensent que c'est Boko qui a appuyé sur la gâchette...

— Et c'est vrai ?

— Du diable si je le sais. En tout cas, une chose est sûre, ce n'est pas moi.

Felice a un petit rire cynique.

— Tu étais là quand ton beau-père l'a ramenée ?

— Ouais. Assis dans le salon. Il faisait sombre, et il ne nous a pas vus.

— « Nous » ?

— Lundy et moi. On buvait du gin.

— Est-ce que... tu as vu quelque chose ?

— Rien.

Chapitre XI

Le lendemain matin, Craig appelle Eleanor. Il bafouille de rage, à cause de la lettre de Marsh.

— Ce putain de salopard – je ne sais pas comment, mais il a eu vent du projet !

Eleanor lui dit d'une voix lasse.

— Craig, je t'en prie, ne m'embête plus avec cette histoire.

— Mais tu es mon associée !

— J'ai mis trente mille dollars dans cette affaire. Considère ça comme un prêt personnel. Je ne veux plus entendre parler de ce projet.

— Mais nous…

— Pas « nous », Craig. Toi. Je ne mettrai plus un dollar là-dedans.

— Je ne peux pas y arriver ! Il faudrait que je vende tout ce que je possède – même mes actions pétrolières.

— S'il te plaît, Craig, ne m'ennuie plus avec ça. (Elle réfléchit un instant et poursuit sur un ton légèrement différent.) Cela étant, je suis prête à acheter tes pétrolières, si tu décides de les vendre.

Craig marmonne :

— Je vais tuer ce fumier – sauf que je ne peux pas. Pas avant d'avoir mis la main sur cette propriété.

— Il plaisante, forcément.

— Non, il ne plaisante pas.

— Mais qui donc est cet homme ?

— Je vais faire ce qu'il faut pour le savoir. (Craig donne une version très incomplète de sa relation avec Marsh.) Et donc, tu vois, ce type me hait… Je n'arrive toujours pas à comprendre comment il a appris les détails du Projet X. Seuls toi et moi étions au courant.

— En tout cas, rétorque sèchement Eleanor, je ne lui ai rien dit.

— Je le sais bien, et moi non plus.

— Alors, comment a-t-il pu le découvrir ?

— Je ne sais pas… À moins que…

— Bernard.

— C'est bien à lui que je pensais. Boko. Ce bon vieux Boko. Où est-ce qu'il s'est installé ?

— Chez sa mère.

Craig se rend à la maison de la mère de Boko, un très ancien manoir victorien dans un quartier en déclin. Il y trouve Boko. Ils se disputent. Craig l'accuse d'avoir conspiré avec l'ennemi.

BK nie tout en bloc.

— … mais je ne dis pas que c'est une mauvaise idée !

Il se passe quelque chose – BK laisse échapper un détail, ou Craig voit peut-être une bombe de peinture rouge – qui sert de déclencheur. BK est également responsable du sabotage de sa voiture. Devant la révélation d'une telle perfidie, Craig ne trouve plus ses mots. Et puis, d'une voix étranglée, il dit :

— Tu te crois le seul capable de jouer à ces petits jeux ? Je vais te montrer, moi, espèce de fumier ! Je t'ai à ma botte, seulement tu ne le sais pas !

— Comment ça ? demande BK calmement.

— Ne t'inquiète pas comment ! rugit Craig. Je vais faire tout ce que je peux pour que tu te retrouves en cellule à San Quentin ! Je veux parler d'Amy, au cas où tu ne le saurais pas.

BK éclate de rire.

— Vas-y, mon garçon. Je te souhaite bonne chance.

Craig s'en va. Boko réfléchit. Il retrouve le numéro de téléphone CL 4–2658 – qui est celui de l'homme dont Craig l'a accusé d'être le complice. Il compose le numéro. Pas de réponse. Il reste un moment à tapoter des doigts sur son bureau. Le téléphone sonne et sa mère décroche.

— C'est pour toi, Bernard. Une dame.

BK prend la communication, tandis que sa mère n'est pas loin. Ses réponses sont brèves.

— Oui… Bien sûr… Je te rappelle très bientôt.

Il raccroche et consulte l'annuaire. Il trouve le Marsh associé au CL 4–2658, et note l'adresse : 280 Henry Street.

Il constate que l'Appartement 3, précédemment occupé par Marsh, est à présent vide, et à louer. Mais l'Appartement 2 est loué à William Stillwater ! Le pseudonyme que Marsh s'est choisi un peu hâtivement.

BK rentre en contact avec Mr Cody et loue l'Appartement 3, puis il appelle Barbara au Claremont Hotel.

— Hello, jeune fille. Comment ça va ?

— Très bien, merci.

BK essaie de l'amadouer.

— Allons, ce n'est pas parce qu'il y a eu certaines, heu… circonstances que nous ne devons plus être amis.

— Oui, il y a effectivement eu des « circonstances »…

— Tu veux dire – Amy ?

— Plus ou moins.

— Pourquoi ne pas m'accorder le bénéfice du doute ?

— Je vais essayer de garder l'esprit ouvert.

— Et si on déjeunait ensemble ?

— Non, merci. En fait, je suis avec Nancy.

— Ah. Je vois. Bon, je voulais juste quelques informations. Ce Bill Stillwater – où est-ce que tu l'as rencontré ?

— La première fois dont je me souvienne, c'était à l'aéroport.

— Tu ne l'avais jamais vu avant ?

— Je ne pense pas. Ce n'est pas un ami d'Eleanor ?

— Je ne sais pas. Je ne crois pas qu'elle s'en souvienne non plus.

Un murmure de conversation.

— Nancy voudrait savoir où tu t'es installé.

BK hésite, et finit par dire :

— Au 280 Henry Street. Appartement 3.

Barbara transmet l'information.

— À propos de Stillwater, reprend BK. Je suis un peu intrigué. Est-ce qu'il a mentionné un certain Marsh ?

— Non.

— Très bizarre. Vraiment très bizarre. Stillwater occupe l'Appartement 2 juste de l'autre côté du couloir.

— Quelle coïncidence.

— Oui, n'est-ce pas ?

BK raccroche. Il prend sa voiture et se rend à Peralta, où il trouve Cazzaro. Il apprend les détails de la transaction. Cazzaro mentionne que Craig est déjà passé le voir. Il est de plus en plus amer : il se dit qu'il s'est fait rouler.

— Je vais aller voir ce gars, et je vais lui dire que je veux mon argent.

— Ma foi, dit BK, je peux peut-être vous aider à le trouver.

— Cet autre gars, Mr Maitland, il me l'a déjà dit. Je sais où il crèche.

B.K. Binkins retourne à Oakland. Il va dans son nouvel appartement et compose un numéro.

— Iola, mon adorable petit morceau de sucre, je suis libre comme l'air. La méchante marâtre m'a flanqué dehors… Je passe te prendre dans une heure… Oui, bien sûr, pourquoi pas ? … Non, je fais ce que je veux, maintenant. Libre, Blanc, majeur et vacciné…

* * *

Le lendemain matin, Cody, le gérant de l'immeuble, apporte des draps propres dans l'Appartement 3. (BK a loué l'appartement entièrement meublé, et il manque encore certaines choses.) Il frappe à la porte, l'ouvre avec son passe. BK est mort, une balle lui a traversé la gorge – le plancher est couvert de sang.

Chapitre XII

La police arrive. L'inspecteur Evans est chargé de l'enquête.

Il n'y a aucun indice dans l'appartement qui permette d'identifier l'assassin. L'heure du décès est fixée approximativement à minuit.

La police interroge les membres de la famille. L'inspecteur pose des questions à propos d'Amy, en se demandant s'il y a un lien possible.

Eleanor reste bouche cousue.

Nancy, en larmes, est intarissable.

— Tout ça, c'est ma faute. Je l'ai emmenée à la réception. Elle a bu trois French 75. Elle était complètement saoule, et quelqu'un a abusé d'elle.

— Qui ça ? Maitland ? Ou l'un de ses amis ?

— Je ne sais pas vraiment. Mais je ne crois pas. Je ne vois pas comment ils auraient pu.

— Qui l'a raccompagnée chez elle ?

— BK – mon beau-père.

— À votre avis, c'est lui ?

— Non, je ne pense pas qu'il aurait fait ça.

Maile est renfrogné, peu causant. Evans n'arrive à rien. Plus tard, Felice se retourne contre Maile.

— Tu sais, je te déteste ! Toi et toute ta famille puante ! Ta sœur est morte, et ça te laisse complètement froid. Pourquoi ne peux-tu pas te comporter comme un être humain, pour une fois ?

— Je ne sais rien sur cette histoire.

— Bien sûr que si.

— Je ne suis pas un foutu indic. Qu'est-ce que j'en ai à faire, de la police ?

— Et Amy ?

— Elle est morte.

Mais Maile va voir Evans.

— Je vais vous dire tout ce que je sais. J'étais dans le salon avec un ami à moi, Leon Lundy, quand mon beau-père a ramené Amy à la maison. Elle était tellement saoule qu'elle était incapable de marcher. Une femme aidait mon beau-père. Une jeune femme blonde.

— Que s'est-il passé ensuite ?

— Je ne sais pas. Je… je me suis endormi, Lundy et moi, on buvait du gin.

— Vous voulez dire que vous étiez ivre mort.

— On peut dire ça comme ça.

— Et Lundy ?

— Je crois – il est monté à l'étage, et il est entré dans la chambre d'Amy.

La police parle à Lundy. Celui-ci maudit Maile et avoue sa culpabilité. Il est conduit en prison.

Evans interroge Craig, qui se fait un malin plaisir d'attirer son attention sur Marsh.

* * *

Eleanor discute de l'affaire avec Craig au téléphone.

— Il faut que je te voie. Je suis tellement perdue, je ne sais plus vers qui me tourner.

— Oui, c'est terrible, vraiment terrible.

— Je n'arrive pas à y croire. Si peu de temps après la mort d'Amy. Je suis anéantie. Et tu as vu les journaux ? C'est incroyable la façon dont ils t'attaquent.

— Oui, c'est une meute de chacals, aucun doute là-dessus… Bon, d'accord, je vais passer te voir.

— La police t'a parlé ? Cet homme, Evans…

— Oui, il m'a vu. Ce type m'a l'air correct.

— Il t'a posé des questions sur Amy ?

— Je lui ai dit la vérité, telle que je la connaissais.

Un silence. Voix creuse.

— Oui, j'imagine que ça ne sert à rien d'essayer de cacher quoi que ce soit.

Evans retourne voir Marsh, qu'il avait déjà interviewé.

— Mr Marsh, vous êtes beaucoup plus impliqué dans cette affaire que je ne le supposais.

Marsh voit bien que la police veut trouver une solution rapide au meurtre, et que son rôle va inévitablement ressortir au grand jour. Il révèle toute l'histoire, comment il s'est trouvé mêlé aux affaires de la famille Binkins. Il ne mentionne pas son système d'interception téléphonique, mais explique que tout ce qu'il a appris provient de ses propres observations ainsi que d'un informateur qu'il refuse de nommer.

Evans est poli, mais sceptique. Il se rend à Peralta et discute avec Cazzaro, qui est vindicatif et qui déforme certaines des remarques que BK lui a faites, si bien que Marsh apparaît comme un ennemi de BK.

Evans retourne voir Marsh.

— Il est clair, Mr Marsh, que vous ne nous avez pas dit la vérité.

— Je vous ai dit tout ce que je savais. Si j'ai mes propres soupçons, ils ne regardent que moi.

— Ne quittez pas la ville, Mr Marsh.

Chapitre XIII

Marsh dîne avec Barbara. Elle est très pâle et a l'air fatiguée, mais à l'évidence, elle fait un effort pour être amicale – et même affectueuse. Marsh la ramène à son hôtel. Ils boivent un verre au bar. Barbara semble distante. Elle finit par dire, d'une voix très calme :

— Vous pouvez m'accompagner jusqu'à ma chambre.

Marsh n'est pas très sûr de ce que cela signifie, mais il monte avec elle et entre dans sa chambre. Elle est docile, très pragmatique. Ils couchent ensemble. Marsh est étonné que Barbara se donne aussi facilement. Elle ne manifeste pas particulièrement d'émotion. En fait, elle est plutôt réservée. Leur rapport est presque impersonnel. Marsh veut se rhabiller et partir, mais Barbara lui demande de rester. Il se relaxe dans le lit. Barbara semble pleurer, et il tente de la consoler. Elle rit, d'une petit rire nerveux. Pourquoi pleure-t-elle ? Pourquoi rit-elle ? Il se demande par quel extraordinaire jeu de circonstances il se retrouve ici. Barbara s'endort, et il réfléchit à cette énigme. Ou bien

Barbara est une nymphomane – mais sa médiocre performance au lit l'en fait douter –, ou bien elle est amoureuse de lui. C'est possible. Ou peut-être qu'elle s'ennuie, tout simplement ?

Au matin, l'atmosphère est très impersonnelle. Ne sachant quoi penser, Marsh retourne à son appartement.

Eleanor téléphone. D'une voix glaciale, elle suggère qu'il passe chez elle. Marsh s'exécute. Eleanor lui fait une offre pour le terrain de Cazzaro.

Marsh refuse de marchander. Craig l'a fait tabasser.

— À ce propos, Mrs Binkins, il a engagé votre fils Maile pour faire le travail… Le prix que je demande ne représente pas un bénéfice, mais un dédommagement punitif.

Eleanor s'effondre pratiquement en apprenant l'implication de Maile. Elle fait venir son fils, qui reconnaît les faits. Eleanor convoque Sam le jardinier.

— Allez dans la resserre et détruisez le bateau. Mettez-y le feu.

Maile lance à Marsh un regard haineux. Il ne dit rien.

Eleanor dit à Marsh.

— Vous aurez le prix que vous demandez. Cent vingt mille dollars. Craig en paiera la moitié, et Maile l'autre. J'ai la charge de gérer un fonds que lui a légué son père. Il paiera les soixante mille dollars. Vous pouvez mettre le titre de propriété à mon nom, pas à celui de Craig.

Marsh s'en va. Au passage, il débranche son installation et la met dans son coffre. Il passe un coup de fil à Barbara depuis une cabine. Il a un peu de mal à la trouver. Elle est allée faire du shopping, mais n'a pas trouvé ce qu'elle cherchait et doit ressortir. Il propose de l'accompagner. Elle réfléchit, et finit par accepter. Marsh passe la prendre devant le Claremont. Comme d'habitude, elle est magnifiquement habillée. Elle est grave et renfermée. Elle décide finalement de ne pas aller faire de courses. Marsh l'emmène à son appartement. Barbara n'est pas d'humeur à faire l'amour : elle reste simplement assise à le regarder, en se mordillant délicatement les phalanges. Encore une fois, Marsh est intrigué. Le regarde-t-elle – ou regarde-t-elle à travers lui ?

On frappe à la porte. Marsh va ouvrir : c'est la police, avec un mandat de perquisition.

Ils fouillent l'appartement et trouvent l'arme avec laquelle BK a été tué. Marsh la voit, et respire profondément. Il s'assied. Evans le place en état d'arrestation et lui demande de venir avec lui.

Marsh secoue la tête.

— Dites à vos hommes de sortir. J'ai quelque chose à vous confier en privé.

Evans accepte.

— Une confession ? demande-t-il.

— Non.

Barbara propose de se retirer. L'air sombre, Marsh lui dit qu'elle peut aussi bien rester.

— Je peux vous aider à résoudre cette affaire… dit-il à Evans.

— Elle *est* résolue. Vous êtes le coupable.

— … mais ce faisant, je vais être obligé d'avouer une violation de la loi.

— Comme tuer B.K. Binkins, par exemple ? dit cyniquement Evans.

— Non. Une violation purement technique.

Evans laisse implicitement entendre qu'une telle violation sera probablement ignorée. Si Marsh est coupable du meurtre, peu importe. Et s'il ne l'est pas, alors le service qu'il rendra à la police l'emportera sur l'infraction.

Marsh commence à passer les enregistrements des conversations. Evans écoute. Barbara semble fascinée. Evans reste silencieux, prend quelques notes, et demande à tout réécouter. Il dit finalement :

— Tout cela est extrêmement intéressant, mais je ne crois pas que ça prouve quoi que ce soit.

— Moi, je pense que si.

— Quoi ?

Marsh hésite.

— Cela prouve où j'étais au moment où BK a été tué.

— Cela prouve où vous avez *dit* que vous seriez.

— Demandez à Miss Tyburn. J'étais avec elle.

Evans se tourne vers Barbara.

— Eh bien, Miss Tyburn ?

Barbara se passe la langue sur les lèvres.

— Oui. Il était avec moi.

Marsh sourit à Evans.

— Vous voyez ?

Evans est sceptique.

— Je ne suis pas obligé de la croire. Ce ne serait pas la première fois que des gens mentent pour en protéger d'autres. Si vous n'êtes pas coupable, comment se fait-il que l'arme se retrouve dans votre appartement ?

— Elle n'y était pas hier.

— Vous fermez votre porte à clé ?

— Oui.

— Y a-t-il des doubles ?

Marsh réfléchit.

— Stillwater en avait peut-être fait faire. Mais il est au Texas. Il y a un passe-partout, mais Cody l'a toujours sur lui.

Evans fait venir Cody, qui confirme. Evans s'éclaircit la gorge et semble embarrassé. Il entraîne Marsh à l'écart.

— Donc, vous êtes innocent, et quelqu'un cherche à vous faire porter le chapeau. Qui ça ?

— La même personne qui a caché l'arme ici.

— Ma foi – nous en revenons à la question de l'accès à l'appartement. Qui pouvait avoir une autre clé ?

Marsh lui dit comment le découvrir. Evans réfléchit, lui lance un coup d'œil étonné. Après avoir passé un rapide coup de téléphone, il dit :

— Écoutons ces enregistrements encore une fois.

Une heure s'écoule. Un policier entre dans la pièce avec un vieil homme très maigre.

— Y a-t-il quelqu'un ici que vous reconnaissez ?

Le vieil homme pointe Barbara du doigt.

— Je lui ai fabriqué une clé hier. À partir d'une empreinte dans un morceau de savon.

Marsh observe Barbara comme il observerait un insecte au microscope. Elle semble se rétrécir, devenir aussi dure et brillante qu'un scarabée marron.

— Eh bien, Miss Tyburn ? demande Evans.

— C'est un mensonge, dit-elle très calmement.

Le vieil homme rit.

— Un mensonge, hein ? Très bien, ma petite dame. Je vais vous dire comment vous étiez habillée ce matin. Vous avez changé de tenue depuis.

Il décrit ses vêtements. Barbara blêmit.

— Bon, d'accord. J'ai fait faire la clé.

— Pourquoi ?

— Mr Stillwater est mon… mon fiancé. Je voulais une clé de son appartement.

— Pourquoi ne pas lui en demander une ?

Barbara réfléchit un instant. Elle est acculée.

— J'avais peur. Il m'a attaquée. C'était de la légitime défense.

— Qui ça ? Lui ? demande Evans en désignant Marsh.

— Non. B.K. Binkins.

— Donc, vous l'avez tué.

— Oui.

Après le meurtre, sentant la pression de l'enquête et imaginant la corde qui se resserrait autour de son cou, Barbara a eu l'idée de se protéger. « William Stillwater » semblait un coupable tout désigné. Pour pouvoir l'incriminer, elle avait besoin d'accéder à son appartement, et il lui fallait donc une clé. Pendant la nuit, elle a pris une empreinte de la clé dans un morceau de savon, et s'est fait faire un double le lendemain. Et pendant que Marsh était chez les Binkins, elle a caché l'arme.

Elle ne présente aucune excuse à Marsh, ne fournit aucune explication. Elle reste simplement assise, très raide, sans le regarder. Marsh se lève d'un bond et va dans la salle de bain pour prendre une douche.

Quand il ressort, Barbara n'est plus là. Il explique à Evans :

— Je ne l'aurais sans doute jamais soupçonnée – si elle n'avait pas essayé de cacher cette preuve ici. La nuit dernière, elle a pris mon trousseau de clés dans ma poche quand elle croyait que je dormais. Elle l'a emporté dans la salle de bain, puis elle l'a remis à sa place. Je n'avais aucun idée de ce qu'elle avait en tête jusqu'à ce que vous trouviez l'arme. Les enregistrements l'ont surprise. Ils mettaient en évidence sa relation avec B.K. Binkins.

« Et voilà la partie la plus grotesque de la situation : manifestement, je n'étais pas avec elle quand BK a été tué. Mais j'ai dit que je l'étais, et je lui ai demandé de le confirmer.

« Elle avait un choix difficile. Elle pouvait accepter de me fournir un alibi, et aussi un pour elle par la même occasion. Après avoir entendu les enregistrements, elle a conclu qu'elle avait besoin de moi.

Marsh continue de dérouler ses hypothèses.

— BK était un vrai Casanova. C'est sans doute l'année dernière qu'il s'est rapproché de Barbara, et encore plus quand il a séjourné dans l'Est l'hiver dernier. Il lui a peut-être dit qu'il envisageait de divorcer d'Eleanor. Mais quand elle arrive ici, elle découvre qu'il a une liaison avec sa secrétaire.

Plus tard, il s'avère que Barbara s'est rendue à l'appartement de BK, qu'elle a écouté à la porte et a entendu la voix de Iola.

Elle s'éloigne lentement, bouillonnant de rage. Elle utilise le téléphone dans le hall pour appeler BK. Il essaie de la tenir à distance, mais elle insiste pour le voir. BK se résigne. Iola s'en va, elle aussi en colère après BK.

Barbara retourne à l'appartement, entre. Elle joue un peu au chat et à la souris avec BK, puis elle le poignarde.

Le maillon faible est Iola. S'il n'y avait pas Iola, elle n'aurait rien à craindre. D'où la nécessité de maquiller des preuves contre Marsh.

DOCUMENTS ANNEXES

TABLE DES ANNEXES

---

* Kirby McCauley avait succédé à Scott Meredith. Jack s'en est séparé ensuite au profit de Ralph Vicinanza, avec qui il est resté jusqu'à la mort de Ralph en 2010.

† Ce tapuscrit daté du 12 janvier 1977 a été envoyé à Roy Squires, qui était un marchand spécialisé dans les livres « rares », manuscrits et autres objets intéressant les collectionneurs bibliophiles.

aetat. 17

CAT ISLAND

--I--

One terrible night a large ~~ocean~~ vessel foundered at sea,
~~and~~ the sole survivors were a number of cats, thirty-two in all,
who managed to clamber aboard a liferaft. Through lightning
and spume the typhoon drove the raft, ~~which leaped, pounded,~~
across the dark waters like a ~~bit of paper~~ whisked on the breeze,
~~and the cats were forced to cling for dear life to~~ the ropes and
gratings arranged for that purpose.

When morning dawned, the wind died and the sea calmed, but
~~around all~~ the horizon ~~nothing showed but the blue~~ inscrutable
~~waste.~~

~~Three days they drifted.~~ ~~Many~~ were the dangers and alarms;
many the expressions of discomfort and despair. The female cats
crouched miserably in the center of the raft, avoiding as best
they might the salt spray which stiffened their fur. The male
cats, careless of risk, paced about the edge of the raft, the
better to spy land, or perhaps to catch a careless fish.

At dawn of the fourth day the raft drifted upon the beach
of a ~~pleasant~~ island. The cats, with one accord leaping ashore,
quenched their thirst at a nearby spring, appeased the ~~most~~
~~insistent~~ pangs of their appetite on ~~chance insects~~ crossing the
beach, ~~at this point.~~ ~~After which,~~ a period of several hours

(2)

Further experts

~~were to recount~~ THAT trace the

Were to

~~would recount~~ ~~its~~ history.

~~development of our school~~

~~as it~~ ~~established~~: the hinterlands

were opened up to development

exploration s and founding of

out mines — ranches.

Came into being

where the mouse herds

were ~~grazed~~ by a

Kirby McCauley

Kay McCauley
The Pimlico Agency

Enclosed please find material from our files which we are returning
to you.

Kirby McCauley Ltd./The Pimlico Agency Inc.

432 Park Avenue South
Suite 1509
New York, NY 10016
☎ 212 683-7561

January 1984

CLANG

by

Jack Vance

- - - *O* - - -

TIME: fifty years hence.

PLACE: Los Angeles.

GENERAL THEME: the spectacular sport of 'Pugilistics': prize-
fights between robots of quasi-human appearance eight feet
tall.

ENVIRONMENT: different in some aspects from now. People look
about the same, wear clothes differing from ours in decorative
details, ride in small electric cars which guide themselves
safely and quickly from place to place. Public transit straddles
freeways; there are occasional glimpses of a novel architecture.

Laws safeguard every aspect of the environment; the
'Consumer-Report' mentality is in power. Food is sterile, if
nutritious; life is secure and sanitary.

Perhaps too secure, too sanitary!

The average citizen lives a sensible and placid life; he is
obliged to divert his emotions and competitive urges into professional
sports, and he heightens the intensity of his participation by
gambling: an activity controlled by organized crime.

2

THE MAGNIFICENT RED-HOT JAZZING SEVEN

Concept and synopsis for screen-play

by

Jack Vance

TIME: 1927.

PLACE: The Midwest. including sections of Des Moines.
Chicago and Cooneysburg, a town in southern Indiana.

This is intended as a new member in the sequence which began
with THE SEVEN SAMURAI and continued with THE MAGNIFICENT SEVEN.
In this version, the protagonists are not Japanese warriors or
cowboys, but jazz musicians.

– – – *O* – – –

Joe Bush, an over-the-hill cornet-player, now works as
night-clerk in a cheap hotel in Des Moines. He can no longer play
his horn because an ex-fiancée hit him over the head with a
bottle of Old Smiley. wasting the gin and knocking
out Joe's front teeth, thus destroying his embouchure.

Into the hotel comes a pair of old friends: Rusty Hinch and
Floyd Bean, with Ginger, Bean's brat of a daughter, about ten
years old. Hinch and Bean operate the Blue Goose. a road house
near Cooneysburg, in the southern part of Indiana, on the Cooney
River.

Hinch and ~~Baxter~~ Bean desperately need Joe's help. The Riverview
Hotel at Cooneysburg has lately been taken over by big money and
renovated. Only the best bootleg is served and most discreetly.

1

WILD THYME AND VIOLETS
(Outline)
by John Holbrook Vance

1.

The four hundred houses of Gargano, blocks of white- or color-washed stone, occupy numberless tiers and levels up the slopes of a gray limestone mountain. Wisps of smoke float above mouldering tile roofs; a few dispirited trees can be seen: fig, orange, mulberry. At the center of town is the plaza, with the cathedral looming above. Opposite stands the inn, with benches and tables under a trellis. The mayor's mansion looks down a short avenue to the right.

The surrounding country is somewhat bleak. On the hillside grow a few olive trees, wild thyme, asphodel, thistle; groups of slender cypress. Outcroppings of gray limestone scar the slopes; a few poverty-stricken families live in caves, which they have fitted with stout timber doors. Stretching away to the southeast are the marshes, where the folk of Gargano graze their goats and geese.

3.

her inability to speak. Has she never learned? Or perhaps she is
bewitched. Certain devout old ladies cross themselves ~~reverently~~
as the carriage passes.

Behind, running and bounding, comes Lucian, the town ne'er-do-well.
He is tall, gaunt, with russet hair, flaming green eyes. Lucian
lives in a chronic state of near-starvation. He owns a few frayed
brushes, a pot or two of paint; he paints signs, portraits, fences —
anything by which to glean a few florins ~~————~~. He runs after
the carriage hoping to catch a glimpse of Alicia, whom he adores. He
clutches a nosegay of wild ~~————~~ *thyms and violets* which he tosses into the carriage.
Alicia pays no heed.

The innkeeper bawls at Lucian, who has been engaged to work a
few days at the inn. Lucian regretfully turns aside, and is unlucky
enough to jostle Parnasse, the mayor, and is angrily reprimanded
for his carelessness.

2.

Parnasse is a large full-blooded man, given to vehement gestures
and large curses. Contradictions appear in the character of Parnasse:
he is pompous but earthy, generous but mean, shrewd but foolish. His
wife Clotilde is barren, and Parnasse has suffered many crude jests
on this account. Parnasse longs for a son, but Clotilde obdurately
fails to produce even a daughter.

Parnasse goes to his mansion and flings himself on his couch to
rest, to concentrate, to muster his energies.

A gong sounds. He marches upstairs to Clotilde in her bed-chamber.
"You have taken the extract?"

For Ray Squires Jan 12 1977

THE STARK

The Voyage and the People

by Jack Vance

Jack Vance

Contents:

Dimensions and Data

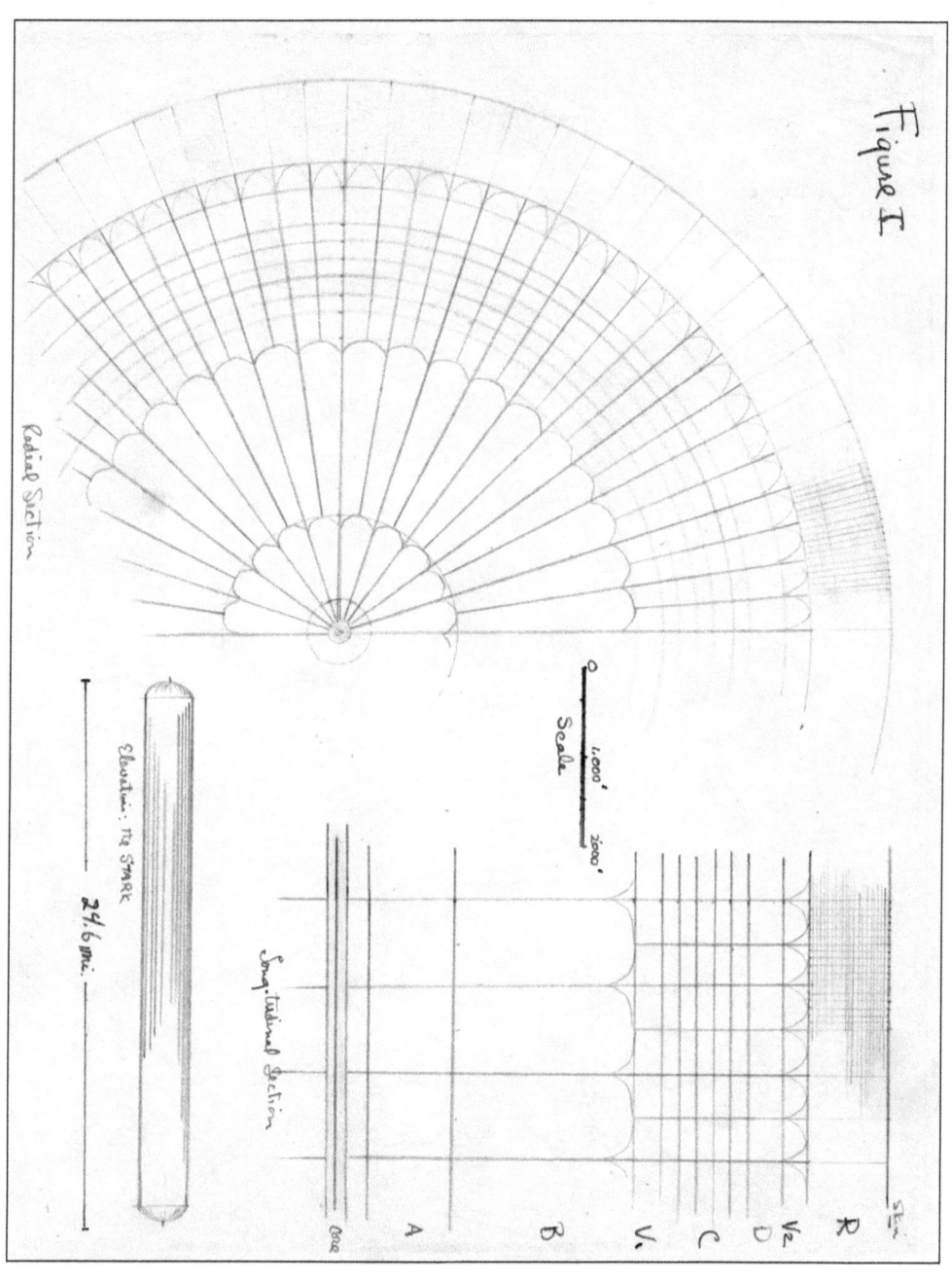

Figure I

Radial Section

Scale

Elevation: no Stark

24.6 mi.

Longitudinal Section

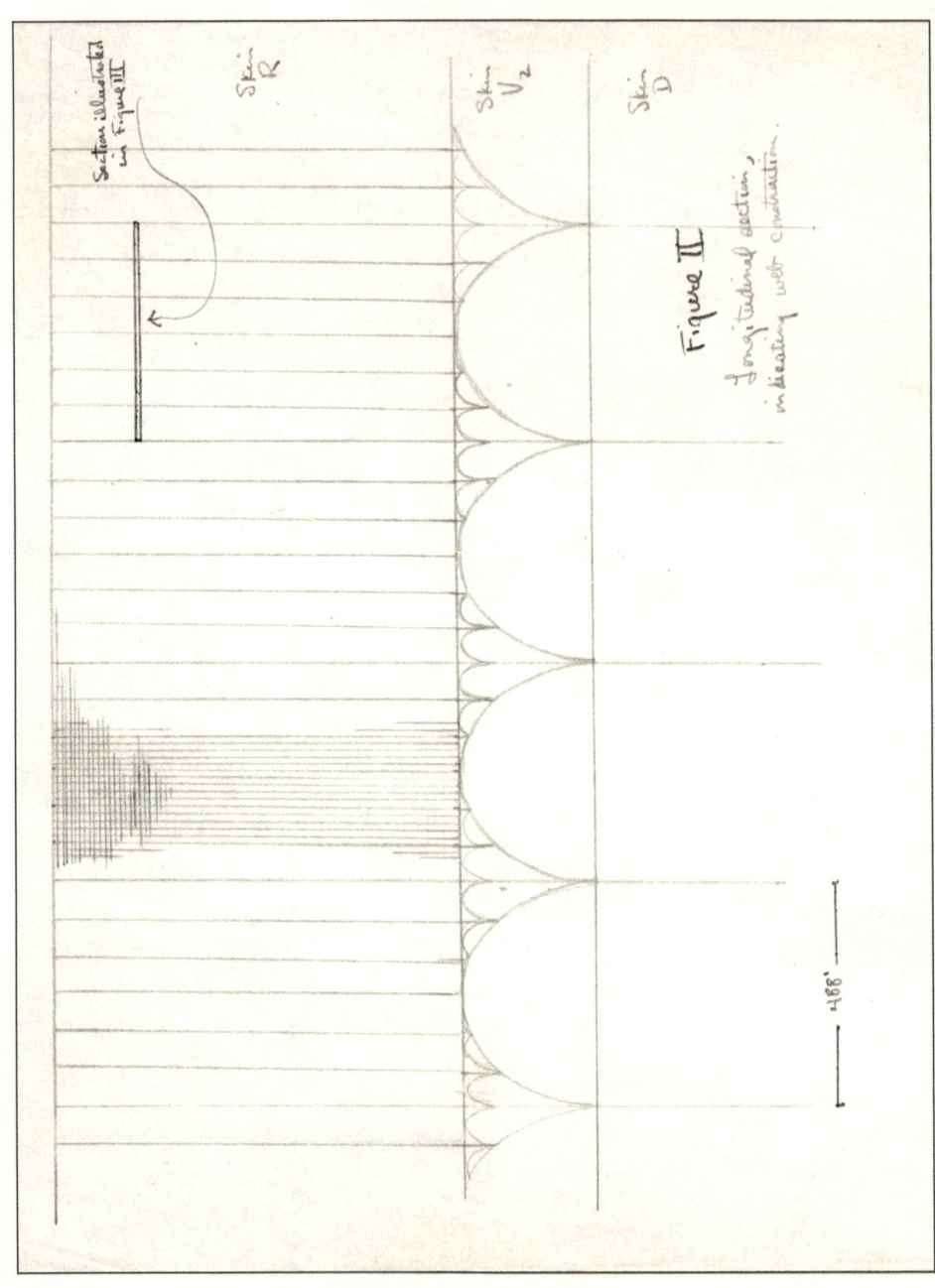

Section illustrated in Figure III

Skin R

Skin V₂

Skin D

Figure II

Longitudinal section, indicating web construction.

← 188' →

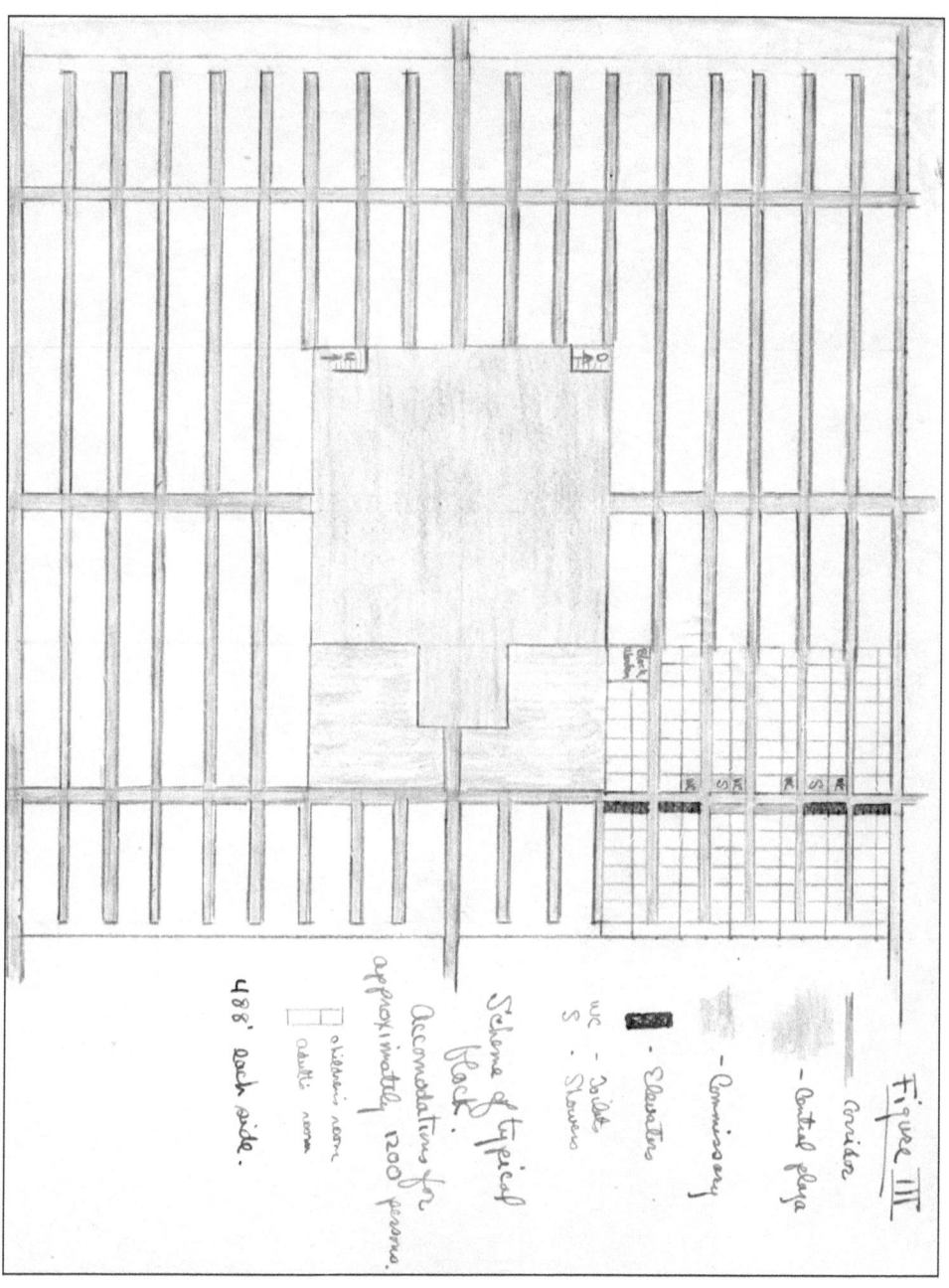

Figure III

— corridor
— Central plaza

— Commissary
— Classroom
uc - toilets
S - Showers

Scheme of typical
block.
Accomodations for
approximately 1200 persons.

kitchen room
adults room

488' each side.

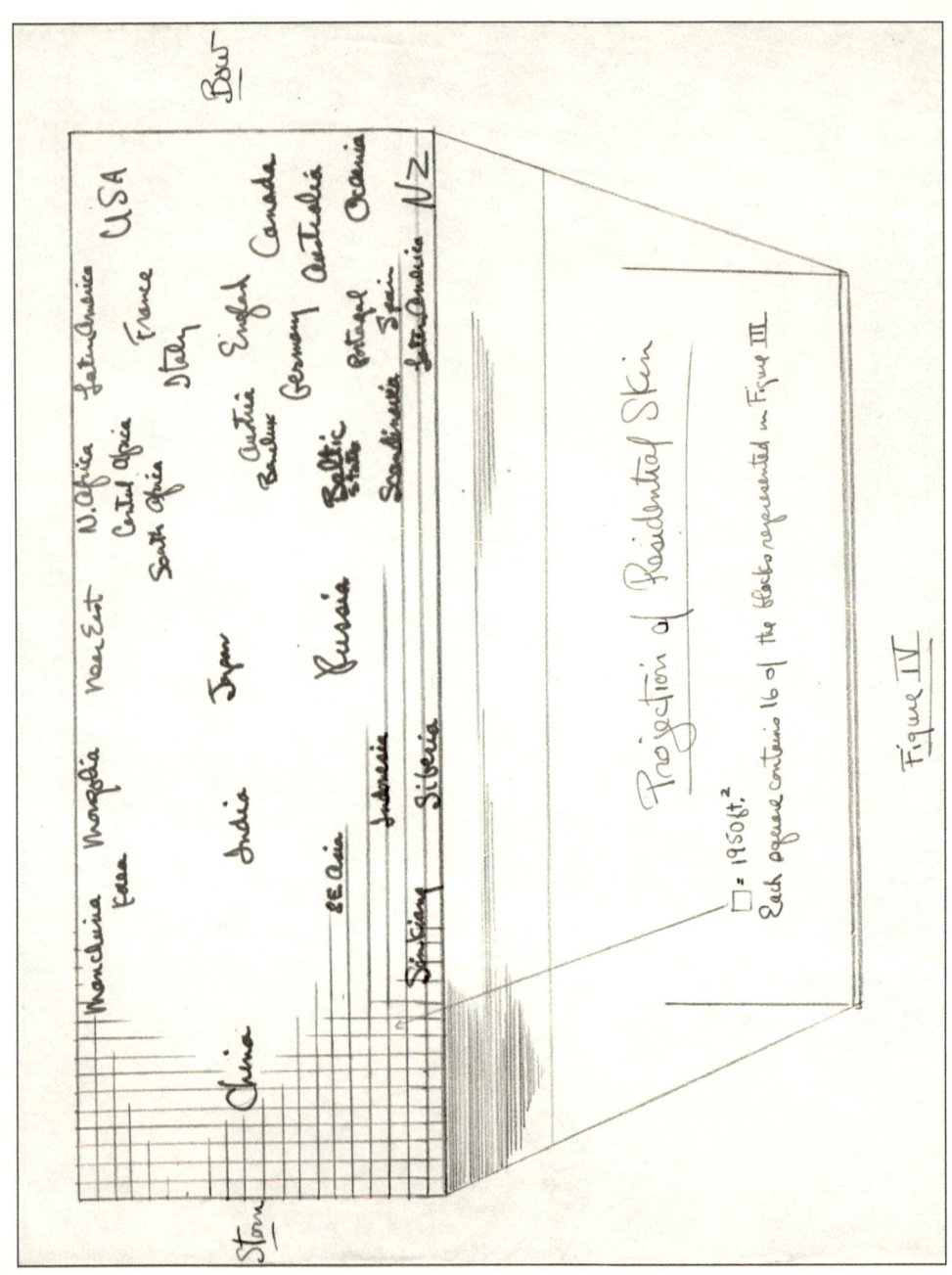

Projection of Residential Skin

□ = 1950 ft.²

Each square contains 16 of the blocks represented in Figure III

Figure IV

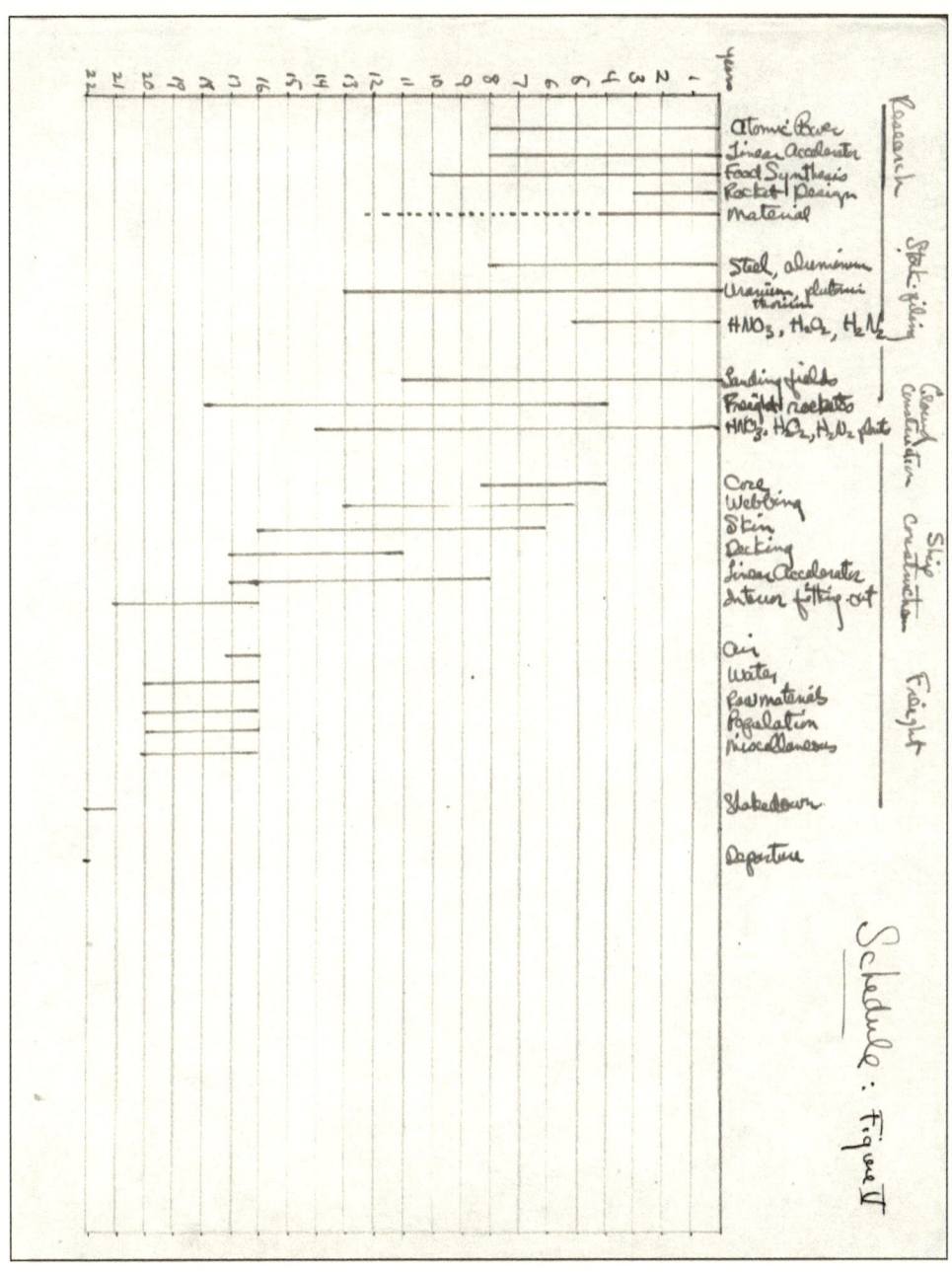

TABLE DES MATIÈRES

À propos de l'auteur

Jack Vance est né en 1916 en Californie, dans une famille aisée qui a connu des revers de fortune alors que Jack était encore enfant. Jeune homme, il est donc obligé d'occuper une série d'emplois ingrats avant de pouvoir suivre des cours à l'université de Californie, à Berkeley : génie minier, physique, journalisme et littérature anglaise. À la fin de ses études, alors que l'Amérique entre en guerre, il s'engage comme simple matelot dans la marine marchande. Plus tard, il travaille comme mécanicien de chantier, arpenteur, céramiste et charpentier avant que sa production de romans et de nouvelles dans les domaines de la science-fiction, de la fantasy et du policier ne lui permette de vivre de son écriture et de s'y consacrer à plein temps.

En plus de soixante ans de carrière, sa production a été prodigieuse et lui a valu de nombreux honneurs : trois prix Hugo, un prix Nebula, un prix World Fantasy pour l'ensemble de son œuvre ainsi qu'un prix Edgar-Allan-Poe décerné par l'Association américaine des auteurs de romans policiers. L'Association des écrivains de SF et de Fantasy lui a décerné le titre de Grand Maître, et il a été admis dans le Science Fiction Hall of Fame en 2001.

Il a su explorer une variété de genres en en repoussant les limites, que ce soit de la fantasy sombre (en particulier le cycle de la Terre mourante, qui a influencé de nombreux auteurs), des space opéras interstellaires, de la fantasy héroïque (la trilogie Lyonesse), ou encore des romans policiers dont le personnage principal est shériff d'un comté rural de Californie (la série Joe Bain). Une histoire vancienne est souvent centrée sur un protagoniste extrêmement compétent plongé dans des situations périlleuses sur une planète où l'aventure est son lot quotidien, ou encore sur une jeune personne qui s'embarque pour une odyssée semée d'embûches dans des régions peuplées d'ennemis redoutables...

Vers la fin de sa carrière, un groupe de fans à travers le monde s'est constitué pour rétablir ses œuvres sous leur forme originelle, en restaurant des textes malmenés ou amputés par des éditeurs surtout préoccupés par le nombre de pages qu'ils pouvaient caser dans un magazine « pulp ». Le résultat a été la Vance Integral Edition, version définitive de l'œuvre vancienne en 44 volumes magnifiquement reliés. Spatterlight publie à présent les textes du projet VIE sous la forme d'ebooks et de livres imprimés à la demande.

Ce livre a été imprimé en utilisant Adobe Arno Pro comme police de caractères principale, avec NeutraFace pour la couverture.

Cet ouvrage a été créé à partir des archives numériques de la Vance Integral Edition, une série de 44 volumes produits sous l'égide de l'auteur par un groupe de ses lecteurs répartis à travers le monde. Le projet VIE exprime sa reconnaissance à l'aide éditoriale que lui a apportée Norma Vance, ainsi qu'à la collaboration du Département des collections spéciales de l'université de Boston, dont la collection consacrée à John Holbrook Vance a été une source importante de matériau textuel.

Remerciements particuliers à R.C. Lacovara, Patrick Dusoulier, Koen Vyverman, Paul Rhoads, Chuck King, Gregory Hansen, Suan Yong et Josh Geller pour leur aide précieuse dans la préparation des versions finales des fichiers sources.

Composition et mise en page : Joel Anderson

Direction artistique et dessin de couverture : Howard Kistler

Correction et quatrième de couverture : Patrick & Sylvie Dusoulier

Direction : John Vance, Koen Vyverman